BIANCA.

AF274864

ABBY
GREEN

LOS SECRETOS DEL OASIS

HARLEQUIN

Editado por Harlequin Ibérica.
Una división de HarperCollins Ibérica, S.A.
Avenida de Burgos, 8B - Planta 18
28036 Madrid

© 2024 Harlequin Ibérica, una división de HarperCollins Ibérica, S.A.
N.º 479 - 20.7.24

© 2011 Abby Green
Los secretos del oasis
Título original: Secrets of the Oasis

© 2011 Abby Green
La elección del sultán
Título original: The Sultan's Choice
Publicadas originalmente por Harlequin Enterprises, Ltd.
Estos títulos fueron publicados originalmente en español en 2011 y 2012

I.S.B.N.: 978-84-1062-965-3
Depósito legal: M-11931-2024
Impreso en España por: BLACK PRINT
Fecha impresión para Argentina: 16.1.25
Distribuidor exclusivo para España: LOGISTA
Distribuidor para México: Distibuidora Intermex, S.A. de C.V.
Distribuidores para Argentina: Interior, DGP, S.A. Alvarado 2118.
Cap. Fed./Buenos Aires y Gran Buenos Aires, VACCARO HNOS.

Prólogo

HAY UNA niña delante de la tumba, sola. Su rostro es muy pálido, tiene unos ojos azules enormes y que brillan con las lágrimas que no ha derramado, su pelo es una cascada oscura y brillante que le llega a la cintura. Un chico moreno, guapo, Salman, se separa del grupo y se acerca a ella para darle la mano.

La mira muy serio. Demasiado serio para tener sólo doce años.

—No llores, Jamilah, ahora tienes que ser fuerte.

Ella se limita a mirarlo. Sus padres han muerto en el mismo accidente aéreo que los de ella. Si él puede ser fuerte, ella también. Contiene las lágrimas y asiente brevemente, una vez, y ni siquiera aparta los ojos del chico cuando éste mira hacia donde acaban de enterrar a sus propios padres. Sus manos se mantienen unidas.

Capítulo 1

Seis años antes, París

Jamilah Moreau tuvo que hacer un esfuerzo para no ponerse a dar saltos al ver la torre Eiffel a lo lejos. Hizo una mueca. Sabía que era un tópico, pero estaba en París, en primavera y estaba enamorada. Deseó tirar las bolsas que llevaba en las manos por los aires, reír a carcajadas y levantar el rostro hacia las flores de los árboles.

Tenía ganas de abrazar a todo el mundo. Luchó contra una sonrisa irreprimible. Siempre había pensado que la gente exageraba cuando hablaba de lo romántico que era París, pero en esos momentos sabía por qué. Había que estar enamorado para darse cuenta. No era de extrañar que su padre, francés, y su madre, originaria de Merkazad, se hubiesen enamorado allí.

No era consciente de las miradas que atraían su pelo oscuro, su tez color aceituna y sus brillantes ojos azules, tanto de hombres como de mujeres que pasaban por su lado. Le latía con tanta rapidez el corazón, estaba tan emocionada, que sabía que tenía que tranquilizarse, pero sólo le apetecía abrir los brazos y gritarle al mundo: ¡Estoy enamorada de Salman al Saqr y él también me quiere a mí!

Sólo de pensarlo apresuró el paso y le remordió la conciencia. En realidad, él no le había dicho que la amase. Ni siquiera cuando ella le había dicho que lo quería esa mañana, estando con él en la cama, tan feliz y saciada que no había podido seguir conteniéndose. Hacía días que quería decírselo.

Tres semanas. Hacía tres semanas que se lo había encontrado por la calle. Ella acababa de salir de la universidad, después de terminar los exámenes finales. Prácticamente había crecido con él, pero habían estado años sin verse y la reacción al encontrarse con el amor de su vida había sido sísmica. Estaba todavía más guapo de lo habitual. Porque se había convertido en un hombre. Alto, fuerte y poderoso.

Salman la había abrazado con fuerza y la había mirado con los ojos brillantes y, luego, de repente, había fruncido el ceño, había entrecerrado los ojos y le había dicho con incredulidad:

—¿Jamilah?

Ella había asentido, con el corazón acelerado y una ola de calor recorriéndole el cuerpo. Había soñado tanto tiempo con que Salman la mirase así...

Habían ido a tomarse un café. Y después, cuando había llegado la hora de separarse, Jamilah se había sentido como si le hubiesen estado arrancando el corazón. Entonces, Salman le había preguntado:

—¿Quieres cenar conmigo esta noche?

Y aquél había sido el principio de las tres semanas más mágicas de su vida. Le había dicho que sí en seguida. Demasiado pronto. Hizo una mueca al darse cuenta de la realidad. Tenía que haberse mostrado más fría, más sofisticada, pero eso habría sido imposible, después de tantos años idealizándolo. Se había enamorado de él siendo una niña, de adolescente, se había convertido en su obsesión y ya de adulta, lo deseaba.

Ese primer fin de semana, Salman la había llevado a su apartamento y le había hecho el amor por primera vez... y en esos momentos todavía sentía calor en el vientre y se sonrojaba al recordarlo.

Sacudió la cabeza y siguió andando. En esos momentos iba hacia casa de Salman, para hacerle la cena. En realidad, él no la había invitado esa noche. De hecho, esa mañana había estado muy callado, pero Jamilah confiaba en que, cuando la viese y descubriese las deliciosas provisiones que había comprado, le dedicaría esa sonrisa tan sexy suya y le abriría la puerta de par en par.

Mientras esperaba para cruzar la calle en la que estaba su impresionante edificio del siglo XVIII, Jamilah pensó en lo serio que se ponía Salman a veces, siempre que le mencionaba Merkazad, donde ambos habían nacido, o a su hermano mayor, el jeque Nadim, que gobernaba el país.

Salman siempre había tenido una personalidad oscura, pero que a ella no le había intimidado. Desde que tenía memoria, se había entendido bien con él y nunca se había cuestionado que fuese un solitario y no tuviese el don de gentes de su hermano. No obstante, durante las últimas semanas, Jamilah había aprendido a evitar hablar de Nadim o de Merkazad.

Se suponía que ella iba a volver a su país natal en una semana, pero esa noche iba a decirle a Salman que, si él quería que se quedase en París, lo haría. No era lo que había planeado, pero todo su mundo había cambiado desde que se había encontrado con él.

Llegó a la ornamentada puerta del edificio de Salman, que vivía en el piso más alto, en un impresionante apartamento de planta abierta. El conserje se acercó a saludarla muy sonriente, pero de repente cambió de expresión y le dijo:

–*Excusez-moi, mademoiselle*, pero ¿la espera el jeque esta noche?

A Jamilah le extrañó que lo llamase jeque; casi se le había olvidado que Salman ocupaba el segundo puesto en la línea sucesoria de su país, después de su hermano Nadim. Merkazad era un pequeño territorio independiente de la península arábiga, perteneciente al país de Al-Omar. Allí era donde había nacido su madre, donde había sido llevada Jamilah después de haber nacido en París. Su padre, de nacionalidad francesa, había sido consejero del padre de Salman.

Jamilah sonrió de oreja a oreja y levantó las bolsas que llevaba en las manos.

–Voy a hacerle la cena.

El conserje le devolvió la sonrisa, pero parecía incómodo y Jamilah sintió un escalofrío mientras subía en el ascensor. Cuando éste se detuvo y las puertas se abrieron, la sensación de desasosiego aumentó, sobre todo al ver que la puerta de su apartamento estaba entreabierta y que, al empujarla, se oía reír al otro lado a una mujer.

Jamilah tardó un par de segundos en entender la escena que tenía delante. Salman estaba con la cabeza inclinada, a punto de besar a una mujer pelirroja, preciosa, que lo estaba abrazando. De repente, Jamilah se sintió acomplejada, con sus vaqueros y su camiseta.

Los vio besarse y que Salman abrazaba a la mujer por la cintura. Tal y como la había abrazado a ella. Jamilah pensó que había debido de hacer un ruido, no fue hasta más tarde cuando se dio cuenta de que había dejado caer las bolsas de la compra.

Salman rompió el beso y miró a su alrededor, pero sin apartar las manos de la otra mujer, que también la estaba mirando, con los ojos verdes brillantes, enfadada por la interrupción.

Jamilah estaba tan sorprendida que no se fijó en el pelo moreno y grueso de Salman, que estaba despeinado, ni en la intensidad con la que le brillaban los ojos, siempre llenos de sombras y secretos. Ni tampoco en la dura línea de su mandíbula ni en sus pómulos perfectamente esculpidos.

Aturdida, se quedó donde estaba y vio cómo Salman le decía algo en voz baja a la otra mujer, que protestó antes de apartarse y recoger su bolso y su abrigo.

Pasó al lado de Jamilah antes de salir, dejando a su paso una nociva nube de perfume, y dijo:

–*A plus tard, cheri.*

Hasta luego, cariño.

La puerta se cerró a espaldas de Jamilah y ella empezó a reaccionar. Salman la estaba mirando, con los brazos en jarras, vestido con un traje oscuro, camisa blanca y corbata. Era la primera vez que lo veía así vestido y le daba un aire muy severo. Jamilah sabía que era analista de inversiones, pero no le había hablado nunca de su trabajo. Ella se dio cuenta entonces de que, en realidad, no había hablado de nada personal con ella, sólo la había seducido.

Jamilah notó que le empezaban a temblar las piernas, pero antes de que le diese tiempo a hablar, Salman se le adelantó.

–No esperaba verte esta noche. No habíamos quedado.

¡Tampoco habían quedado en que él le desbaratase la vida entera en tan sólo tres semanas! El cerebro aturdido de Jamilah intentó relacionar a aquel extraño distante y frío con el hombre que le había hecho el amor menos de doce horas antes. El mismo hombre que le había susurrado ternezas al oído mientras la penetraba y ella arqueaba la espalda y gritaba de placer, clavándole las uñas en el trasero.

Intentó sacar todas aquellas imágenes de su mente y sintió ganas de llorar.

–Yo... quería darte una sorpresa. Iba a prepararte la cena...

Jamilah bajó la vista y vio la carnicería. Los huevos se habían roto contra el parqué. Una botella de vino que, afortunadamente seguía entera, estaba tumbada. Ella volvió a levantar la cabeza al oír que Salman le decía:

—No puedes venir aquí cuando te apetezca, Jamilah.

Y, de repente, aquello hizo que saliese de dentro de ella algo que no sabía que tenía, como un instinto de supervivencia que la obligó a levantar la barbilla.

—Por supuesto que no habría venido si hubiese sabido que estabas... ocupado —le contestó—. ¿Estabas...? ¿Estabas con ella a la vez que conmigo?

Salman negó con la cabeza. Parecía impaciente.

—No.

—Entonces, es evidente que has empezado a verla ahora. Está claro que te has aburrido de mí. Tres semanas deben de ser tu límite.

Jamilah no pudo evitar sentirse destrozada. Sólo podía pensar en que había desnudado su corazón y su alma delante de aquel hombre. Le había dicho con voz ronca que lo amaba, que siempre lo había amado.

Y él había sonreído de medio lado y le había contestado:

—No seas ridícula. Casi no me conoces.

—Te conozco de toda la vida —había replicado ella con orgullo—. Y sé que te amo.

Entonces, él se había apartado y había empezado a responder sólo con monosílabos. Jamilah lo entendió en esos momentos.

–¿Qué esperabas exactamente, Jamilah? –le preguntó él entonces.

Jamilah controló la emoción.

–Nada –le respondió–. Habría sido una estupidez esperar algo, ¿no? Tú ya has pasado página. ¿Ni siquiera me lo ibas a decir?

Salman apretó los labios.

–¿Qué querías que te dijese? Hemos tenido una aventura maravillosa. Tú vas a volver a Merkazad dentro de una semana y, por supuesto, yo voy a seguir con mi vida.

Jamilah se sintió como si estuviese retrocediendo por dentro, como si le hubiesen dado un golpe. Aquel hombre había sido su primer amante, y llamar aventura a lo que habían tenido reducía el regalo de su inocencia a nada.

Salman frunció el ceño y dio un paso al frente.

–¿Vas a volver a Merkazad, verdad? –le preguntó antes de jurar entre dientes en árabe–. ¿No esperarías nada más?

Al parecer, a Jamilah debía de haberle traicionado su expresión, porque lo oyó añadir:

–Yo no te he prometido nada. Nunca he hecho nada que te hiciese esperar nada más, ¿o sí?

Ella negó con la cabeza como si fuese un robot. No, no lo había hecho. Jamilah tuvo que hacer un enorme esfuerzo para mantenerse en pie. Salman no podía saber el daño que le estaba haciendo. Ella había jugado con fuego y se había quemado. Todos los días que había pasado con él habían sido emocionantes, mágicos, pero él no le había prometido nada. En ese momento, Jamilah sólo quería marcharse y hacerse un ovillo, lejos de allí, donde pudiese maldecirse por haber sido tan ingenua. Pero no se podía mover.

Salman observó a la mujer que tenía delante. Hacía tanto tiempo que se había obligado a no sentir emociones que, en esos momentos, casi no las reconoció. Notó un fuerte dolor en el pecho, pero lo hizo retroceder. Durante las tres últimas semanas, había disfrutado como de un sueño y había llegado a pensar que tal vez no estuviese condenado, como había creído siempre. Al encontrarse con Jamilah, al volver a verla, tan guapa, se había abierto algo en su interior. Por un segundo, había tenido la desfachatez de pensar que algo de aquella bondad innata que poseía ella se le había podido contagiar.

Cuando la había visto cruzar la calle unos minutos antes, tan sonriente, se había dado cuenta de que era cierto lo que le había dicho esa mañana, que estaba enamorada de él. Salman había intentado no pensar en ello durante todo el día, había intentado convencerse de que no era cierto, había tratado de ignorar la incómoda sensación de culpa y responsabilidad.

Al verla acercarse a su casa se había sentido como si tuviese entre las manos una delicada mariposa, a la que no podía evitar aplastar, ni siquiera si quería proteger su frágil belleza.

Eloise, su compañera, que lo había acompañado a casa con el pretexto de que le diese un documento, se había acercado a él en el momento perfecto. Su sensualidad, confiada y excesivamente desenvuelta, contrastaba con la sutileza de Jamilah. Él había sabido que tenía que dejarla marchar, y por eso se había asegurado de dejarle claro que lo suyo se había terminado. Sabía que iba a aplastar a la mariposa, pero no tenía elección. No podía ofrecerle nada más que un alma llena de oscuros secretos. Él no podía amar.

Por un momento, se quedó en silencio, la miró hasta hacer que ella se marease. Por un segundo, a Jamilah le pareció ver arrepentimiento en sus ojos. Hasta que éste volvió a hablar y le rompió el corazón en dos.

—Sabía que estabas subiendo. El conserje me ha avisado —le confesó, encogiéndose de hombros—. Podría no haber besado a Eloise, pero he preferido que vieses eso, a que averiguases el tipo de persona que soy en realidad. Jamás debí seducirte. Fue una debilidad hacerlo.

Jamilah leyó entre líneas. Lo que Salman quería decirle era que le había sido demasiado fácil seducirla.

—Deberías marcharte. Supongo que tienes que preparar muchas cosas antes de volver a Merkazad. Créeme, Jamilah, no soy la clase de hombre que puede darte lo que tú quieres. Soy muy retorcido, no un caballero capaz de hacerte vivir un romántico sueño. Lo nuestro se ha terminado. Esta noche voy a salir con Eloise y voy a continuar con mi vida. Y te sugiero que tú hagas lo mismo.

–Pensé que éramos amigos... pensé... –balbució ella, aturdida.

–¿El qué? –replicó Salman–. ¿Que íbamos a ser amigos para toda la vida sólo porque crecimos en el mismo lugar y pasamos tiempo juntos?

Jamilah se dijo a sí misma que lo mejor era no responder a aquello, pero no pudo evitar hacerlo.

–Era más que eso... Lo nuestro era diferente. Hablabas conmigo, pasabas tiempo conmigo, mientras que no lo hacías con nadie más... Estas tres últimas semanas... Pensé que lo que siempre habíamos compartido estaba transformándose en algo...

Salman la hizo callar con su fría mirada.

–Durante años, me estuviste siguiendo como un cachorro y yo no tuve el valor de decirte que me dejases en paz. Estas tres últimas semanas sólo hemos tenido sexo. Te has convertido en una mujer muy bella y te he deseado. Ni más ni menos.

Eso era todo.

–No me digas nada más. He entendido el mensaje. Es evidente que ya no tienes corazón. Eres un desgraciado.

–Sí, lo soy –admitió él.

Jamilah consiguió por fin moverse, se dio la vuelta para marcharse y tropezó con las bolsas que se le habían caído al suelo. Ni siquiera intentó recogerlas.

Estaba en la puerta cuando le oyó decir a Salman con cinismo:

–Saluda a mi querido hermano y a Merkazad de mi parte. No pretendo ir a verlos en mucho tiempo.

Jamilah abrió la puerta y salió. No miró atrás ni una sola vez.

Un año antes

La celebración del cumpleaños del sultán de Al-Omar era tan fastuosa como siempre. Tenía lugar en el palacio Hussein, en el corazón de la magnífica metrópolis de B'harani, en la costa de la península arábiga, a unas dos horas de la montañosa Merkazad.

Uno de los asesores del sultán llevaba años detrás de Jamilah que, por fin, había cedido y había decidido asistir ese año a la fiesta. En esos momentos tenía un nudo en el estómago porque sabía que, si había aceptado la invitación, era porque Salman iba a estar allí.

Todos los años, los periódicos sensacionalistas lo sacaban con alguna belleza nueva. Salman siempre asistía a la fiesta solo, pero se marchaba bien acompañado.

Su acompañante se había alejado de ella un momento y Jamilah estaba sola en el salón de baile. Era la primera noche de celebraciones, así que se suponía que sólo estaban allí los familiares y los amigos más íntimos del sultán, pero había alrededor de doscientas personas en la habitación.

Jamilah notó que le picaba la piel y se arrepintió de haber tomado una decisión tan precipitada. Lo había hecho porque, desde que había visto por úl-

tima vez a Salman en París, no había podido sacár-
selo de la cabeza, y hasta había empezado a soñar
con él. Soñaba con que ella tenía seis años y estaba
delante de la tumba de sus padres, entonces Salman
se acercaba y le daba la mano, transmitiéndole una
fuerza tan palpable que no podía olvidarse de ella.

Sabía que era ridículo, pero se había enamorado
de él en ese momento y a pesar de saber que ese
amor infantil jamás se convertiría en un amor adulto,
no podía evitar que se le encogiese el corazón cada
vez que lo recordaba.

No podía seguir así y esperaba que yendo a la
fiesta y viendo a Salman comportarse como un
playboy, sentiría asco y conseguiría seguir con su
vida.

Se había imaginado saludándolo con practicada
sorpresa. Le preguntaría cómo estaba y fingiría aburrirse mientras escuchaba su respuesta. Después se
alejaría y lo habría olvidado. Y él se quedaría seguro
de que su breve aventura no significaba nada para
ella.

Pero no había ocurrido así. Estaba saliendo del
salón de baile, distraída, mirando su bolso, cuando
había visto a un hombre alto, fuerte y moreno vestido de esmoquin. Había estado a punto de llamarlo
pensando que se trataba del hermano de Salman,
Nadim. Los dos eran igual de altos y fuertes. Entonces, Jamilah se había dado cuenta de su error,
pero no había podido evitar dar un grito ahogado.

Él había fruncido el ceño al verla y la había recorrido de los pies a la cabeza con la mirada.

–Jamilah... por fin nos encontramos. Me preguntaba si estarías evitándome.

Ella había recordado inmediatamente aquella fatídica tarde en París, en su apartamento. Y había luchado por guardar la compostura, agradecida de ir vestida con un traje de diseñador y de estar muy bien maquillada. Se había obligado a andar hacia él por el pasillo vacío para pasar por su lado sin pararse, pero Salman la había agarrado del brazo para detenerla.

Ella lo había mirado, con su traicionero corazón acelerado.

–No seas ridículo, Salman. ¿Por qué iba a querer evitarte?

Una voz en su interior había respondido: «Porque te rompió el corazón y jamás has podido olvidarlo».

–Porque es la primera vez que te veo en la fiesta de cumpleaños del sultán –le respondió él, mirándola con dureza.

Jamilah se había zafado de él.

–Esto no es precisamente lo mío, pero, aunque no sea asunto tuyo, he venido porque he sido invitada por...

–Ah, Jamilah, aquí estás. Te estaba buscando.

Aliviada, Jamilah había visto acercarse a su acompañante. Lo había dejado acercarse y que le pusiese el brazo alrededor de los hombros para dejar claro que estaba con él. Y a ella, por una vez, no le había importado. Luego había balbucido algo en dirección a Salman y se había dejado alejar de allí, dejando a éste a sus espaldas.

En ese momento se encontraba entre la multitud que se había reunido después de la cena, una cena que a ella le había costado mucho tragar, consciente de la intensa mirada de Salman desde el otro lado de la mesa.

Aliviada, vio a su acompañante con el jeque Nadim y la acompañante de éste, Iseult, una chica irlandesa que había ido a trabajar a los establos de Nadim después de que éste hubiese comprado la granja de ganado de sus padres en Irlanda.

Jamilah se acercó a ellos, que la miraron preocupados porque estaba muy pálida. Se sentía mareada.

—¿Qué te pasa, Jamilah? —le preguntó Iseult.

Ella sonrió.

—Nada.

Pero sabía que había palidecido al ver que Salman se acercaba hacia allí con el ceño fruncido. ¿Cómo había podido pensar que aquello sería buena idea?

Jamilah se disculpó en un susurro y se dirigió hacia las puertas abiertas del patio, donde, afortunadamente, había poca gente. Se apoyó en la barandilla de piedra y respiró hondo, pero todo su cuerpo reaccionó al notar que lo tenía detrás.

Se giró muy despacio y vio que el patio se había quedado vacío.

—Déjame tranquila, Salman —le pidió con voz temblorosa.

—Si querías que te dejase tranquila, debías haberte quedado en Merkazad —replicó él con brusquedad.

Jamilah hizo una mueca al reconocer que aquello era verdad. Cómo había podido pensar que soportaría aquello...

–Ah, sí, porque tú nunca vienes a casa.

–Exacto –admitió él con los ojos brillantes.

Durante unos segundos, ninguno de los dos dijo nada y luego, Salman dio un paso al frente. A Jamilah le dio un vuelco el corazón y se fijó en que alguien había cerrado las puertas del patio.

–Eres todavía más guapa de lo que recordaba –le dijo él con voz profunda.

Jamilah se olvidó de escapar de allí y lo fulminó con la mirada. Su piropo cayó en oídos sordos. Había un brillo depredador en sus ojos que a Jamilah no le gustó. No tenía ningún derecho sobre ella. El rostro de Salman estaba entre las sombras, así que no podía ver su expresión.

–La última vez que me viste me dijiste que era muy bella, Salman... ¿o no te acuerdas de cómo me explicaste por qué te habías acostado conmigo?

–Sin duda, eras muy bella entonces, pero ahora hay una madurez en tu belleza...

La nostalgia de su voz pilló a Jamilah desprevenida.

Se obligó a sonreír.

–Deberías ser capaz de reconocer el cinismo en mis palabras, Salman. Al fin y al cabo, eres el rey de los cínicos, ¿no? Siempre llegas a la fiesta del sultán con las manos vacías y te marchas con la mujer más bella del lugar. ¿Sigues teniendo la norma de no estar con ninguna más de tres semanas, o sólo me la aplicaste a mí? Dime, ¿cuánto tiempo te duró Eloise?

—Para.

—¿Por qué?

Salman se acercó más, salió de entre las sombras y entonces fue cuando Jamilah vio la crudeza de su rostro y estuvo a punto de olvidarse de todo.

—Pensé que ya lo habrías superado.

Jamilah rió con amargura.

—¿Superarlo? —repitió, cruzando los dedos detrás de la espalda—. Te he olvidado hace mucho tiempo y no tengo nada de qué hablar contigo, así que, si no te importa, imagino que mi acompañante me estará buscando.

—Ese hombre no está hecho para ti. Es un mequetrefe, una marioneta del sultán. ¿Qué estás haciendo con él?

—¿Y a ti qué te importa? Es perfecto —le espetó ella, intentando rodearlo para marcharse.

Salman la agarró del brazo.

—Dime, ¿gritas su nombre extasiada? ¿Le clavas las uñas en la espalda y le ruegas que no pare jamás?

No le hizo falta añadir si también le decía que lo amaba. Jamilah no pudo evitar recordar y casi no se dio cuenta de cómo Salman volvía a ponerla delante de él. Tampoco fue consciente de la intensidad de su mirada, ni de cómo gemía justo antes de besarla.

Sólo salió de su aturdimiento al notar cómo los labios calientes de Salman sellaban los suyos, obligándola a abrirlos para meterle la lengua dentro de la boca. Jamilah no pudo defenderse. El deseo hizo que ardiese por dentro.

Era increíble, cómo su cuerpo recordaba las caricias de Salman, lo mucho que las deseaba. Le gustó sentir sus manos en la espalda, agarrándola por el trasero. Salman la apretó contra él, haciéndole notar su erección y ella no pudo evitar arquear el cuerpo contra el suyo, deseando más. Como si no hubiese pasado el tiempo.

Entonces Salman la apretó todavía más contra él y Jamilah vio en su mente a la mujer pelirroja, entre sus brazos, haciendo el amor con él.

De repente, se apartó de él, horrorizada por su debilidad.

—Mantente alejado de mí, Salman. No hay nada entre nosotros. Nada. Nunca lo ha habido. Tú mismo lo dijiste. Fue sólo una aventura y yo ya no estoy en el mercado para nadie.

Se dio la media vuelta y atravesó las puertas, rezando porque Salman no volviese a detenerla. Entonces, se giró y le dijo:

—Tuviste tu oportunidad y no tendrás otra. Y, para tu información, he gritado muchos otros nombres, extasiada, después del tuyo, así que no pienses que lo que ocurrió entre nosotros fue algo especial.

Salman la vio volver a la fiesta y, por un momento, una ola de desesperación lo sacudió. Volver a verla había despertado muchas emociones en él, emociones que no había sentido desde la última vez que habían estado juntos. Se apoyó en la pared. De repente, le temblaban las piernas.

Besarla, abrazarla, había sido embriagador.

Familiar. Y necesario. Tan necesario como respirar. Era como si no hubiese pasado el tiempo. La deseaba casi desesperadamente. Y con aquello en mente, volvió a erguirse. Ya la había seducido y la había rechazado después. No tenía derecho a desearla otra vez. Nunca deseaba a ninguna mujer después de haberla tenido. ¿Por qué iba a ser aquélla distinta?

Apretó los labios y volvió a la fiesta. Esperaba que fuese verdad, lo de que había tenido muchos otros amantes después de él, porque eso significaba que su impacto en ella había sido mínimo, y que podía ignorar el hecho de haber creído ver vulnerabilidad y dolor en sus increíbles ojos azules.

Jamilah sabía que lo que le había dicho a Salman antes de marcharse había sido todo mentira, pero le había hecho sentirse bien por un instante. Después de aquello, se había marchado de la fiesta y una hora después ya estaba con la cara lavada y de camino a Merkazad subida en su todoterreno.

Al final tuvo que detenerse en el arcén de la autovía ya que las lágrimas le impedían ver la carretera. Apoyó la cabeza en el volante y admitió que había sido muy ingenua al pensar que podría marcharse tan tranquila después de haber visto a Salman y, todavía peor, después de haberlo besado. A pesar de estar segura de que para él sólo había sido un cruel experimento para ver que seguía deseándolo.

En cierto modo, Jamilah jamás había podido creer que se hubiese convertido en un extraño, tan cruel y distante, aquel día.

Intentó no permitir que su cerebro fuese por ahí. No quería justificar el comportamiento de Salman. Era frío y despiadado, siempre lo había sido, pero su ingenuidad no le había permitido verlo antes.

Jamilah se había preguntado muchas veces si los catastróficos acontecimientos que habían tenido lugar en Merkazad tenían algo que ver con el aislamiento y la oscuridad de Salman. Años antes de que Merkazad hubiese sido invadido por un ejército de Al-Omar, que se había opuesto a su independencia, Salman, su hermano y sus padres habían estado tres largos meses encerrados en los sótanos del castillo. Había sido una época muy difícil para todo el país, y debía de haber sido una experiencia traumática para Nadim y Salman, pero, por entonces, ella había tenido sólo dos años, así que no podía recordar los detalles.

Años después de su liberación, ella siempre había podido pasar tiempo con Salman, aunque éste no hubiese permitido ni siquiera a su hermano y a sus padres acercarse. Él no le había hablado mucho, pero siempre la había escuchado. Y jamás la había hecho sentirse incómoda. Hasta la había buscado antes de marcharse de Merkazad para siempre. Aquel día, le había tocado la mejilla con un dedo y la había mirado con tanta tristeza que Jamilah había deseado reconfortarlo, pero él se había limitado a decirle:

—Ya nos veremos, niña.

Ése era el vínculo que ella creía que había cobrado vida durante aquellas tres semanas en París. No obstante, si creía lo que Salman le había dicho entonces, ¿y por qué no iba a creerlo?, había sido sólo una cruel ilusión. Tenía que convencerse a sí misma de que el comportamiento de Salman no tenía justificación, y después de aquella noche, tenía que dejar de estar obsesionada con él.

Capítulo 2

El jeque Salman bin Kalid al Saqr observó las sombras de las aspas del helicóptero en las montañas que había a sus pies y, al mirar a lo lejos, vio por fin los minaretes y el perfil de Merkazad, y el castillo, hacia donde iba. Su casa y lugar de nacimiento. Volvía por primera vez en diez años. Y se sentía aturdido por dentro.

Todavía recordaba el día en que se había marchado, y la virulenta discusión que había tenido con su hermano mayor, Nadim, como si hubiese sido el día anterior. Ambos en el estudio de su hermano, desde el que éste dirigía el país desde la temprana edad de los veintiún años. A Salman siempre le había dado miedo que su hermano tuviese tanta responsabilidad porque siempre había sabido que él no sería capaz de soportarla.

No por falta de capacidad, sino porque con sólo ocho años ya se había sentido responsable de su pueblo y, aunque jamás había hablado de ello, había decidido sacar para siempre de su corazón a Merkazad y a cualquier persona que tuviese algo que ver con el país.

Como para contradecirlo, apareció en su mente la imagen de Jamilah, la similitud que siempre había sentido con ella, el hecho de que, durante mucho tiempo, hubiese sido la única persona a la que le había permitido estar cerca de él y, en París, la facilidad con la que se había dejado seducir por ella para vivir de manera más indulgente que nunca. Y luego, cómo le había dicho que aquello no había significado nada para él, que aquel vínculo especial era sólo imaginación de ella. Le picó la piel sólo de recordarlo e intentó olvidarse de aquello y volver a pensar en aquel momento que había pasado con su hermano.

—¡Ésta es tu casa, Salman! —le había gritado Nadim—. Te necesito aquí conmigo. Necesitamos gobernar juntos para ser fuertes.

Salman todavía recordaba lo muerto que se había sentido por dentro, tan alejado de la pasión de su hermano. Había sabido que aquél sería su último día en Merkazad. Era un hombre libre. Desde que había tenido ocho años, desde la horrible época de su encarcelamiento, se había sentido siglos mayor que Nadim.

—Hermano, ahora éste es tu país, no el mío. Voy a forjar mi propia vida. Una vida en la que no podrás darme órdenes. No tienes derecho a hacerlo.

Había visto a Nadim luchar consigo mismo y advertirle en silencio que no se metiese en aquello. Al marcharse, había visto como su hermano perdía las

ganas de pelear. El peso de su historia era demasiado grande. Salman sentía celos cada vez que miraba a su hermano y sabía que su bondad jamás se
había visto comprometida, ni arrebatada, ni violada,
como le había ocurrido a él cuando le habían arrancado su niñez durante tres meses que le habían parecido tres siglos.

Salman sabía que su hermano se culpaba a sí
mismo por no haberlo protegido entonces. Y a pesar
de estar convencido de que no tenía sentido, porque
Nadim había estado tan indefenso como él, Salman
también seguía culpándolo por no haberle evitado
los horrores que había tenido que vivir. En cierto
modo, quería que su hermano sufriese lo mismo que
había sufrido él, y se lo infligía con impunidad, sabiendo lo que hacía a pesar de odiarse por ello al
mismo tiempo.

La culpa y las recriminaciones llevaban años bu-
llendo entre ambos y no había sido hasta un año antes, al ver a Nadim en el cumpleaños del sultán de
Al-Omar, cuando Salman había notado un pequeño
cambio en su interior. Habían hablado sólo durante
unos tensos segundos, como hacían siempre que se
encontraban una o dos veces al año, pero Salman había sentido una especie de ingravidez desconocida
hasta entonces.

Hizo una mueca, sus ojos miraban pero no veían
la imagen de su país en todo su rocoso esplendor.
El hecho de estar sobrevolándolo, de estar a punto
de aterrizar, hablaba por sí solo. Una parte de él seguía sin creer que fuese a pasar un mes en Merka-

zad, ocupando el lugar de Nadim, mientras éste y su esposa embarazada iban a Irlanda, el país de origen de ésta.

Una ley ridícula y arcaica decía que, si Merkazad estaba un mes sin su jeque, el ejército podría dar un golpe de estado para establecer a un nuevo soberano. Era una ley que se había creado en una época en la que el territorio había sufrido muchos ataques, para proteger a Merkazad de las fuerzas extranjeras.

Era la segunda vez que estaban en aquella situación. La anterior había sido cuando sus padres habían fallecido y se había formado un gobierno provisional hasta que Nadim había cumplido la edad necesaria. Por suerte, el ejército había sido incondicionalmente leal a su padre y a Nadim.

No obstante, Nadim le había confesado a Salman que, desde que se había casado con Iseult, algunas personas se habían sentido decepcionadas porque no hubiese escogido a una esposa de su país. Y le preocupaba que hubiese cierta inestabilidad hasta que naciese su primer heredero, pero si Salman ocupaba su lugar, nadie podría estar en desacuerdo.

Y Salman había accedido, a pesar de haber deseado no hacerlo. En el fondo, siempre había sabido que algún día tendría que volver a casa y enfrentarse a los fantasmas del pasado y, al parecer, el momento había llegado. Así que había achacado su incomprensible decisión a aquello, y no a un latente sentido de la responsabilidad, ni al hecho de que hubiese pasado el tiempo... ni a que no había estado tranquilo desde que había visto a Jamilah un año antes.

Todavía recordaba cómo se le había encogido el estómago nada más verla. En ese momento se había dado cuenta, aliviado, de que siempre que había ido a la fiesta del sultán lo había hecho con la esperanza de verla... y no le había gustado nada la revelación.

Se puso serio. Jamilah siempre estaría fuera de su alcance. Tenía que haberla rechazado en su momento, pero no había sido capaz de resistirse. A pesar de saber que era una mujer demasiado inocente para su frío corazón, la había seducido en París, le había robado la inocencia, demostrándose a sí mismo lo vicioso que era en realidad.

Y, no contento con aquello, le había roto cruelmente el corazón. Se le encogió el estómago al recordar su cara tan pálida aquel día. El increíble dolor de sus maravillosos ojos.

Se aseguró a sí mismo que la había salvado, de él y de otros hombres parecidos. Porque él ya no podía salvarse. Había visto la cara del maligno y eso lo había contaminado para siempre, y contaminaría a cualquiera que se acercase a él, por eso no permitía que nadie se le acercase demasiado.

Y, aun así, había besado a Jamilah en la fiesta del sultán. Su cuerpo cobró vida propia al pensar en ella y Salman cambió de postura, incómodo.

Se obligó a no pensar en que, durante el último año, ninguna mujer había conseguido saciar su insaciable libido, sólo de pensar en Jamilah se excitaba, pero jamás volvería a tocarla. Si tenía la oportunidad de redimir un poquito de su alma, lo haría con aquello.

Salman sabía que Nadim sospechaba que había pasado algo entre ambos y, por supuesto, no le parecía bien. La última vez que habían hablado le había dicho:

—No creo que veas a Jamilah. Vive y trabaja en los establos y está muy ocupada.

Y él había pensado que mucho mejor, porque se estremecía sólo de pensar en los caballos y en los establos, así que no iba a pasarse por allí. Sintió ganas de decirle al piloto que se diese la vuelta, pero se dijo que era lo suficientemente fuerte como para aguantar un mes en su propio país. Tenía que serlo. Había oído historias mucho más duras que la suya. Se lo debía a aquéllos que habían confiado en él contándoselas para que pudiese enfrentarse a su pasado.

Volvió a desear poder refugiarse en las drogas y en el alcohol.

Suspiró al ver con claridad el castillo. Superaría aquello como había superado el resto de etapas de su vida: distrayéndose del dolor.

—Señorita Jamilah...

Salman salió del helicóptero con la camisa medio salida y unos vaqueros desgastados. Parecía... una estrella del rock, no el segundo en la línea sucesoria de Merkazad.

El ama de llaves arrugó el rostro y comentó:

–No se parece en nada a su hermano. Es una desgracia para...

–Hana, ya es suficiente.

Todo el personal estaba reunido para hablar de las tareas domésticas del castillo durante la ausencia de Nadim e Iseult, y Jamilah estaba muy nerviosa desde que se había enterado el día anterior de la llegada de Salman en helicóptero.

La otra mujer se puso colorada.

–Lo siento, señorita Jamilah. Por un momento, me he dejado llevar...

Jamilah sonrió con tensión.

–No pasa nada. Sólo estará aquí hasta que Nadim e Iseult regresen... y después todo volverá a la normalidad.

«Sí, claro».

Al ama de llaves se le iluminó el rostro.

–¡Y al año que viene tendremos un bebé en el castillo!

Jamilah quería mucho a Nadim y a Iseult, pero no podía evitar sentir celos de su exultante felicidad.

En realidad, se había sentido aliviada al enterarse de que se marchaban a Irlanda. Ser testigo de su intenso amor le estaba resultando cada vez más difícil, sobre todo, desde que Iseult había anunciado su embarazo seis meses antes.

No obstante, el alivio le había durado muy poco tiempo, hasta que Nadim había comentado con naturalidad que sería Salman quien lo reemplazase durante el tiempo que durase el viaje.

Jamilah se había dado cuenta de que tanto Nadim como Iseult habían estado pendientes de su reacción. No le habían hecho preguntas después de que se comportase de manera tan rara en la fiesta del sultán un año antes, pero había sido evidente que tenía algo que ver con Salman.

En cualquier caso, había conseguido responder:

—Qué bien. Hace tanto tiempo que no viene a casa...

—Podrías marcharte a Francia, si quieres —le había sugerido Nadim—. A echar un vistazo a nuestros establos de allí.

Y ella se había puesto tensa.

—No. De eso nada. No voy a irme a ninguna parte. Aquí hay demasiado trabajo...

También estuvo a punto de contestar que no cuando Hana le preguntó si iba a ir al castillo a hablar con Salman.

Jamilah sonrió y respondió:

—¿Para qué iba a querer ir yo al castillo, si tú lo tienes todo tan bien organizado? Llámame si me necesitas.

Y, para su alivio, Hana se marchó sola. Jamilah apoyó la espalda en el respaldo de su sillón. Tenía el corazón acelerado.

Un mes.

Un mes entero sin acercarse al castillo ni a Salman. Al menos, en los establos estaba segura. Desde que lo conocía, sentía aversión por los caballos, así que no se acercaría a ellos.

Lo había superado, así que daba igual que estuviese a diez minutos de allí.

El teléfono de Jamilah sonó a las cinco y media de la mañana, justo cuando iba a salir a hacer su primera ronda por los establos, para comprobar que todo estaba en su lugar.

Descolgó en el despacho, que formaba parte de sus habitaciones. Sólo pudo oír un llanto histérico, y luego logró tranquilizar a Hana para que le contase lo que le pasaba.

Enfadada, le dijo:

–Ahora voy.

Salió, se subió a su todoterreno y realizó el trayecto de diez minutos hasta el castillo.

En cuanto se bajó del coche, Hana, que la estaba esperando, empezó a balbucir:

–Toda la noche, todas las noches... música alta, ¡y la comida! Es demasiado... No puedo con tantas exigencias y han empezado a tirar cosas... ¡En la sala de ceremonias! Si Nadim estuviese aquí...

–Organiza a la plantilla para que hagan la limpieza, y llama a Sakmal para que venga con un autobús. Echaré a todos los invitados esta misma mañana.

Una hora después, Jamilah llegaba furiosa hasta los aposentos en los que se había instalado Salman. Acababa de ver todos los destrozos causados por el grupo de amigos europeos de Salman y había visto como al menos cincuenta de ellos, todavía borrachos, se subían a un autobús que les llevaría a Al-Omar y, de allí, a casa.

Abrió la puerta de la suite de Salman de un empujón y la hizo chocar contra la pared. El dolor que sintió dentro casi la hizo doblarse, y eso la enfadó todavía más.

Había dos cuerpos tumbados encima de un sofá. Una botella de champán vacía y copas tiradas. La mujer, joven y rubia, muy maquillada, llevaba un minúsculo vestido de lentejuelas. Parecía borracha, allí tumbada, al lado de Salman, que estaba dormido. Al menos él llevaba todavía los vaqueros puestos.

–Perdone –le dijo la rubia–, ¿quién cree que es?

Jamilah se acercó, intentando no mirar el torso desnudo de Salman, y la levantó agarrándola del brazo.

–¡Ay!

La llevó hasta la puerta, donde dos doncellas esperaban nerviosas.

–Chicas, acompañadla al autobús en cuanto haya recogido sus cosas y decidle a Sakmal que puede marcharse. Creo que ya está todo el mundo.

Jamilah cerró la puerta de un golpe y suspiró profundamente. Luego se giró y vio que Salman no se había movido. Siempre había dormido como un tronco.

Ella lo recorrió con la mirada y pensó que parecía un ángel caído del cielo, pero no lo era.

Apretó la mandíbula para luchar contra el calor que la estaba invadiendo y fue al baño, donde encontró lo que estaba buscando. Luego rezó en silencio porque Nadim y Hana la perdonasen por el daño que iba a hacerle a los muebles y le tiró un cubo lleno de agua helada a Salman.

Salman pensó que lo estaban atacando y sus reflejos hicieron que se pusiese en pie de un salto antes de saber lo que pasaba.

Sólo tardó un par de segundos en averiguarlo y, entonces, se relajó. Tenía a Jamilah delante con un cubo vacío en las manos y expresión beligerante en el rostro. Y Salman se sintió centrado, y no a la deriva, por primera vez desde que había llegado allí.

Con el pelo recogido, sin maquillaje, vestida con camisa blanca, vaqueros y botas de montar, Jamilah aparentaba dieciocho años. Sus increíbles ojos azules brillaban como zafiros y tenía las mejillas sonrosadas. Era toda una belleza, en comparación con las mujeres que había intentado acaparar su atención durante los últimos días y Salman sintió asco al pensar en la que acababa de marcharse.

Se había prometido a sí mismo de que se desharía de todos sus invitados al haberse dado cuenta de que había sido un error llevarlos allí, pero, a juzgar por la expresión de Jamilah, ésta se le había adelantado.

–¿Cómo te atreves? –inquirió Jamilah enfadada–. ¿Cómo te atreves a volver aquí y a convertir este castillo en tu lugar de diversión particular? La pobre Hana está destrozada. Y además del caos y la des-

trucción que has causado aquí, las constantes llega-
das de amigos tuyos en helicóptero han estado asus-
tando a los caballos.

Salman la miró de pies a cabeza. No parecía arrepentido, ni siquiera parecía borracho. La estaba es-
crutando con la mirada.

Se cruzó de brazos y le preguntó:

—¿No vas a darme ni un beso de bienvenida?

Jamilah dejó el cubo de agua en el suelo y le
mantuvo la mirada a pesar de sentir ganas de huir.

—Es evidente que Merkazad te parece demasiado
aburrido, pero te sugiero que, si quieres divertirte, te
marches con tus amigos a B'harani, hacia donde
ellos van ya en autobús.

Por un segundo, a Jamilah le pareció ver sonreír
a Salman, pero sólo por un segundo. Y ella sintió
todavía más ganas de huir. Se dio la media vuelta
con la intención de salir de la habitación, pero él la
agarró e hizo que volviese a mirarlo.

—¿Adónde crees que vas?

—¿Qué...?

Salman sabía que debía dejarla marchar. Se había dicho a sí mismo que no debía perseguirla, pero
después de verla, tan guapa, con aquel cuerpo cur-
vilíneo, supo que no iba a poder resistirse.

Salman arqueó una ceja.

—Ya te he dicho que quiero que me saludes civi-
lizadamente.

Jamilah lo fulminó con la mirada y se maldijo
por haber ido allí.

—¿Para qué molestarme en saludar a alguien que

ni siquiera es capaz de tratar su propia casa y a sus empleados con respeto?

Los ojos de Salman también brillaron.

–Exacto. Ésta es mi casa, y a ti te vendría bien recordarlo.

–¿Quieres que recuerde cuál es mi lugar? ¿A eso te refieres, Salman? Hace mucho tiempo que no hace falta que nadie me recuerde que no formo parte de tu familia.

Intentó zafarse de él, pero la estaba agarrando con demasiada fuerza, Salman la colocó justo delante de él y la miró a los ojos. Por supuesto que no era un miembro de su familia. A pesar de que Nadim la apreciaba mucho y de que sus padres la habían protegido, Jamilah siempre había sabido cuál era su lugar. Entonces, ¿por qué lo estaba provocando en esos momentos?

–Sabes muy bien que no es eso lo que quería decir. Lo cierto es que ésta es mi casa y puedo hacer lo que desee en ella. Como jeque en funciones, no tengo que darle explicaciones a nadie.

Jamilah levantó la barbilla y respondió:

–Me tendrás que dar explicaciones a mí. Tal vez yo no sea jeque, pero aquí todo el mundo sabe quién está al mando, y ése no eres tú. Antes tienes que ganarte el respeto de la gente. Y yo no voy a quedarme de brazos cruzados, viendo como profanas el hogar de Nadim e Iseult.

Antes de que a Jamilah le diese tiempo a cuestionarse por qué tenía tantas ganas de provocarlo, sintió que estaban demasiado cerca y que, de repente, el olor único e intenso de Salman estaba embriagándola.

–Como he dicho –comentó él en tono glacial–, ésta es mi casa tanto como la de Nadim, e invitaré a ella a quien quiera, cuando quiera.

Incapaz de articular una respuesta y aturdida por la proximidad de Salman, Jamilah intentó de nuevo zafarse de él.

Pero sólo consiguió que Salman la apoyase contra su duro pecho y entonces Jamilah lo oyó jurar entre dientes. De repente, la estaba abrazando por debajo de los pechos y la estaba llevando hacia el cuarto de baño. Ella pataleó, pero fue inútil. Estaba pegada a su cuerpo fuerte y mojado. Y era culpa suya.

No le dio tiempo a protestar antes de llegar al baño. Salman la sujetó con un brazo mientras abría la ducha. Jamilah intentó soltarse, pero no pudo. El brazo de Salman era como una barra de acero y ella notó cómo se le deshacía la coleta.

El baño estaba empezando a llenarse de vaho cuando por fin consiguió preguntarle:

–¿Se puede saber qué estás haciendo? ¡Suéltame ahora mismo!

Un segundo después, Salman se puso debajo de la ducha con ella a su lado y le contestó:

–Te estoy tratando como me has tratado tú a mí, Su Excelencia.

Capítulo 3

LA IRA que Salman había notado crecer en su interior unos segundos antes ya estaba disminuyendo y sabía que tenía más que ver con el efecto que aquella mujer tenía en él que con su beligerancia y enfado. Y, en esos momentos, sólo podía ver a Jamilah, con la ropa empapada y pegada a su increíble cuerpo.

Ella había dado un grito ahogado y había pegado la espalda contra la pared. El agua le corría por la cabeza, por la cara y los ojos. Salman le puso la mano en el abdomen para sujetarla.

Jamilah vio brillar sus ojos a través del vapor, su pelo pegado a la cabeza, el agua corriendo por su poderoso pecho. Intentó quitarle la mano de su cuerpo, pero él la apartó y le dijo muy serio:

—No vas a ir a ninguna parte.

Ella se sintió humillada al saber que la ropa se le pegaba el cuerpo. Como si le hubiese leído el pensamiento, Salman bajó la vista y ella notó cómo respondían sus pechos y se le erguían los pezones. Salman la miró con deseo y ella, por desgracia, sintió calor.

Intentó salir de allí, pero Salman se acercó más

y la agarró de las manos y se las puso encima de la cabeza. Jamilah luchó contra él, sintiéndose vulnerable, en realidad, estaba luchando contra el calor de su propio cuerpo. Dejó de moverse cuando Salman apoyó las caderas contra las suyas.

—Déjame marchar —le dijo.

Deseó darle un rodillazo entre las piernas, pero él volvió a leerle el pensamiento y la inmovilizó metiendo una de ellas entre sus muslos.

—No, no...

Y la sensación que tuvo ella al notarlo allí la dejó sin habla. Él le sujetó ambas manos con una sola y, con la otra, la agarró de la mandíbula para levantarle el rostro y hacer que lo mirase. Ella apretó los dientes e intentó girar la cara, pero no pudo.

Salman le sonrió. Era la sonrisa de un peligroso depredador.

—¿Ni siquiera te alegras un poco de verme?

Ella le escupió.

—Eres la última persona que me alegraría ver, Salman al Saqr.

Él sacudió la cabeza.

—¿Todavía tienes esos sentimientos tan fuertes a flor de piel, Jamilah?

Ella se sintió horrorizada. Tenía que protegerse. Obligó a su cuerpo a relajarse e intentó comportarse con la misma frialdad que él. Incluso le sonrió con dulzura.

—De eso nada. No siento nada por ti, Salman. Jamás lo he sentido. Lo que viste en París fue el afecto transitorio y equivocado que se siente por el primer amante. Nada más. No significas nada para mí. Sólo estoy enfadada porque has faltado al respeto a tu hermano y a tu cuñada, a los que aprecio mucho. Has causado el caos en el castillo y me niego a quedarme sin hacer nada al respecto.

Salman la miró con los ojos brillantes. Apretó la mandíbula. A ella le costó seguir con el cuerpo relajado al notar que él le clavaba más las caderas y frotaba contra su cuerpo la erección. Jamilah sintió una ola de calor.

–Eres un animal.

–En eso estoy de acuerdo. En estos momentos, me siento como un animal –admitió en tono provocador.

Luego le agarró con más fuerza la mandíbula y le devoró los labios sin darle tiempo a respirar. Sus cuerpos se tocaron, pecho con pecho, cadera con cadera, y Jamilah se excitó todavía más.

Deseó arrancar la ropa mojada de su cuerpo y apretarlo más contra el de Salman, sentir su piel mojada. Recordó otra ducha, en otro momento y en otro lugar. Él la había levantado y le había pedido que lo abrazase con las piernas por la cintura y luego la había penetrado.

Jamilah se enfadó con su reacción y con el vívido recuerdo que había hecho que le devolviese el beso, primero de manera desafiante y, después, apasionada. Luchó con más fuerzas que nunca por no responder, por no dejarse llevar y por no olvidar dónde estaba y lo que Salman le había hecho anteriormente.

Y aprovechó la oportunidad cuando él levantó la cara un instante. Con un movimiento brusco, salió de debajo de él y de la ducha, mojando todo el suelo de agua, con piernas temblorosas.

Salman se giró muy despacio debajo del chorro de agua y la miró. Luego se llevó la mano al botón de los pantalones y le dijo:

–Voy a ponerme más cómodo, ¿por qué no haces lo mismo tú y luego vienes aquí?

Ella negó con la cabeza. Se sentía como si tuviese fuego corriéndole por las venas.

–No iría contigo ni aunque fueses el único hombre de la Tierra y el futuro de la civilización dependiese de nosotros.

Salman sonrió y se bajó la cremallera. Jamilah vio la línea de bello que bajaba por su vientre y supo que estaba a punto de dejarse llevar por la ola de calor. No sabía por qué no podía moverse de allí.

Entonces, Salman le dijo:

–¿No crees que tendríamos unos hijos preciosos?

Y ella hizo un sonido raro. Estaba tan enfadada que quería llorar, o abofetear a Salman, que la miraba de manera burlona. Y, al mismo tiempo, deseó estar embarazada de aquel hombre. Y eso hizo que aumentase su dolor, porque había sabido lo que era estar embarazada de él durante unos días, antes de que la naturaleza hubiese seguido su trágico curso. Todavía podía experimentar aquel dolor desgarrador, el intenso sentimiento de pérdida, y él jamás se enteraría.

Seguía burlándose de ella, jugando, quitándose

los vaqueros mojados, ajeno a la implosión nuclear que estaba sintiendo Jamilah, que decidió apartar la vista y tomar una toalla. Salió del baño con piernas temblorosas y lo oyó decir con suavidad:

–Cobarde.

Salman se quedó en la ducha después de que Jamilah se hubiese marchado, con las manos apoyadas en la pared y la cabeza agachada entre ellas. Unos minutos antes, la había tenido allí, cautiva. Empapada y más sexy que nunca. Puso el agua fría y pensó que tal vez fuese la primera vez desde su adolescencia que iba a tener que darse placer él solo con el fin de recuperar la cordura. Aunque, en el fondo, sabía que su cordura se había marchado con Jamilah.

Su cuerpo siguió sin responder a pesar del agua fría y él resistió las ganas de aliviarse solo. Independientemente de su pasado, y de su maldita historia, una cosa estaba clara: Jamilah iba a volver a su cama hasta que se saciase de ella. Hasta que ambos estuviesen saciados. Porque el deseo era mutuo, explosivo y estaba pendiente de satisfacer. Y él no podría sobrevivir un mes allí sin hacerla suya. Se volvería loco.

De repente, dejó de preocuparle el bienestar emocional de Jamilah y el estado de su alma. Su manera de actuar lo había dejado tranquilo. Ya no era una muchacha virgen, tímida e idealista. Y todo gracias a él.

Por un segundo, su mente le reprochó haberle hecho aquello. Antes de acostarse con ella, no había imaginado que sería virgen y le había sorprendido mucho averiguarlo al notar cierta tensión dentro de su cuerpo y ver una expresión de dolor en su rostro. Luego Jamilah había empezado a gemir y a rogarle que continuase y él, que era humano, no había sido capaz de parar.

Apretó los labios. Jamilah le había dicho que después de él había tenido muchos otros amantes y que lo que había sentido por él en París había sido sólo lo que se siente por el primer amante. Salman pensó que debía sentirse reconfortado con la idea, pero no fue así.

Cerró el grifo y salió de la ducha. Se secó y se juró en silencio que, si se estaba condenando al infierno por querer tener a Jamilah en su cama, ella iría con él.

Buscó ropa limpia e hizo un esfuerzo por no pensar más en aquello. Tenía cosas que hacer. Para empezar, asegurarse de que todos sus invitados se habían marchado. Por primera vez en muchos años, vivir a través de las personas que lo rodeaban, ver cómo perdían el sentido de sí mismas y envidiarlas por ser capaces de llegar a su nirvana, no le había funcionado para tapar su propia realidad.

—Le he pedido disculpas a Hana, y a Hisham.

Jamilah se armó de valor antes de girarse. Estaba deshaciendo la maleta en una de las habitaciones de invitados. No había querido que Salman se enterase de que había cedido a las súplicas de Hana y del ayudante el jefe de Nadim y se había mudado al castillo. Respiró hondo y se giró por fin para ver a Salman vestido con pantalones oscuros y camisa blanca, apoyado con despreocupación contra el marco de la puerta.

–Ya lo sé –le respondió ella con voz tensa, intentando ignorar la respuesta de su traicionero cuerpo.

Deseó no ir vestida con su uniforme habitual, consistente en camisa y vaqueros. Había tenido un día muy largo después de la atropellada mañana y estaba agotada.

Hana había ido a verla, ruborizada, para contarle que Salman se había disculpado, aparentemente, de todo corazón.

–Entonces... –comentó éste–. ¿Te han mandado a vigilarme? ¿Me vas a regañar por haberme portado mal?

Jamilah se dio cuenta por el tono de su voz que Salman no estaba acostumbrado a pedir perdón por sus actos. Y no le pareció que estuviese arrepentido.

Lo miró a los ojos y deseó poder mirar a otra parte. Salman tenía la habilidad única de hacer aflorar sus emociones más profundas. Siempre había sido así.

–Me ha pedido que venga y me quede aquí –contestó en tono helado–. Eso es todo. Como Nadim e Iseult no están, hay muchas cosas de las que ocuparse y es evidente que a ti no te interesa asumir esa responsabilidad.

Los ojos de Salman brillaron al oír aquello, pero fue sólo un instante y Jamilah se preguntó por qué se sentía mal.

Salman hizo una mueca.

—¿Qué quieres? ¿Que no mantenga mi reputación de hermano malo?

Jamilah apretó los labios.

—Eso es —le contestó. Y no pudo evitar expresar su curiosidad preguntándole—: ¿Por qué has venido a casa?

A él volvieron a brillarle los ojos de manera peligrosa.

—Te lo diré si cenas conmigo esta noche.

Estaba coqueteando con ella.

A Jamilah se le hizo un nudo en el estómago.

—Que tus odiosos amigos se hayan marchado no quiere decir que puedas entretenerte conmigo.

Luego fue hacia la puerta y empezó a cerrarla sin importarle que él estuviese en medio. Afortunadamente, Salman retrocedió, pero justo antes de que la puerta se cerrase, la paró con una mano y le dijo:

—Voy a estar aquí un par de semanas, Jamilah... No vas a poder evitarme eternamente. En especial, ahora que vamos a vivir bajo el mismo techo.

Ella resopló.

—En este castillo cabe un ejército entero. No tendremos que esforzarnos en no vernos, Salman. Y, créeme, yo no tengo la intención de buscarte. Ahora, si me perdonas, he tenido un día muy largo. Estoy cansada y quiero irme a la cama.

Él no le dejó cerrar la puerta y lo fulminó con la

mirada. Intentó no fijarse en que se había afeitado y su cara parecía muy suave. Olía a limpio, a hombre, a pesar de ser uno de los pocos hombres que había conocido que no utilizaba perfume.

–Esto no se ha terminado, Jamilah, ni mucho menos.

Ella sintió miedo. Sabía que no podría oponerse si Salman se empeñaba en seducirla, aunque fuese sólo porque estaba aburrido.

–Hace mucho tiempo que se terminó, Salman, y cuanto antes lo aceptes, mejor. Además, no me importa que ésta sea tu casa y que tú mandes en ella. Mantente alejado de mí.

Un rato después, en el balcón de su habitación, Salman se dio cuenta de que tenía un nudo en el vientre. La vista de Merkazad de noche se extendía debajo de él. Era una ciudad pequeña, pero bonita, llena de minaretes iluminados y edificios antiguos mezclados con otros nuevos. De niño, antes de la invasión rebelde, le había encantado observarla de noche y soñar despierto todo tipo de aventuras, pero después de haber estado encarcelado se había convertido en una prisión de la que tenía que escapar, a cualquier precio...

Esperó a sentir náuseas, pero no llegaron. En su lugar, estaba sospechosamente tranquilo. Como si aquellas vistas ya no le pareciesen amenazadoras.

Sólo podía pensar en Jamilah y en cómo acababa de verla, con el pelo suelto sobre los hombros. Se le volvió a cerrar el estómago. La había visto cansada, con ojeras. Y su vulnerabilidad había hecho que desease abrazarla y llevársela muy lejos de allí, hacia la noche estrellada, y tumbarla debajo de él. Corrigió su impulso. Sólo la deseaba. No quería protegerla.

Aunque sí lo había querido en el pasado... Cuando él tenía doce años y ella sólo seis. Podía recordarla delante de la tumba de sus padres como si hubiese sido el día anterior. Tan quieta, tan estoica. En ese momento había sentido con ella una afinidad que jamás había sentido con nadie más.

La tierra se movió bajo sus pies al tener que reconocer que tal vez Jamilah fuese la clave de aquella extraña sensación de serenidad. La idea lo inquietó todavía más que las vistas.

Dos noches después, tumbada en la cama sin poder dormir, Jamilah tuvo que admitir que probablemente se sentiría mejor si estuviese viendo a Salman todos los días. Tal vez así se haría inmune a su presencia. Una voz se burló de ella en su interior. Cualquier cosa antes que sentirse así, con una continua sensación de incómodo calor. No se concentraba en el trabajo, se sobresaltaba por cualquier ruido. Se pasaba el día hecha un mar de nervios.

Había oído hablar y especular a la gente acerca de él, sobre todo, a las chicas jóvenes que trabajaban en los establos.

Las había oído preguntarse si era cierto que era todavía más rico que el jeque Nadim. Las había oído

decir que era el hombre más guapo que habían visto.
Y extrañarse de que no fuese nunca a los establos.

Ante aquel último comentario, el ayudante en
jefe, un hombre llamado Abdul, había contestado
bruscamente:

–Es el jeque. Puede hacer lo que desee. Ahora,
volved al trabajo.

Y Jamilah lo había mirado sorprendida. Abdul
era el hombre más afable que conocía, y llevaba trabajando en los establos más tiempo que nadie. No
solía contestar a nadie. Cuando las chicas se habían
marchado, él había ido a disculparse con ella, avergonzado y colorado. Ella le había dicho que no era
necesario, a pesar de sentir curiosidad al verlo de-
fender a Salman con tanta efusividad. ¿Por qué?

Frustrada y enfadada por no poder evitar pensar
en Salman, Jamilah se destapó y salió de la cama.
Se desnudó y fue derecha a la ducha, donde estuvo
bajo el chorro de agua fría hasta que empezaron a
castañetearle los dientes, como para entumecer cualquier sentimiento.

–Hoy vas a cenar conmigo –le dijo Salman en
tono autoritario.

Si se hubiese tratado de Nadim, Jamilah le habría
contestado que sí inmediatamente, pero era Salman,
y eso hizo que agarrase el teléfono con fuerza y le
preguntase:

–¿Por qué?

Él suspiró y a ella le picó la piel.

–Porque tenemos que hablar de varias cosas...

A Jamilah le dio un vuelco el corazón.

–No tengo nada de qué hablar contigo.

–Lo que me dijiste el otro día parece ser verdad. Por mucho que intento actuar como el jeque, todo el mundo me remite a ti.

–Te advertí que debías ganarte su respeto.

–Y hasta que ese día llegue, me temo que voy a necesitarte...

A Jamilah se le quedó la mente en blanco al oír aquello y tuvo que hacer un esfuerzo de concentración para continuar hablando.

–Tienes que cenar conmigo para hablar de ciertos temas oficiales. ¿O prefieres que moleste a Nadim y a su esposa mientras están disfrutando de la familia de ésta? –le preguntó él.

–No, claro que no –respondió ella de inmediato–. Termino de trabajar a las siete. Nos veremos a las ocho.

–Bien –le dijo Salman con voz ronca–. Estoy deseando verte, Jamilah.

Ella colgó el teléfono y se llevó las manos a las mejillas, que le ardían. Nerviosa, intentó no recordar los días que habían pasado juntos en París y se dijo a sí mismo que no volvería a ser tan tonta como para permitir que Salman se acercase a su vulnerable corazón.

No obstante, unas horas más tarde, sentada en la suite de Nadim, en la que Salman se había instalado, delante de una mesa para dos, Jamilah luchó por mantener la calma. Salman estaba enfrente, vestido con una camisa negra que le hacía parecer todavía más enigmático y peligroso. Ella le dio otro trago al delicioso vino tinto y maldijo al impulso que le había hecho ponerse un vestido negro y tacones. Y haberse dejado el pelo suelto. Y haberse maquillado un poco. Se dijo a sí misma que era sólo una armadura, y que iba a necesitarla.

Salman dejó su tenedor y su cuchillo y apoyó la espalda en la silla mientras se limpiaba los labios con la servilleta.

—Veo que no bebes... —comentó ella, sonriendo con dulzura–. ¿Todavía te estás recuperando de la semana pasada? Dicen que, con la edad, es más difícil hacerlo.

—Yo no bebo nunca –respondió él con brusquedad.

Jamilah frunció el ceño y todo el cuerpo de Salman se puso en tensión. Si hubiese sabido lo excitado que estaba en esos momentos, habría salido corriendo. Estaba excitado desde que Hisham la había hecho entrar y la había visto con aquel vestido, y no con vaqueros y botas de montar.

No era un vestido sexy, pero se ceñía a sus suaves curvas de una forma muy tentadora. Y Salman sólo podía pensar en arrancárselo.

Se obligó a sonreír e intentó calmar su libido.

—Ni tampoco tomo drogas –añadió.

Jamilah recordó lo sobrio que le había parecido estar la mañana en que había echado a sus invitados del castillo. No obstante, sacudió la cabeza, no lo entendía.

–Entonces, ¿cómo soportabas a aquella gente? ¿Cómo pudiste invitarlos y dejar que se emborrachasen de esa manera?

Salman sonrió, pero la sonrisa no llegó a sus ojos.

–¿Qué quieres que te diga? Me siento atraído por su hedonismo. Su falta de compromiso me resulta fascinante.

Jamilah pensó de repente que envidiaba a aquella gente, y luchó contra su creciente curiosidad, pero comentó en tono cáustico:

–Me cuesta creerlo. No me parece posible estar cerca de ese mundo sin estar loco.

–Pues lo creas o no, sólo me he emborrachado una vez –le aseguró él, con los ojos todavía más negros.

Y ella recordó que nunca lo había visto beber en exceso cuando habían estado juntos.

Entonces, él le preguntó:

–¿Y tú, Jamilah? ¿Eres semejante dechado de virtudes que nunca te has excedido?

A Jamilah se le hizo un nudo en el estómago. Recordaba haber bebido y comido más de la cuenta con él en París. Casi inconscientemente, apartó su copa medio llena de vino y respondió:

–No soy ningún dechado de virtudes, Salman, pero, no, no tengo la necesidad de ver la vida a través de un velo de alcohol y resacas.

Él sonrió de manera burlona.

–¿Te levantas todos los días siendo optimista acerca de tu vida y tu futuro?

Ella pensó que antes sí había sido así, pero de eso hacía tanto tiempo que casi ni se acordaba. No podía negar que se despertaba con una sensación de pérdida... de vacío. Salman no sabía que la pérdida del bebé hacía que tuviese miedo a no quedarse embarazada nunca más. Nadie sabía lo que había sufrido. Y no iba a contárselo a él en esos momentos.

Por mucho que odiase admitirlo, el amor que Nadim e Iseult compartían había hecho que se sintiese todavía más sola.

Se limpió la boca con la servilleta y se puso muy recta. Luego se miró el reloj, aunque ni siquiera vio qué hora era.

–¿De qué querías hablarme, Salman? Me levanto muy temprano. Tenemos tres potros nuevos y hay que trabajar con ellos.

Entonces lo miró y vio que el color de su piel se había vuelto cetrino. Instintivamente, se inclinó hacia él.

–¿Salman?

Pero él se recuperó de repente. Se levantó y fue hacia un mueble, de donde tomó unos papeles. Jamilah intentó no estudiar su trasero y odió sentir que perdía el control.

Él le dejó unos documentos delante y se quedó de pie a su lado, con las manos en los bolsillos, haciendo que ella se sintiese en desventaja. Los papeles eran una serie de comunicados de prensa acerca de varias reuniones de jefes de estado de Oriente Medio, que tendrían lugar en París a finales de esa semana para tratar la crisis financiera mundial.

Jamilah lo miró.

–¿Y? ¿Qué pasa?

–Tengo que ir a París en lugar de Nadim.

–Bueno, pues que tengas buen viaje. Intentaré no echarte mucho de menos –le respondió ella, poniéndose en pie.

Entonces se dio cuenta de que él no había retrocedido y que casi se estaban tocando. Jamilah se apartó, presa del pánico, pero el tacón se le enganchó en la alfombra y notó que se caía hacia atrás. Dos manos grandes la sujetaron por la cintura. Ella respiró con dificultad y miró a Salman a los ojos.

Él la agarró con más fuerza y le dijo en tono inquietante:

–Vas a venir a París conmigo.

Capítulo 4

JAMILAH tardó un par de segundos en entenderlo y luego, intentó zafarse de Salman, que la estaba agarrando por los brazos.

–No –consiguió responderle.

La idea de ir con aquel hombre a cualquier parte, sobre todo a París, la horrorizaba. Él no la soltó y Jamilah dejó de pelear. No merecía la pena.

–Me necesitan aquí –le dijo.

Aliviada, vio cómo Salman la soltaba y aprovechó para retroceder.

Él levantó otra hoja de papel y se la enseñó:

–Creo que vas a encontrar una copia también en tu despacho.

Jamilah la tomó y la leyó, vio que la nota estaba escrita por Nadim.

Jamilah debe acompañarte. Habrá gente muy importante, de los establos más grandes de Dubai, y ya he quedado en que se va a reunir con ellos. Por desgracia, la reunión de París coincide con la venta anual de potros de carreras de Irlanda, si no fuese así, acudiría yo mismo...

Jamilah levantó la vista y dejó el papel encima de la mesa para que Salman no se diese cuenta de que le temblaba la mano. ¿Cómo podía hacerle Nadim algo así? Sabía la respuesta: porque se había esforzado en hacerles creer que no les importaba que Salman fuese a estar en Merkazad.

Miró a Salman sorprendida, y entonces se le ocurrió otra cosa.

–Pero si vas tú, será un desastre. ¿Tienes planeado ir a las reuniones? –le preguntó, y antes de que él contestase, añadió–: ¿Sabes el daño que le causarías a Merkazad si insultases a otro jefe de estado o algo así?

Y entonces vio en el rostro de Salman algo impensable. Era como si le hubiese herido el orgullo. Lo vio apretar la mandíbula y sonreír de forma muy dura.

–Por eso precisamente debes venir conmigo. No quieres que nadie estropee la reputación de Merkazad, ¿verdad?

Se estaba burlando de ella. Jamilah lo sabía. Y sabía que se lo merecía. A pesar de no creer que se le debiese de dar tanta responsabilidad a Salman. Al fin y al cabo, aquel hombre había dejado que todo el peso del país recayese sobre los hombros de su hermano. Incluso de adolescentes, cuando habían pasado allí las vacaciones, Salman se había escaqueado siempre de las lecciones de derecho que Nadim había tenido que soportar para preparase. Y aun así, por motivos que ella desconocía, Nadim nunca se lo había reprochado.

La tensión entre los dos hermanos siempre había sido palpable, y Jamilah era consciente de que aquélla era la primera vez que Salman aparecía más tranquilo. Y ella no quería ser quien lo estropease.

Así que tomó una decisión y se dijo a sí misma que lo hacía por Nadim y nada más.

–De acuerdo –le contestó con indiferencia, como si aquello no le costase nada–. Iré a París.

Él la miró a los ojos tan intensamente que Jamilah empezó a sentir calor. Quería pedirle que dejase de mirarla así, pero si lo hacía, descubriría el efecto que seguía teniendo en ella.

Salman sonrió y el mundo de Jamilah se tambaleó.

–Bien. Puedes quedarte conmigo.

Jamilah se tambaleó al darse la vuelta para marcharse. Volvió a mirarlo.

–Pero... seguro que quieres quedarte en tu apartamento. Yo me alojaré en un hotel.

Salman sacudió la cabeza.

–Vendí el apartamento hace años. He estado viviendo en una suite en el Ritz. Tengo una habitación libre. Puedes quedarte allí.

Ella sintió pánico.

–Puedo buscarme mi propio alojamiento –le replicó.

Salman hizo un ademán para quitarle importancia a su sugerencia.

–No seas tonta. Las reuniones tendrán lugar en la sala de conferencias del Ritz, así que alojarse allí es lo más práctico.

Jamilah bajó del avión y respiró el aire frío del mes de noviembre en París. Se sentía asfixiada, después e haber viajado en un pequeño jet privado con Salman durante varias horas, aunque éste la había sorprendido sumergiéndose en un montón de documentos. Ella había esperado que la torturase durante todo el vuelo, pero lo mismo le habría dado ser invisible.

Para su pesar, no se sentía aliviada ni... bien.

Salman la empujó con suavidad por la espalda.

—¿Vas a quedarte ahí todo el día?

Ella bajó las escaleras deprisa y se acercó al coche que los estaba esperando. Oyó a Salman saludar al chófer por su nombre y dio por hecho que era su conductor personal. Unos minutos más tarde estaban metidos en el tráfico, en dirección al centro de París.

Jamilah se emocionó a pesar de intentar no hacerlo. No había vuelto a París desde aquella fatídica ocasión. Había estado en los establos que Nadim tenía a las afueras, pero no en el centro. Y allí estaba en esos momentos, con Salman.

Salman no pudo evitar sentir la presencia de Jamilah, que miraba por la ventanilla. Él estudió su exquisito perfil. Las largas pestañas. Se había recogido el pelo en un moño y con aquel abrigo largo y oscuro podría haber sido una de las mujeres más bellas de la ciudad. Se le hizo un nudo en el pecho. Era mucho más bella que ninguna.

En el avión, había tenido que concentrarse en el trabajo para no ceder al impulso de hacerla suya allí mismo. Y luego, para su sorpresa, al empezar a leer acerca de los temas que se iban a tratar en la reunión, se había sentido cada vez más interesado por ellos. Por primera vez en su vida se sintió como el amo y señor de Merkazad. Y aquella sensación de vulnerabilidad hizo que la piel le picase.

Jamilah se giró y le preguntó con voz ronca:

–¿Por qué vendiste el apartamento?

«Porque no podía soportar vivir en él día tras día», pensó Salman inmediatamente.

Jamilah vio cómo algo enigmático se encendía en sus ojos y se le contrajo el pecho, pero luego se le pasó. Él apartó la vista y se encogió de hombros.

–Me cansé de él. No estaba seguro de lo que quería en su lugar, así que me trasladé al Ritz y he estado allí desde entonces.

–¿No es un poco... impersonal vivir en un hotel?

Salman volvió a mirarla y sonrió con malicia.

–A mí me conviene. Se ajusta a mis necesidades.

Jamilah se ruborizó al oír aquello y volvió a apartar la vista. Se dijo que ninguna mujer a la que llevase a la habitación de un hotel soñaría con que su relación fuese algo más que algo transitorio.

De repente enfadada, volvió a mirarlo y se dio cuenta de que Salman la estaba observando.

–Me das lástima, ¿sabes? Has cortado todos los lazos con tu propio país, vives en una habitación de hotel, ni siquiera tienes relación con tu hermano...

Jamilah dejó de hablar cuando Salman salvó el espacio que los separaba de repente y le agarró la cara con ambas manos. Ella notó que le costaba respirar, se le había acelerado el corazón.

–No necesito la compasión de nadie, Jamilah, y

mucho menos la tuya. He tomado mis decisiones y, si volviese a hacerlo, no cambiaría nada.

Y ella sintió tanto dolor que dio un grito ahogado, pero todo se vio eclipsado cuando Salman la besó. Jamilah era un cúmulo de emociones: ira mezclada con deseo y una inexplicable ternura. Lo agarró por la solapa del abrigo y lo acercó más a ella, besándolo con la misma pasión con la que la estaba besando él. El fuego creció cada vez más en su interior.

Salman hizo un sonido gutural que resonó dentro de ella y la abrazó por la espalda para apretarla contra su cuerpo. Jamilah enterró las manos en su sedoso pelo. En ese momento, lo habría dejado todo por aquello. Por aquella locura que la distraía del dolor. De un dolor siempre presente. Causado por aquel hombre.

La idea hizo que se apartase en el mismo momento en que lo hizo Salman. Ella estaba casi tumbada en la parte trasera de su coche, con él encima. Notó su erección en el muslo y sintió calor entre las piernas. Se sintió despeinada, deshecha y, sobre todo, desprotegida.

Salman levantó la cabeza. Tenía las mejillas sonrojadas y eso tranquilizó a Jamilah, que no podía hablar.

Fue Salman el primero en hacerlo:

–Ya te he dicho que no quiero tu compasión, pero sí te quiero a ti. Y tú también me deseas a mí, Jamilah. No ha cambiado nada. Nos deseamos tanto como la primera vez.

Ella abrió la boca para negarlo, pero Salman la cortó.

–No se te ocurra decirlo. No sabes mentir, Jamilah. Una de las cosas que siempre he admirado en ti es tu sinceridad.

Ella cerró la boca y, haciendo un esfuerzo, salió de debajo de él, cerró las piernas y se tapó con el abrigo. Sabía que se había despeinado e intentó arreglarse el moño con manos temblorosas. Tenía los labios hinchados, le ardían las mejillas. Era inútil seguir negándolo.

–Tal vez te desee, Salman, pero eso no significa que vaya a entrar ahí. No sé si te acuerdas de que ya te deshiciste de mí una vez.

Él se sentó en la otra punta del coche, con las piernas estiradas.

–Jamás pretendí hacerte daño, Jamilah. Nunca debí haberte seducido.

Sorprendida, Jamilah se giró para mirarlo y le dijo en voz baja:

–Te he dicho que no me hiciste daño, Salman –le mintió–. ¿Por qué me dices eso?

Él la miró un instante y Jamilah vio algo indescifrable en sus ojos.

–No estaba preparado para dejarte marchar. Todavía te deseaba. Siempre lo he hecho. Pero tenía que dejarte ir... –le explicó, haciendo una mueca– cuando me dijiste que estabas enamorada de mí.

Salman volvió a ponerse la máscara, pero, por un instante, Jamilah creyó ver en su rostro una expresión atormentada. Él se giró para mirarla mejor y añadió:

—Pero ahora que ha pasado el tiempo, y teniendo en cuenta que me has asegurado que no te hice daño, ¿estás segura de que quieres seguir insistiendo en negar la atracción que existe entre nosotros? Al fin y al cabo, ¿qué tenemos que perder? Ambos somos adultos, tenemos experiencia...

Jamilah se había quedado de piedra. Intentó darle sentido a sus palabras al mismo tiempo que se aseguraba de que Salman no se daba cuenta de lo confundida que estaba. ¿Le había dicho que la había dejado marchar sólo porque estaba enamorada de él? ¿Pero que no había querido separarse de ella? Deseó poder estar en un lugar tranquilo donde asimilar sola la información... No obstante, eso no cambiaba mucho las cosas. Salman se había deshecho de ella porque no quería su amor...

Salman esperó su respuesta, tan impasible e implacable. Ella sintió pánico e intentó mirarlo con frialdad.

—No me interesa seguir con esta conversación, por muy adultos que seamos. Estoy segura de que alguna de todas esas mujeres que han pasado por tu suite estará encantada de satisfacer tus necesidades. Yo no lo estoy.

Jamilah evitó su mirada mientras llegaban al hotel. Se sentía muy vulnerable. Aunque pensase que había dicho la última palabra, tenía la sensación de que Salman no iba a hacerle caso y sólo iba a esperar al momento adecuado para atacar.

El coche se detuvo delante de la entrada del hotel y Jamilah vio cómo el portero corría a abrirles la puerta.

–Hay mucho que decir acerca del deseo que hay entre nosotros, Jamilah. No voy a llamar a ninguna otra mujer porque no es eso lo que necesito –le dijo él–. Te necesito a ti... y tú sientes lo mismo. Te estaré esperando cuando estés dispuesta a admitirlo, porque tu cuerpo ya ha hablado por sí mismo.

Y entonces se abrió la puerta y ella se preparó para salir. Apartó la mano de la de Salman y dijo en tono cáustico:

–Sigue soñando, Salman.

Un rato después, Salman estaba observando la ornamentada puerta con la que acababan de darle en las narices. En ese momento oyó cómo echaban la llave y sonrió con tristeza antes de darse la media vuelta y echar a andar hacia la parte principal de su enorme suite. Ésta estaba formada por dos dormitorios, un salón comedor y un despacho muy moderno, con toda clase de aparatos de última tecnología.

Todo su cuerpo se sentía sexualmente frustrado. Jamás se había sentido tan mal. Estaba acostumbrado a tener sus necesidades cubiertas y, por primera vez, tenía que enfrentarse a la posibilidad de haber ido a dar con la horma de su zapato.

Con aquello en mente e intentando acallar a su conciencia, porque una vez más estaba ignorando la vulnerabilidad de Jamilah, notó cómo se iba calmando y entró en el despacho dispuesto a ponerse a trabajar.

A la mañana siguiente Jamilah estaba cansada y ojerosa después de haber pasado una mala noche. Había pasado horas dando vueltas en la lujosa cama y al final había recurrido a otra ducha de agua fría. Cerrar su puerta con llave la noche anterior no le había servido de nada, ya que Salman había conseguido penetrar igualmente en su mente.

Entró en el opulento salón sintiéndose agotada. Se había vestido con una falda gris y una chaqueta a juego, camisa blanca abrochada hasta arriba y zapatos de tacón negros. Y se había recogido el pelo en una coleta.

Pero no se había preparado para ver a Salman delante de la ventana principal, vestido de pies a cabeza con el traje tradicional de su país, en tonos crema y oro, e incluso con turbante. Estaba devastador e intimidante.

Él se giró y arqueó una ceja al ver su expresión de sorpresa.

—¿Qué? Soy capaz de hacer el papel si quiero hacerlo, Jamilah.

Ella hizo un esfuerzo por guardar la compostura. No podía creer que ver así vestido a Salman por primera vez en muchos años la estuviese afectando tanto, pero así era. La estaba trasportando directamente a una época en la que habían sido los dos mucho más jóvenes y tanto Nadim como Salman habían envejecido antes de tiempo en el funeral de sus padres. Una profunda melancolía la asaltó y ella intentó contener la emoción, aterrada con la idea de que Salman la viera.

Así que levantó la barbilla y le dijo:

—Es increíble, lo majestuoso que puede hacerte un traje.

—¿Teniendo en cuenta que yo no soy nada majestuoso? —inquirió él, llevándose una mano al pecho y sonriendo burlonamente—. Me hieres con tu condena, Jamilah. Veo que jamás voy a poder redimirme ante tus ojos, ¿verdad?

—Yo no estoy aquí para salvarte, Salman.

Las palabras de Jamilah le calaron muy hondo y llegaron a una parte vulnerable de él. Así que tuvo que hacer un esfuerzo para mantener la expresión fría mientras se acercaba a ella.

—Y yo no busco que nadie me salve ni me absuelva. Busco algo mucho más... mundano e inmediato.

Jamilah retrocedió un paso y replicó:

—Voy a desayunar abajo. Nos veremos en la primera de las reuniones.

Se giró y echó a andar apresuradamente, pero oyó que él le decía:

—Corre todo lo que quieras. Así la capitulación final será mucho más dulce.

Ella dio un portazo al salir, causando un ruido hueco y vacío.

Después de toda una mañana de intensas reuniones, en las que Jamilah se había quedado en un segundo plano, estaba impactada al ver a Salman tan autoritario e informado. Al parecer, no sólo la había sorprendido a ella.

Nadim no lo habría hecho mejor y, de hecho, Salman había hecho algunas sugerencias muy audaces, a las que el cauto Nadim jamás se habría atrevido.

Era la hora de comer y Jamilah intentó escapar para buscar alguna cafetería cercana al hotel donde descansar un poco, y dio un grito ahogado al notar que una mano mucho más grande que la suya la agarraba. Sintió un cosquilleo por todo el brazo y supo que se trataba de Salman.

—Me voy a comer. Sola —murmuró ella.

Salman tiró de su mano y la corrigió:

—Nos vamos a comer.

—Tú tienes que comer con los otros delegados —replicó Jamilah desesperada.

Salman siguió tirando de ella.

—A estas alturas ya deberías saber que, en general, no acepto órdenes.

Y ella supo que no iba a soltarla, así que lo siguió, avergonzada al ver que pasaban por delante de personas a las que conocía. Una de ellas era el asesor del sultán de Al-Omar, al que había dejado plantado en aquella fiesta un año antes.

Se dio cuenta de que iban hacia los jardines traseros del hotel. Un empleado le hizo una reverencia a Salman y le abrió la puerta, y salieron a la calle. Hacía un día soleado de noviembre y la temperatura todavía era buena.

Salman la condujo por un camino que atravesaba

unas extensiones de césped inmaculadamente cortado hasta que vio un bonito cenador, con una mesa para dos y cubiertos de plata. Su estómago rugió y ella se ruborizó.

Dentro del cenador, un camarero se inclinó para saludarlos y los ayudó a sentarse. Divertida, Jamilah dejó que le pusiese la servilleta de un blanco impoluto y escuchó mientras les explicaba las especialidades de la casa.

Jamilah escogió todavía en estado de shock y oyó que Salman decía:

—Yo tomaré lo mismo.

Antes de marcharse, el camarero le sirvió champán a ella y agua con gas a Salman. Cerca cantaba un pájaro. El débil ruido del tráfico entraba a través del denso follaje de los matorrales que creaban enormes muros. El cenador estaba cubierto por fragantes flores, estaba aislado y era idílico.

Jamilah recobró por fin la cordura, dejó su servilleta en la mesa y se levantó.

—No sé qué estás tramando, Salman, pero como te dije ayer, deberías tirar de tu agenda de contactos para esto. Conmigo estás perdiendo el tiempo.

Salman puso cara de aburrimiento, pero sintió pánico al ver que se levantaba. Había sabido que tendría que hacer aquello bien si no quería que Jamilah se marchase.

—Es sólo una comida. Pensé que sería agradable estar fuera... No tenía ni idea de que montarían este espectáculo.

Jamilah dudó. Era cierto que había fuera una zona

para cenar, tal vez Salman hubiese esperado que los sentasen allí. Tal vez ella fuese demasiado ingenua. Era la primera vez que lo veía hacer algo tan extravagante delante de ella...

Lo miró con recelo.

–¿De verdad pensabas que íbamos a comer en otra parte?

Él asintió y puso gesto inocente. A regañadientes, Jamilah volvió a sentarse y tomó su servilleta. Era sólo una comida. Aunque en el lugar más bonito en el que había comido nunca. Tal vez hubiese exagerado con su reacción. Y si exageraba, Salman la tendría en la palma de la mano.

Fingió indiferencia.

–De acuerdo. De todos modos, no tenemos mucho tiempo para comer –comentó, mirándose el reloj–. Tenemos que volver en cuarenta y cinco minutos.

El camarero volvió en ese momento con los entrantes. Ella esperó antes de empezar a comer, de repente le había entrado la timidez.

–Bueno, ¿no vas a comer? –le preguntó entonces Salman–. Debes de estar muerta de hambre...

Y ella cedió. Casi no había desayunado esa mañana y los nervios le habían cortado el apetito en los últimos días.

Así que, a pesar de estar con Salman, limpió el plato de espárragos que le habían puesto.

Salman estaba con la espalda apoyada en la silla, observándola, y ella notó calor en las mejillas e intentó disimular limpiándose los labios con la servilleta. El champán se le estaba subiendo y estaba em-

pezando a sentirse demasiado susceptible a aquel...
idilio. Y a la devastadora presencia de Salman.

–¿Así que ahora llevas los establos para Nadim?
No está mal, para haber sido la chica que solía limpiar los caballos.

Jamilah sonrió.

–Sigo limpiándolos, Salman. En los establos no
nos andamos con ceremonias.

Él inclinó la cabeza y añadió pensativo:

–Seguro que eres una buena jefa, dura, pero
justa. Y está claro que Nadim valora tu opinión, ya
que te permite negociar en su nombre.

Jamilah se sintió bien. Desde que había terminado sus estudios de veterinaria en París, siempre
había soñado con dirigir los mundialmente famosos
establos de Merkazad, y era toda una proeza estar
haciéndolo a una edad tan joven.

Se encogió de hombros y evitó la intensa mirada
de Salman.

–Ya sabes que siempre me han encantado los
animales. He soñado con llevar los establos desde
que era pequeña.

–Lo sé –admitió él–. Por eso fue lo mejor, que vol-
vieses a casa y siguieses tu camino.

Ella lo miró, pero no vio ninguna emoción en su
rostro. Y entonces el camarero llegó con los platos
principales e interrumpió la conversación. Ella le
había hablado muchas veces de sus sueños cuando habían sido más jóvenes, y él siempre la había escuchado en silencio. En esos momentos, Jamilah recordó
que Salman nunca había compartido con ella nada

personal, ni siquiera en París. Y todavía le dolía pensar que él sólo la había visto como un estorbo.

Pero, en esos momentos, le estaba diciendo que le había preocupado que sacrificase sus sueños por tener una aventura con él en París. Y, visto así, tal vez el hecho de que la hubiese rechazado no hubiese sido un acto de tanta crueldad.

Mientras pensaba en aquello, Jamilah comió en silencio, pero al final la curiosidad la venció y le preguntó a Salman por su trabajo. Él se limpió los labios con la servilleta antes de contarle que se había licenciado en el arriesgado mundo de la gestión alternativa de fondos.

Hizo una mueca.

—Ahora formo parte de ese grupo tan vilipendiado de banqueros, el azote de la reciente crisis bancaria y, no obstante... por vilipendiados que estemos, los negocios jamás nos habían ido tan bien —dijo sonriendo, pero sin calidez.

—¿Tienes tu propia empresa?

Él asintió y dio un sorbo a su agua.

—Sí, se llama Al-Saqr Holdings.

—¿Y no te importa que piensen mal de ti?

Él se encogió de hombros, tenía los ojos brillantes.

—Me he acostumbrado. ¿Qué puedo hacer, si la gente sigue queriendo que invierta su dinero y me arriesgue en su nombre?

—Suena tan frío e impersonal.

—¿Como vivir en un hotel y no tener relaciones serias? A estas alturas, Jamilah, ya deberías saber que mi alma está perdida. Ya te dije hace mucho tiempo que mi interior es oscuro y retorcido.

Jamilah se dio cuenta en ese instante de que se lo estaba diciendo porque lo pensaba, pero ¿por qué pensaba así? Se le encogió el corazón. Todavía podía ver al chico que se había acercado a reconfortarla delante de la tumba de sus padres, que le había dado una fuerza de la que todavía seguía tirando en ocasiones. Qué ironía, siendo él el motivo por el que necesitaba tener fuerza.

Pero durante las tres semanas que habían estado juntos en París había sido amable e infinitamente generoso. Había sido tal y como ella había recordado: indulgente y cariñoso, y también tolerante.

No obstante, jamás olvidaría su crueldad. Aun así, Jamilah no entendía por qué pensaba que su alma estaba perdida. Sintió curiosidad.

De repente, dejó la servilleta y se levantó.

—Necesito ir a por unos papeles a mi habitación para la reunión que tengo esta tarde.

Y él se levantó y la siguió hacia el hotel.

A Jamilah le sorprendió que no insistiese en que tomasen postre y café. Anduvo con inseguridad y él la agarró del brazo para guiarla por los jardines.

Al acercarse a las puertas, donde había personal del hotel esperándolos, Jamilah se maldijo por haber sido tan ingenua. Se detuvo y se giró a mirarlo:

—Sabías muy bien dónde íbamos a comer, ¿verdad?

Él hizo que se derritiese por dentro con su mirada.

–Sólo he manipulado un poco la verdad para conseguir que te quedases.

–No quiero que me seduzcas, Salman. No voy a permitirlo.

–Ya es demasiado tarde, Jamilah. Estamos aquí ahora... por un motivo. No creo en el destino, pero creo en esto.

La acercó a él y le dio un beso antes de que le diese tiempo a protestar. Jamilah apoyó una mano en su pecho, para apartarlo, pero su fuerza hizo que le temblasen las piernas. Gimió con una mezcla de desesperación y deseo, y se puso de puntillas para acercarse todavía más.

Se apartó, con el corazón acelerado, indignada por volver a encontrarse en aquella situación.

Él la sujetó contra su cuerpo para que pudiese notar su erección.

–Dime otra vez que no te voy a seducir...

Ella deseó decírselo, pero no pudo.

–El problema es que esto es todavía más fuerte que nosotros, y que nuestro deseo no tuvo la oportunidad de agotarse –añadió Salman.

Jamilah consiguió alejarse por fin.

–Yo, al contrario que tú, sé alejarme de las cosas que no me convienen. Puedo resistirlo, y lo haré. Búscate a otra, Salman, por favor.

Capítulo 5

JAMILAH había tenido su reunión con el enviado de Dubai y, para su alivio, no había vuelto a ver a Salman, pero en esos momentos tenía que prepararse porque iba a tener que asistir a un acto de gala con él.

Cuando lo oyó en el salón, respiró hondo. Se miró en el espejo de la habitación. Gracias al maquillaje casi no se notaba que no había pegado ojo la noche anterior, ni tampoco se veían las secuelas del beso de después de comer.

Llevaba un vestido de seda largo, palabra de honor y de color azul oscuro, casi negro. Era elegante y tenía una espalda bastante sexy.

Su madre había sido una modelo famosa, una de las primeras mujeres árabes en ejercer aquella profesión, y así había conocido a su padre en París. Antes de que falleciese, su madre le había enseñado a apreciar la ropa clásica y elegante, y las joyas. Jamilah no compraba mucho, pero todo lo que tenía era de gran calidad.

Se había recogido el pelo y se puso unos pendientes de zafiros de su madre, a juego con el collar.

Volvió a respirar, tomó el abrigo de piel corto, el bolso y salió de su habitación.

Tuvo que agarrar el bolso con fuerza al ver a Salman vestido de esmoquin. Era el hombre más guapo que había conocido en su vida.

Salman la miró y supo que, si no salían de allí de inmediato, se la llevaría a su cama y ella lo odiaría para siempre.

Así que dejó la revista que estaba leyendo y dijo:

—Deberíamos marcharnos, o no llegaremos al discurso inaugural.

Y ella lo siguió, sintiéndose nerviosa y vulnerable.

Al salir del hotel, Salman la ayudó a ponerse el abrigo y se sobresaltó cuando su mano tocó la piel desnuda de su hombro.

—Ya está. Siento que hayas tenido que tocarme.

Mientras su coche se acercaba, Salman puso ambas manos en sus hombros.

—¿Es que piensas que no quiero tocarte?

Ella no pudo responderle. Vio con el rabillo del ojo cómo el conductor les abría la puerta y esperaba, pero ellos seguían sin moverse. Salman volvió a hablar en voz baja.

—Si no hubiésemos salido tan rápidamente de la habitación, tu vestido estaría hecho jirones y en estos momentos estaríamos haciendo el amor con más ganas que en todas nuestras vidas. Sólo puedo pensar en hacerte mía en la parte trasera de ese coche. ¿Tienes idea de cuánto te deseo?

Jamilah abrió la boca y la volvió a cerrar. Su determinación se vio aplastada por un anhelo tan intenso que deseó que Salman hiciese lo que acababa de decirle. Sólo podía ver sus cuerpos desnudos, entrelazados, llegando juntos al clímax.

Entonces alguien salió del hotel detrás de ellos y Salman volvió a ponerse la máscara. Era el sultán de Al-Omar. Lo saludó y oyó cómo les preguntaba si les importaba que fuesen juntos a la cena, dado que le había prestado su coche a alguien esa noche.

Los guardaespaldas del sultán y de Salman esperaban entre las sombras, preparados para entrar en sus vehículos. Aquello sirvió a Jamilah para recuperar algo de cordura, y unos segundos después se encontró sentada al lado de Salman, que se había sentado en el medio, con ella a la derecha y el sultán Sadiq a la izquierda. Jamilah sólo podía sentir cómo le quemaba el muslo, apretado contra el de él, fuerte y musculoso.

Los hombres charlaron de cosas sin importancia y de las reuniones. Y ella no fue capaz de participar, sólo podía pensar en Salman. Sabía que no iba a poder resistirse a él.

Unas horas más tarde, Jamilah estaba de los nervios, después de llevar toda la noche al lado de Salman, intentando hacer caso omiso de sus sentimientos.

Volvieron al coche, en esa ocasión sin el sultán, que se había quedado con una impresionante mujer castaña. Y recorrieron las calles de París bajo la luz de la luna, con la torre Eiffel apareciendo y desapareciendo de manera intermitente. La tensión entre ambos era enorme y cuando Jamilah estaba pensando en lo que haría si Salman volvía a intentar seducirla, éste le pidió al conductor que redujese la velocidad. Fue entonces cuando Jamilah se dio cuenta de que estaban en el ayuntamiento, en cuya plaza habían instalado una feria.

Salman la miró.

–¿Te importa si salimos un minuto?

Ella negó con la cabeza, aliviada. Necesitaba espacio y aire para volver a recomponerse.

Salieron y el aire frío de la noche la hizo temblar. Notó cómo Salman le ponía la chaqueta sobre los hombros y lo miró. Tenía el corazón acelerado.

–Puedo ponerme mi abrigo. Vas a quedarte helado.

Él sonrió de medio lado.

–Sobreviviré.

La agarró de la mano y ella cedió a regañadientes, sabiendo que, de todos modos, no la iba a soltar. Anduvieron hacia donde sonaba la música.

–Siempre me han encantado las ferias –comentó Salman en voz baja, casi inaudible–. Hay algo de otro mundo en ellas.

Jamilah abrió la boca y volvió a cerrarla.

–No te sorprendas tanto –le dijo Salman.

–¿Cuándo estuviste en una feria de niño? –le preguntó ella, sabiendo que no las había en Merkazad.

Él la estaba guiando hacia un tiovivo iluminado.

–Solía haber una en Merkazad –le respondió él

en tono melancólico–, pero cuando los rebeldes nos invadieron, la destrozaron.

–Ah. ¿Y por qué no se construyó otra?

Salman se encogió de hombros.

–Creo que la gente estaba demasiado ocupada reconstruyendo sus vidas y sus casas.

–Tal vez alguien debiera construir una ahora...

Salman la miró con expresión enigmática.

–Tal vez alguien lo haga algún día.

La intensidad de su mirada hizo que Jamilah apartase la suya y dijese con la respiración entrecortada:

–¿No te asustan estos caballos...?

–No –le respondió él en tono tenso–. No me asustan estos caballos. No me asustan los caballos en general, Jamilah. Sólo he decidido no acercarme a ellos. Se lo dejo a personas como tú y como Nadim.

Jamilah vio algo parecido a miedo en su mirada, pero no quiso hacerle más preguntas a pesar de sentir mucha curiosidad.

Quitó su mano de la de él y se acercó al antiguo tiovivo sujetándose el vestido con una mano. Pagó al hombre que manejaba los mandos y, cuando el tiovivo se hubo parado, se subió a uno de los caballos y le sacó la lengua a Salman. Y justo cuando el tiovivo iba a ponerse en marcha de nuevo, él le tiró algo de dinero al hombre y se subió a su lado, pegando el pecho a su muslo.

–Eh –le dijo ella, otra vez sin aliento–. Eso es trampa. Tienes que sentarte en un caballo.

Él la agarró por la cintura y Jamilah se aferró a sus hombros para no caerse cuando el caballo empezó a subir y a bajar. Estaban en movimiento y eso causaba una deliciosa fricción entre el pecho de Salman y su pierna. Él hizo que bajase la cabeza y la besó, y ella no pudo resistirse.

Jamilah dejó de oír la música y todo se desvaneció en el calor del beso y los brazos de Salman a su alrededor. Ninguno de los dos oyó cómo les silbaban un grupo de adolescentes al pasar. No se separaron para tomar aire hasta que el hombre les preguntó bruscamente si iban a pagarle otro viaje.

Con las mejillas ardiendo de la vergüenza, Jamilah se bajó del caballo, le temblaban las piernas y agradeció que Salman le diese la mano. Tenía el corazón acelerado y le picaba la piel. Y estaba segura de que Salman pretendía llevarla de vuelta al hotel y hacerle el amor.

Y se preguntó si no tendría razón. Tal vez debían disfrutar de aquella locura en París y purgarse de aquel deseo y aquella obsesión. Tal vez así lograse sacarse a Salman de su cabeza para siempre.

En ese momento, algo distrajo a Salman. Jamilah oyó los disparos de un puesto de tiro cercano y vio a un niño de unos ocho años llorando porque no había conseguido premio. Su madre intentaba consolarle diciéndole que no tenía más dinero, y rogándole al dueño del puesto que le diese algo al niño.

Salman se acercó al puesto y, una vez allí, le soltó la mano y se agachó para hablarle al niño en perfecto francés.

Le preguntó qué regalo quería, le dio el dinero al dueño del puesto y ayudó al niño a disparar enseñándole adónde debía apuntar. El niño acertó a la primera y se llevó el premio.

Después de que le dieran las gracias efusivamente, Salman volvió a tomar la mano de Jamilah y la llevó hacia el coche.

Una vez dentro, Jamilah se giró hacia él, que estaba muy tenso, en silencio, y le preguntó:

—¿Dónde has aprendido a disparar así?

Salman no se giró a mirarla, sólo respondió en voz muy baja.

—No tenía que haber hecho eso. Tenía que haber dejado que el niño se quedase decepcionado y que no quisiese volver a disparar...

—¿Por qué, Salman?

De repente, él se había encerrado en sí mismo. La miró, pero su mirada era opaca, impenetrable.

—Da igual.

Pero ella supo que no daba igual.

—No ha sido el niño quien ha disparado, sino tú, aunque le hayas hecho pensar que lo hacía él. No es para tanto. Es sólo un juego.

Salman sonrió, pero estaba muy serio.

—Nunca es sólo un juego.

—¿Cómo lo sabes? Y no me has contestado, ¿dónde aprendiste a disparar?

—Ha sido sólo suerte... pura casualidad —le dijo él.

Y luego se giró a mirar por su ventanilla, haciendo que Jamilah se sintiese rechazada. Hicieron el resto del viaje al hotel en silencio y cuando llegaron a la suite ella se sentía tan intimidada que no se atrevió a hablar.

Salman la miró y, por un segundo, Jamilah vio tanto dolor en él que se acercó con la mano estirada.

–¿Qué te pasa, Salman?

–Nada –replicó él en tono frío–. Vete a la cama.

Se dio la media vuelta y entró en su habitación.

Confundida, Jamilah se quedó mirándolo y luego lo siguió y abrió la puerta de su habitación sin llamar. Lo vio de pie delante de la ventana, a oscuras, con las manos en los bolsillos.

No se giró hacia ella, sólo le dijo:

–Creo que te he dicho que te vayas a la cama.

–No eres mi padre, Salman. Me iré a la cama cuando me dé la gana.

Se acercó a él y lo miró. Como no se giró, lo agarró del brazo para hacerlo girar. Él la miró con gesto inexpresivo.

–¿Qué te pasa, Salman? De repente, me besas, y un segundo después me tratas como si tuviese la lepra.

Salman sonrió y ella deseó darle una bofetada.

–¿Me estás diciendo que estás preparada para acostarte conmigo?

Se miró el reloj y silbó.

–No está mal. Sólo has tardado veinticuatro horas. Estaba convencido de que me costaría al menos dos días. ¿Ha sido mi preocupación por el niño lo que ha ablandado tu corazón, o mi habilidad con la pistola?

Jamilah levantó la mano y le dio la bofetada. Tan fuerte, que le hizo girar la cara. A ella le picó la mano.

–Te lo mereces –le dijo con voz temblorosa–, no por lo que has dicho, sino por lo que me hiciste hace seis años.

Luego se dio la media vuelta y anduvo hacia la puerta.

–No te confundas, Jamilah –le dijo él entonces en tono amargo–. Te deseo. Pero si nos acostamos juntos, no podré ofrecerte más de lo que te ofrecí la última vez. Al menos, no podrás decirme que no te lo he advertido.

Jamilah se volvió.

–Vete al infierno, Salman.

Y se giró de nuevo para seguir andando.

–Ya he estado allí mucho tiempo.

Algo hizo que Jamilah se detuviese de repente y lo mirase otra vez.

–¿Qué quieres decir con eso?

Capítulo 6

la gillette más la orilla y le cogió las manos.

—Creo que la beso para que te marches—le dijo
Salman.

—Tú mismo—le dijo con voz temblorosa, oyó
por lo que llevaba vivo por lo que le cuesta entra nada
tús más mucho más temía.

Aquí le dio la media vuelta y abrió hacia la
puerta.

SALMAN oyó las palabras de Jamilah y todo su cuerpo se contrajo. La maldijo. ¿Por qué no se marchaba? Una voz en su interior se burló de él. ¿Acaso quería echarla como había hecho seis años antes?

Entonces se sintió muy cansado. Llevaba tanto tiempo rígido, controlándose, estando enfadado. Y aquella mujer estaba destrozándolo todo sin tan siquiera saber lo que estaba haciendo.

Se giró a mirarla muy serio, con el rostro todavía dolorido por la bofetada.

Cuando Jamilah vio la marca de su mano en la mejilla de Salman, sintió remordimientos. Se acercó más y se disculpó por haberle pegado. Era la primera vez que golpeaba a otro ser humano en toda su vida y se sentía muy avergonzada por su comportamiento.

Pero él le dijo:

—No siento que me hayas pegado. Me lo merecía. Y es probable que me merezca todavía más.

Jamilah negó con la cabeza.

—No lo entiendo, Salman. Es casi como si quisieras ser castigado.

Él esbozó una sonrisa tensa.

—¿Sí?

Jamilah guardó silencio. Sospechaba que Salman no se refería a su comportamiento con ella seis años antes, o sí, pero aquello era sólo una pequeña parte de algo mucho más importante.

—¿Qué ha ocurrido realmente con ese niño esta noche? ¿Por qué te ha afectado tanto?

Salman la miró fijamente, fulminándola con la mirada por haber hecho aquella pregunta, pero Jamilah no se achantó.

Entonces, él le contestó:

—No creo que de verdad quieras saberlo.

Y a ella le enfadó que quisiera apartarla así de su lado.

—No me trates con condescendencia, Salman. Estoy segura de que no hay nada que puedas contarme que me sorprenda de ti.

Él volvió a sonreír.

—De todos modos, no me apetece hablar de ello ahora.

—¿Y cuándo va a apetecerte? —inquirió ella sin pensarlo.

—Nunca. Jamás te haría algo así —le respondió él.

—Ya me lo has hecho, Salman.

Jamilah sabía que estaban hablando de dos cosas distintas, pero que estaban inexorablemente relacionadas: los secretos más oscuros de Salman y el modo en que la había tratado, su falta de confianza en ella.

Jamilah se giró para marcharse, pero, para su sorpresa, él la agarró de la muñeca y le preguntó:

–¿Estás segura de que quieres saberlo, Jamilah?

Ella lo miró y vio que le brillaban los ojos y que tenía la mandíbula muy tensa.

–Sí, quiero saberlo, Salman –le contestó.

Él la miró a los enormes ojos azules y tuvo la sensación de ahogarse en ellos al mismo tiempo que se aferraba a una balsa salvavidas. No podía creer que hubiese evitado que se marchase. ¿De verdad iba a contarle lo que nadie más sabía? Y, al mismo tiempo, sentía la necesidad imperiosa de desahogarse allí, con ella. Jamás lo habría hecho con otra persona. En esos momentos se dio cuenta, era evidente.

Aquel niño lo había perturbado más de lo esperado. Se había dejado llevar por su instinto a la hora de reconfortarlo y había hecho lo necesario para conseguir que se sintiese mejor. Sólo había sido después cuando se había dado cuenta de lo que le había afectado aquel disparo.

Su pasado había vuelto con fuerza para darle una bofetada mucho más fuerte de la que le había dado Jamilah. Por unos segundos, en aquella feria, se había vuelto a sentir seducido por Jamilah. Se había visto seducido por una forma de vida más liviana. Había estado a punto de pensar que no cargaba con un horrible legado y un oscuro secreto que dominaba su vida como un veneno.

No obstante, por primera vez no tenía miedo a hacer aquello. Sólo le asustaba pensar en cómo iba a reaccionar Jamilah cuando le contase aquello, porque eso podía ser lo único que la apartase de él para siempre.

Jamilah vio cómo Salman luchaba claramente contra algo y cómo su rostro se volvía inexpresivo. Él le soltó la muñeca, anduvo hasta un sillón que había en un rincón y se dejó caer en él. Jamilah se apoyó en el borde de la cama. Se le había secado la garganta.

Salman tenía la cabeza inclinada y entonces la levantó para mirarla.

–Lo que te dije aquel día en París... de que jamás había habido nada entre nosotros, que me seguías como un cachorro... era mentira.

Ella notó un zumbido en la cabeza y pensó que se iba a desmayar.

–¿Por qué lo dijiste? –le preguntó, sintiéndose aliviada.

–Porque tú me dijiste que me querías y yo sabía que, si no conseguía que me odiases, tal vez no dejases de tener la esperanza de calmarme.

Salman sonrió y luego volvió a ponerse serio.

–Aunque, como después me dijiste, sólo sentías hacia mí lo que se siente por un primer amante, así que tal vez no hubiese hecho falta que yo fuese tan cruel.

–¿Tanto deseabas que me marchase?

–Sí. Porque no podía asumir la responsabilidad de tu amor. Porque no podía corresponderte. Porque no puedo hacerlo.

Jamilah se dio cuenta de que le estaba advirtiendo que no esperase demasiado de él y, de repente, sintió ganas de zanjar aquel tema.

–Cuéntame lo que ibas a contarme, Salman.

–Ahora voy. Sé que te lo debo.

Jamilah asintió y se preguntó por qué tenía un mal presentimiento.

Salman se miró fijamente las manos y luego empezó a hablar con una voz carente de emoción, como si quisiese distanciarse de lo que le estaba contando.

—La semana después de mi octavo cumpleaños, Merkazad fue invadido. No nos avisaron. No sabíamos que podíamos estar en peligro, no teníamos ni idea de que el sultán de Al-Omar llevaba mucho tiempo deseando que Merkazad formase parte de su país. Le molestaba nuestra independencia.

Jamilah ya sabía todo aquello. Asintió, aunque Salman no la estaba mirando.

—Nos mandaron a las mazmorras mientras saqueaban todo el castillo. Todos sus hombres tardaron en llegar gracias a nuestra defensa beduina, que los retuvo, pero nosotros nos quedamos atrapados en el castillo con los soldados, sin ningún tipo de ley. Estábamos rodeados de hombres curtidos por sus experiencias, los soldados de élite del ejército.

Salman levantó la vista y sonrió a Jamilah, pero fue una sonrisa tan fría que ella se estremeció.

—Empezaron a aburrirse y buscaron algo con lo que divertirse. Y decidieron tomarme a mí como diversión. Para ver cuánto tiempo tardaba el hijo mimado del jeque en convertirse en otra cosa... en alguien más dócil.

Jamilah se quedó horrorizada al oír aquello.

—Venían todos los días, me sacaban de mi celda. Al principio yo alardeaba delante de Nadim. Le contaba que me trataban con favoritismo. Él siempre había sido el fuerte, al que recurría todo el mundo, y en esos momentos me habían elegido a mí. Yo no entendía que mis padres estuviesen tan aterrorizados, y si hablaban demasiado, les pegaban. Durante los primeros días me dejaron seguir siendo el niño mimado que era. Jugaron conmigo... al fútbol. Me dieron bien de comer y de beber.

Salman apretó la mandíbula.

–Y entonces empezó todo. Dejaron de darme comida y bebida. Empezaron a darme puñetazos y patadas, a golpearme con cinturones y fustas por cualquier cosa. Al principio me quedé desconcertado. Había pensado que eran mis amigos. Cuando volvía a la mazmorra por las noches, ya no lo hacía tan contento. Estaba confundido. ¿Cómo podía explicarle a Nadim lo que estaba pasando? Ni siquiera yo lo entendía. Y no podía pedirle ayuda. Ya entonces era demasiado orgulloso. No obstante, él sospechaba algo y pidió que lo llevasen a él en mi lugar, pero no le hicieron caso. Y me dijeron a mí que, si no iba con ellos todos los días, matarían a Nadim y a mis padres.

Jamilah ya tenía un nudo en la garganta. Quiso pedirle a Salman que dejase de hablar, pero supo que no podía hacerlo.

Salman sacudió la cabeza mientras recordaba.

–Hay muchas cosas de las que no me acuerdo. Dejaron de pegarme cuando yo dejé de sentirme seguro de mí mismo. Me habían roto. Me convirtieron en su criado. Me hicieron limpiarles las botas, hacerles la comida –le contó, respirando hondo–, pero luego volvieron a aburrirse y decidieron entrenarme como se habían entrenado ellos. Así que me llevaron a los establos y me enseñaron a disparar.

–Salman... –dijo Jamilah horrorizada, sacudiendo la cabeza.

–Y luego se terminó todo y nos liberaron. Lo que más disgustó a mi padre era que habían matado a todos los caballos. Salvo que no habían sido ellos... sino yo. Me habían obligado a utilizarlos como blanco. Tenía que matarlos de un solo tiro, si no, los dejaban agonizar.

Jamilah cerró los ojos. Por eso sabía disparar. Y por eso no se acercaba nunca a los establos. Abrió los ojos y se sintió aturdida.

–Abdul te defendió un día en los establos... Yo no entendí por qué...

Salman apretó la mandíbula.

–El primer día, Abdul intentó detenerlos y los soldados me dieron a elegir: o mataba a los caballos, o lo mataba a él. Lo peor de todo fue que me convirtieron en uno de ellos. Tuve que empezar a pensar como ellos para sobrevivir. Me convertí en una persona salvaje, capaz de matar a otro ser humano para defenderme.

Jamilah sintió náuseas.

–¿Y cómo puedes ir a Al-Omar después de todo eso?

Salman sacudió la cabeza.

–El sultán Sadiq no es su padre. Firmó la paz con Nadim hace años. Y él se ocupó personalmente de que detuvieran y encarcelaran a los rebeldes que había en el ejército de su padre.

Sin pensarlo, Jamilah se quitó los zapatos de una patada y fue descalza hasta donde estaba sentado Salman. Se arrodilló a sus pies, tomó su mano y lo miró. Tenía un dolor insoportable en el pecho.

—No tenía ni idea de que hubieses pasado por algo así. ¿Por qué no lo sabe nadie?

—Porque, durante mucho tiempo, me culpé a mí mismo de ello. Creí que había sido responsable, por haber llamado su atención. ¿Cómo podía contarle a mi padre lo que había hecho? Jamás me habría perdonado... o eso pensaba por entonces. Durante años, soñé con que una manada de caballos salvajes me perseguía hasta matarme.

Jamilah sacudió la cabeza y le apretó la mano.

—No fue culpa tuya.

Salman esbozó una sonrisa.

—Una cosa es saberlo y otra distinta creerlo de verdad.

De repente, Salman se levantó, obligando a Jamilah a incorporarse también. Apartó la mano de la de ella y echó la cabeza hacia atrás.

—Así que ahora ya lo sabes. Espero que haya merecido la pena esperar para oír una historia así de escabrosa.

Jamilah sacudió la cabeza.

—Salman, no...

—¿No, qué? Ya te dije que mi interior era oscuro y retorcido, y ahora ya conoces el motivo. El resto no ha cambiado, Jamilah. Sigo deseándote —le dijo él, apretando los labios—, pero no me sorprendería que tu deseo por mí hubiese disminuido. Tal vez debiera aceptar tu consejo e ir a saciar mi deseo a otra parte.

Ella sintió ganas de llorar al verlo sufrir de aquella manera.

—Lo que me has dicho no me da asco... fuiste una víctima, y no deberías haber pasado por todo eso solo.

Jamilah se dio cuenta de que Salman estaba enfadado por haber desnudado su alma delante de ella. Sabía que debía de haberle costado mucho trabajo y decidió alejarse de él en ese momento para que no se diese cuenta de lo mucho que deseaba reconfortarlo.

Echó a andar y se detuvo al llegar a la puerta, pero no se giró a mirarlo. Sólo le dijo:

—Me alegro de que me lo hayas contado, Salman.

Y se marchó.

Él se quedó allí mucho tiempo, sorprendido por lo fácil que le había resultado contar su secreto, y por cómo lo había aceptado todo Jamilah. Había visto compasión en su mirada, sí, pero eso no le había hecho sentir tan mal como había imaginado. Siempre había temido la reacción de los demás. Por eso le resultaba tan sencillo escuchar a otros.

En su interior se estaba librando una intensa batalla: por un lado quería saciar su deseo con Jamilah y, por otro, apartarla lo máximo posible de él para protegerla. Otra vez.

Los parámetros de su relación habían cambiado y Salman ya no estaba seguro de dónde empezaban y dónde terminaban. Sólo sabía que la deseaba más que nunca, pero que tendría que ser ella la que acudiese a él. La cuestión era si lo haría.

Jamilah estaba en la cama, despierta, con un nudo en el estómago de pensar por lo que había pasado Salman. Toda la información daba vueltas en su cabeza. Había muchas cosas que de repente tenían sentido: como su seriedad, la relación tan fría que tenía con Nadim y Merkazad, su miedo a los caballos... Y, al mismo tiempo, todavía seguía siendo un enigma. Ya conocía sus fantasmas, pero estaba más lejos que nunca de conocerlo a él.

Al mismo tiempo, se sentía aliviada porque Salman le había dicho que lo que no existiese un vínculo entre ambos era mentira.

Por fin se quedó dormida, pero tuvo pesadillas y cuando se despertó por la mañana, casi tarde para la primera reunión, se alegró de que Nadim ya se hubiese marchado.

A la luz del día, todo lo que había sufrido le parecía todavía peor, más duro. Jamilah tenía la sensación de que Salman estaba esperando a que ella diese el siguiente paso y ella no sabía si tendría la fuerza suficiente para seguir resistiéndose. Se temía que aquella confesión hubiese acabado por completo con sus defensas y que ya no tuviese nada detrás de lo que esconderse. Ni siquiera ira.

Esa noche, después de otra cena de trabajo, que en esa ocasión había tenido lugar en su mismo hotel, Jamilah aceptó la invitación del asesor del sultán Al-Omar de ir a tomar una copa al bar. Siempre se había sentido culpable por haberlo dejado plantado en la fiesta del sultán el año anterior.

Además, llevaba evitando a Salman todo el día ya que todavía no se sentía preparada para enfrentarse a él y a su intensa mirada.

—Jamilah —le dijo Ahmed, sacándola de sus pensamientos.

Ella se disculpó con una sonrisa.

—Lo siento, tengo la cabeza en otra parte. Creo que deberíamos quedar otro día, hoy no soy buena compañía.

Ahmed sonrió y Jamilah pensó que era guapo y deseó poder encontrarlo tan atractivo como a Salman.

—¿No tendrá algo que ver con Salman al Saqr, verdad?

Jamilah se ruborizó mientras Ahmed se levantaba y esperaba a que ella lo hiciese también.

Mientras salían, Ahmed añadió:

—No te preocupes, no se nota tanto, pero no es la primera vez que os veo juntos.

Ella se puso todavía más colorada y se dio cuenta de que no podía mentirle.

—Sí, tiene algo que ver —admitió de camino a los ascensores.

Ya estaban dentro cuando Ahmed se giró hacia ella y le dijo:

—Tal vez no te interese oírlo, pero tiene muy mala reputación en lo que a las mujeres se refiere.

Ella rió histéricamente. El pobre Ahmed no tenía ni idea, pero le agradeció su preocupación. La acompañó hasta la puerta de la suite y ella le sonrió con tristeza. Entonces se le ocurrió algo. Tal vez si le diese a otra persona la oportunidad...

Se acercó a Ahmed y le preguntó:

–¿Puedo besarte?

Él la miró sorprendido.

–Sí, por supuesto –balbució.

Y se acercó a ella con torpeza. Pero en ese momento Jamilah se dio cuenta de que no estaba bien. Ya era demasiado tarde, Ahmed la tenía agarrada por la cintura y le estaba plantando los labios en la boca.

De repente, se oyó una puerta y alguien separó a Jamilah de los brazos de Ahmed. Ella dejó de sentirse aliviada al darse cuenta de que se trataba de Salman. El pobre Ahmed estaba aterrado.

Retrocedió y dio las buenas noches entre dientes antes de desaparecer. Salman hizo girar a Jamilah en sus brazos y ella abrió y cerró la boca, pero no pudo articular palabra. La diferencia entre Salman y Ahmed era cómica.

Salman la hizo entrar en la habitación con él y ella apoyó la espalda en la puerta cuando él la cerró de un golpe.

–¿Qué demonios te pasa? –inquirió Salman–. ¿Cómo le preguntas si puedes besarlo?

–No es de buena educación espiar. ¿Y quién te ha dado derecho a echar así al pobre Ahmed?

Salman hizo una mueca.

–Yo no le he dicho nada. Se ha ido él solo. Pero ya veo que ahora te doy asco, ¿verdad? Tienes la cabeza llena de horribles imágenes por mi culpa.

Para sorpresa de Jamilah, Salman la soltó y se apartó. Ella lo agarró del brazo sin pensarlo.

–No, no, Salman. Por supuesto que no me das asco.

–Prefieres que te bese ese tipo antes que yo.

Y ella se dio cuenta de que aquél era el momento de dar el primer paso.

–He sentido asco por el beso de Ahmed, no por ti, Salman. Tú no me das asco. Más bien lo contrario. ¿Por qué no te callas y me besas?

Y con aquellas palabras lo sorprendió a él tanto como a sí misma. Se dio cuenta de que estaba muy tenso. La miró y ella levantó las manos a su cuello, sintiendo por primera vez que empezaba a controlar la situación. Se puso de puntillas y apretó sus labios contra los de Salman. Y entonces, al ver que él no se movía, se apartó y le dijo:

–¿Qué pasa, Salman? ¿No te gusta que una mujer tome la iniciativa?

Él la agarró de nuevo por la cintura.

–Claro que sí, pero quiero saber si estás segura de saber lo que estás haciendo.

–Estoy muy segura. Puedo cuidarme sola. Hace mucho tiempo que lo hago –le respondió ella, apretándose contra su erección.

Capítulo 7

SALMAN sonrió, haciendo que Jamilah se estremeciese de deseo.

—Me parece que todavía me gustas más cuando te pones dominante y mandona.

Antes de que a ella le diese tiempo a contestar, Salman la estaba haciendo retroceder de nuevo contra la pared. Bajó la cabeza y Jamilah sintió un delicioso calor. Lo agarró con fuerza, enterrando los dedos en su pelo. Sus lenguas se entrelazaron con ansia, como si no se cansasen la una de la otra.

Jamilah pensó que había aguantado demasiado tiempo aquel deseo, y después dejó de pensar al notar las manos de Salman en su espalda, bajándole la cremallera del vestido. Dejó de besarla y siguió la línea de su mandíbula hasta el hombro, para allí bajarle el tirante del vestido. A ella le costó respirar, bajó las manos y se apretó contra la puerta, le temblaban las piernas. Habían pasado de cero a mil kilómetros por hora en treinta segundos.

Al bajarle el tirante, el vestido cayó, dejando un pecho desnudo al descubierto. Salman retrocedió un momento y lo miró. Y Jamilah tuvo que hacer un enorme esfuerzo para no desmayarse con la intensidad de aquel momento. Notó cómo se le erguía el pezón y se mordió el labio para evitar rogarle a Salman que se lo acariciase.

Él lo hizo de todos modos, al tiempo que le decía con voz ronca:

—Eres tan bella... He soñado tanto con esto, Jamilah. He soñado contigo.

Le pasó el dedo pulgar por el pezón una y otra vez y luego inclinó la cabeza y lamió a su alrededor antes de metérselo entero en la boca y hacerla gritar.

—Ahora tú... —le dijo después, desesperada—. Quiero verte.

Salman se incorporó y con gran sensualidad y confianza en sí mismo, se quitó la ropa sin dejar de mirarla.

Unos segundos después estaba completamente desnudo delante de ella, haciendo que se le dilatasen las pupilas al dejar al descubierto la formidable erección. A Jamilah se le había olvidado lo grande que era.

Salman volvió a acercarse y le levantó la barbilla con un dedo. Luego le bajó el otro tirante del vestido hasta que éste le cayó hasta la cintura. Sólo hizo falta darle un pequeño tirón para que fuese a parar al suelo junto a la ropa de él. Jamilah se había quedado sólo con las braguitas de encaje negras y los tacones. Salman la recorrió con la mirada y ella notó calor por todo el cuerpo, en especial, entre las piernas.

Salman le quitó la horquilla que le sujetaba el

pelo, dejando que la melena cayese sobre sus hombros y luego le dijo con voz ronca:

—¿Estás excitada, Jamilah?

Ella respondió con un elocuente gemido mientras Salman trazaba el valle de su escote con su dedo índice. Había estado excitada de pensar en él desde que había oído el helicóptero que lo había llevado a Merkazad.

Y volvió a gemir al ver que Salman se ponía de rodillas delante de ella y le quitaba los zapatos.

—Quiero probarte.

Le bajó las braguitas y se las quitó. Y luego separó las piernas con cuidado antes de agarrarle la derecha y colocársela encima del hombro, abriéndola para él.

Jamilah supo que no había marcha atrás y tuvo que llevarse el puño a la boca al notar su respiración caliente sobre la piel. Él la acarició con la lengua, prestando especial atención al clítoris. Y Jamilah tuvo el clímax más intenso de toda su vida.

Cuando perdió la fuerza de las piernas, Salman la sujetó. Luego se incorporó y la tomó en brazos para llevarla hasta la cama. Una vez allí, Jamilah no pudo aguantar más.

—Salman... te deseo.

Él se inclinó sobre su cuerpo y le contestó.

—Y yo a ti. Te deseo tanto que casi me duele.

Jamilah lo abrazó por el cuello y abrió las piernas antes de decirle:

—Dime dónde te duele y te daré un beso para curarte.

Salman se llevó un dedo a los labios.

—Aquí...

Ella le dio un beso en la boca, sacó la lengua y la acarició con ella, le mordisqueó con suavidad el labio inferior.

Luego se apartó y vio que a Salman le brillaban los ojos. Éste señaló su pecho.

—Y aquí, también...

Jamilah pasó las manos por sus costados, notando cómo se estremecía, y le acarició un pezón con la lengua hasta que notó que se endurecía.

Él cambió de postura y su erección frotó la zona más íntima de Jamilah. Ella movió las caderas hacia él instintivamente. Lo deseaba tanto que gimió desesperada cuando Salman se apartó para ponerse protección.

Pero enseguida volvió y se tumbó encima de ella, la besó con pasión. La penetró de un solo empellón, haciéndola dar un grito ahogado. Había pasado tanto tiempo que Jamilah se notaba tensa y se movió para acomodar en su interior la erección de Salman.

Pero la tensión se calmó en cuanto él empezó a moverse. Jamilah se abrazó a su cintura para que entrase todavía más y disfrutó de la fricción de su pecho contra el de ella. Y siguieron así hasta llegar al clímax. Por un segundo, Jamilah sintió miedo por la intensidad con la que lo estaba sintiendo, pero luego se abrazó a Salman y se dejó llevar.

Después sólo se oyó la respiración entrecortada y el latido de los corazones de ambos. Salman se quitó de encima de ella, haciendo que se sintiese repentinamente despojada, y se odió a sí misma por sentirse así. Recordaba que Salman nunca había sido demasiado cariñoso después del coito, así que le sorprendió que la abrazase con fuerza.

Se quedó así mucho tiempo, escuchando la respiración de Salman. No podía dormir. A pesar de haber desnudado su alma delante de ella, era demasiado orgulloso para mostrar su vulnerabilidad.

Deseó no estar allí cuando despertase, así que se apartó con cuidado de sus brazos y tomó una bata que había a los pies de la cama. Se la puso con manos temblorosas y miró a Salman antes de irse a su habitación, donde entró en el baño, se quitó la bata y se dio una ducha de agua caliente.

No quiso llorar y se odió a sí misma por ser tan débil. De repente ya no se sentía segura de sí misma y volvía a ser la Jamilah ingenua y buena, que jamás había aprendido a protegerse. Entonces oyó un ruido y se giró, y vio a Salman en la puerta de la ducha. Ella se tapó los pechos y balbució:

—¿Qué...?

Salman estaba muy serio.

—Apostaría a que no te has acostado con nadie en mucho tiempo. Estabas casi tan rígida como la primera vez que estuvimos juntos.

Ella se sintió humillada, sintió náuseas.

—Eso no es asunto tuyo —le dijo.

—Bueno, si te sirve de consuelo, yo tampoco he sido capaz de acostarme con nadie desde que te besé en la fiesta del sultán el año pasado.

Salman entró en la ducha y Jamilah ya no se sintió tan humillada.

—¿No?

—No he querido tocar a nadie hasta que no he vuelto a verte a ti.

—¿Y la rubia que estaba contigo en el castillo?

Él hizo una mueca.

—Me siguió y no conseguí sacarla de la habitación. Llevaba varias noches sin dormir, así que no tenía fuerzas para echarla.

Salman tomó las manos de Jamilah y las apartó de su pecho. Luego tomó jabón y empezó a acariciarle el cuerpo, lavándoselo. Ella se apoyó en la pared, le pesaban los párpados y sólo podía ver cómo Salman se iba excitando cada vez más. Él la hizo girar y se colocó justo detrás, agarrándole los pechos con las manos llenas de jabón y apretándola contra su cuerpo.

Luego la acarició también entre las piernas y murmuró con voz ronca:

—No puedo esperar más... apoya las manos en la pared...

Ella lo obedeció y notó cómo Salman le separaba más las piernas y guiaba su erección entre ellas hasta penetrarla.

Salman le acarició el clítoris con una mano y con la otra le apretó un pecho. Jamilah hizo un esfuerzo por respirar y mantener la cordura mientras el agua caía sobre ambos.

El clímax llegó enseguida. Jamilah dio un grito ahogado y echó la cabeza hacia atrás mientras Salman se vaciaba en su interior. Después del último empellón, se quedó inmóvil, derramando su semilla dentro de Jamilah. Ésta casi no pudo ni sentirse alarmada, estaba demasiado afectada, temblando.

Salman hizo que se diese la vuelta y la abrazó con fuerza, le dio un rápido beso en los labios.

—¿Estás bien?

Ella sólo pudo asentir. No era capaz de articular palabra. Dejó que Salman la sacase de la ducha y la envolviese en una enorme toalla. Se había equivocado. Su relación jamás había sido así. Había sido increíble, sí, pero aquello... iba más allá de lo que había podido sentir con un hombre antes. En ese momento, acababa de dejar de ser una mujer inocente, virgen e idealista.

Salman la secó antes de secarse él y le envolvió el pelo en una toalla. Luego se puso él otra alrededor de la cintura y la llevó al dormitorio, donde se sentó a su lado en el borde de la cama.

Jamilah seguía aturdida de tanto placer. Entonces miró a Salman y se dio cuenta de que éste tenía ambas manos apoyadas en las piernas, y la cabeza inclinada. Estaba muy serio.

—No he utilizado protección.

—No creo que haya problema. Estoy en un momento seguro del ciclo...

Le dijo ella, apartando la vista al darse cuenta de que iba a tener que contarle lo que había ocurrido.

—Sabré si estoy embarazada dentro de un par de semanas.

—¿Cómo? —le preguntó él con el ceño fruncido.

Ella respiró hondo

—Porque ya he estado embarazada una vez y reconozco los síntomas enseguida. Perdí el bebé cuando sólo llevaba un mes de embarazo.

Él se giró a mirarla, pero no había comprensión en su mirada, sólo compasión.

—¿Por eso hacía tanto tiempo que no estabas con nadie?

Jamilah tardó un segundo en darse cuenta de que Salman no la había entendido. Y entonces dejó de sentir ganas de contarle la verdad. ¿De qué le serviría, si parecía evidente que no se daba por aludido? Además, después de todo lo que él le había contado la noche anterior, Jamilah no quería darle otro motivo más para que se sintiese culpable.

—Más o menos... —le respondió—. Mira, estoy muy cansada. Me gustaría irme a dormir. Sola.

Él tardó unos segundos en preguntarle:

—¿Estás segura de que quieres estar sola?

Jamilah asintió. Salman se levantó y salió de la habitación. Ella se metió en la cama todavía enrollada en las toallas. Se hizo un ovillo y lloró en silencio por el bebé que no había llegado a nacer.

Salman estuvo despierto mucho tiempo, pensando en lo que Jamilah le había contado. La idea de que hubiese estado embarazada de otro lo llenaba de emociones ambiguas. Sobre todo, de celos.

Siempre se había jurado a sí mismo que no daría vida a otro niño en aquel mundo tan superpoblado.

Sobre todo, porque le aterraba la idea de no poder protegerlo de los horrores de la vida. De los horrores que él mismo había presenciado, que llevaba en la sangre y que no quería transmitir a un hijo. Por eso había tomado la drástica decisión de hacerse una vasectomía casi diez años antes.

Le había dicho a Jamilah lo de la protección más bien preocupado por las enfermedades de transmisión sexual, aunque ella había entendido que lo que le preocupaba era que pudiese dejarla embarazada. Sólo de pensar en aquello volvió a excitarse.

Salman hizo una mueca y se giró en la cama, le dio un puñetazo a la almohada y apoyó otra vez la cabeza. Ya entendía el porqué del cambio de Jamilah en los últimos años y, curiosamente, él sintió la necesidad de saber más... y de protegerla.

Al día siguiente Jamilah estaba paranoica, como si todo el mundo la mirase. Por suerte, tuvo reuniones a lo largo de casi todo el día, así que no tuvo que enfrentarse a Salman.

En un momento dado entró en el cuarto de baño y se miró en el espejo, para ver si se le notaba algo raro. Tenía ojeras porque había dormido mal y le brillaban los ojos.

Entonces salió de uno de los baños una mujer a la que conocía.

Jamilah le sonrió y se lavó las manos. La otra mujer le devolvió la sonrisa e hizo amago de marcharse, pero luego dudó y le dijo:

–Sé que no es asunto mío, pero creo que deberías saber que Ahmed, el asesor del sultán Sadiq, ha ido por ahí haciendo correr el rumor de que Salman al Saqr y tú...

Jamilah se ruborizó y respondió con voz tensa:

–Gracias por contármelo.

La otra mujer se marchó y Jamilah volvió a mirarse al espejo. Suspiró. Por eso la miraba tanto la gente. En realidad, su reputación le daba igual, no era tan tradicional como otras mujeres que vivían en su país. No tenía familia y el hecho de que uno de sus padres hubiese sido europeo siempre había sido ya una rareza.

Pero todo el mundo iba a enterarse de que se estaba acostando con Salman, y él podría hacer otra muesca pública en el cabecero de su cama.

Se mantuvo erguida y se arregló el pelo antes de salir del baño con la cabeza bien alta. No tenía nada de lo que avergonzarse. Sólo podía arrepentirse de que Salman hubiese vuelto a seducirla.

–Esta noche tengo que ir a una fiesta benéfica. Me gustaría que me acompañases.

Jamilah miró a Salman. Volvía a ir vestido de esmoquin y estaba esperándola. Ella intentó no sucumbir a su encanto masculino. Estuvo a punto de decirle que no, quería decirle que no, pero dudó. Su postura parecía ser de poder y autoridad, pero Jamilah vio en él cierta vulnerabilidad.

–¿Qué fiesta es?

La expresión de Salman era indescifrable.

—La de una organización benéfica que fundé hace unos años.

Jamilah no pudo evitar mostrarse sorprendida y él sonrió con cinismo al ver la cara que ponía.

—Veo que no me considerabas un filántropo, ¿verdad?

Ella pensó que Salman la sorprendía constantemente y eso avivaba la curiosidad que sentía por él.

—La organización lleva el nombre de otra persona, pero, en esencia, es mi proyecto.

A Jamilah se le ocurrieron miles de preguntas, pero se contuvo.

—Estaré lista en quince minutos.

Salman inclinó la cabeza y la vio entrar en su dormitorio. Se había temido que le dijese que no quería acompañarlo y sintió náuseas al darse cuenta. Dejó escapar el aire que había contenido con el corazón acelerado. No sabía por qué se sentía obligado a pedirle a Jamilah que fuese con él, pero no había podido evitarlo. Llevaba todo el día sintiéndose frustrado por no poder estar cerca de ella, y eso no le gustaba. No obstante, dado que le había desnudado su alma la otra noche, ¿qué más daba todo lo demás?

La tierra se estaba moviendo debajo de sus pies y no podía pararla. Cada vez la deseaba más y estaba empezando a olvidarse de las demás mujeres con las que había estado en los últimos seis años.

Anduvo con impaciencia de un lado a otro mientras esperaba y entonces la oyó. Se giró, preparándose para verla, pero no le sirvió de nada. Estaba preciosa con un vestido morado sin tirantes que resaltaba el maquillaje ahumado de sus ojos. Llevaba el pelo suelto sobre los hombros.

Se acercó a ella sin poder refrenarse y la agarró de la mandíbula y de la mejilla. Notó cómo temblaba, cómo se le entrecortaba la respiración y vio cómo se le oscurecían los ojos.

—Eres mía, Jamilah —le dijo sin pensarlo.

Ella entrecerró los ojos, se volvió misteriosa. Se estaba cerrando a él y eso no le gustó.

—Y todo el mundo lo sabe, Salman —le respondió en tono cínico—. Después de la escenita que montaste anoche, todo el mundo habla de nosotros.

Salman notó calor en el vientre al pensar en que el otro hombre hubiese tocado a Jamilah.

—Bien. Porque todavía no hemos terminado, tú y yo —le dijo en voz baja.

E inclinó la cabeza para besarla. Ella se resistió al principio, pero luego apoyó el cuerpo contra el de él y abrió la boca con un delicioso suspiro. Salman se excitó todavía más.

Él retrocedió y Jamilah mantuvo los ojos cerrados unos segundos más. Tenía las mejillas sonrojadas. Salman se contuvo para no gemir, pero entonces la vio abrir los ojos y fulminarlo con ellos, y la notó temblar.

—Una noche más, Salman —le respondió con voz ronca—. Eso es todo. Mañana volvemos a Merkazad y lo nuestro se habrá terminado.

Jamilah sabía que, después de la revelación que

Salman le había hecho acerca de su niñez, no lograría mantenerse indiferente mientras hacían el amor durante tanto tiempo. Deseaba poder abrazarlo, reconfortarlo, sanar sus heridas, pero él le había dejado claro que eso era lo último que quería.

Todo en el interior de Salman rechazó aquel ultimátum automáticamente a pesar de sentir el deseo de protegerse a sí mismo. ¿Pero acaso no era lo que él le había dicho que iba a pasar? ¿A caso cualquier mujer en su sano juicio no quería que aquello se terminase? Cualquier mujer en su sano juicio...

Se encogió de hombros.

—Si es lo que quieres.

Jamilah apretó la mandíbula.

—Sí, es lo que quiero. Esto se termina aquí, en París, para siempre.

Él sintió que la ira y algo mucho más ambiguo crecía en su interior. Alargó la mano y tomó la de ella.

—De acuerdo. Ahora, vamos. No podemos perder ni un segundo de nuestra última noche juntos.

«Nuestra última noche juntos». Minutos después, sentada en el coche, Jamilah tuvo que contener las lágrimas al darse cuenta de que seguía desesperadamente enamorada de Salman y tenía que resignarse a su futuro. ¿Cómo podía haber pensado que ya no estaba enamorada de él? Y, lo que era todavía peor, ¿cómo había podido enamorarse todavía más?

Todavía le retumbaban en la cabeza sus propias palabras de que lo suyo terminaba en París. Sabía que sólo había sido un patético intento de que Salman pensase que era inmune a él. Jamilah sabía muy bien que cuando volviesen a Merkazad, bastaría con que Salman la tocase para volver a su cama. La única manera de protegerse sería volviendo a los establos, donde estaría sana y salva. Patético. Se escondería entre los caballos para aprovecharse de su miedo porque sabía que no podía confiar en sí misma estando cerca de él. Y cuando lo pensaba, deseaba automáticamente ayudarlo a superar aquel miedo. Patético.

En ese momento Salman le tomó la mano y la acercó a él. Su rostro esculpido estaba entre las sombras y Jamilah no pudo resistirse. Cuando él inclinó la cabeza y la besó, ella se entregó a aquella locura.

Al llegar al lujoso hotel instalado al pie de los Campos Elíseos, Jamilah estaba aturdida. Por eso no se dio cuenta de que Salman estaba nervioso hasta que no estuvieron dentro. Le estaba agarrando la mano con mucha fuerza, aunque la expresión de su rostro era impasible.

Una mujer castaña, atractiva y de mediana edad, vestida con un traje de chaqueta negro los estaba esperando. Salman se la presentó a Jamilah, era la coordinadora de la organización. Hablaron en un francés rápido que Jamilah entendió. La mujer explicó que todo el mundo acababa de terminar de cenar y ya podían empezar los discursos, después tendría lugar una subasta. Salman asintió y siguieron a la mujer por una puerta lateral para sentarse a una mesa que estaba en la parte frontal de un salón de bailes.

Jamilah se dio cuenta de que todo el mundo miraba a Salman, en especial, las mujeres.

No supo de qué organización benéfica se trataba hasta que no empezaron los discursos, y le alegró mucho saberlo. Recientemente, había leído un artículo dedicado a ella tras haber ganado un prestigioso premio. La organización era conocida por su trabajo en la creación de escuelas y centros de ayuda psicológica para niños en países africanos con conflictos. Se les ofrecía acudir a aquellos lugares para estar a salvo y recibir ayuda para superar sus horribles experiencias, con vistas a rehabilitarlos con sus familias, o a cuidar de ellos hasta que pudiesen ser independientes.

Había muy pocas organizaciones que ofreciesen una ayuda tan completa a largo plazo. Y era normal que Salman hubiese querido crearla, él no había tenido la suerte de recibir ayuda para curar sus heridas.

Jamilah observó aturdida cómo un joven africano de unos dieciocho años se subía al podio. Con desgarradora elocuencia, habló de su experiencia como niño soldado y cómo la organización le había salvado la vida. En esos momentos vivía en París y asistía a la Sorbona, donde estudiaba Derecho. Cuando terminó de hablar, tanto Jamilah como muchas otras personas del público tenían lágrimas en los ojos. Todo el mundo se puso en pie para ovacionarlo.

El joven bajó del podio y fue directo hacia Salman, que le dio un gran abrazo. Luego se lo presentó a Jamilah, que sólo fue capaz de saludarlo. Cuando el joven se alejó para recibir la felicitación de otras personas, Jamilah se dio cuenta de que Salman estaba emocionado y había una luz en sus ojos que no había estado allí antes.

Él la miró y Jamilah abrió la boca, preguntas y emociones daban vueltas por su cabeza y por su vientre. Salman le puso un dedo en los labios y le dijo en tono enigmático mientras negaba con la cabeza:

—No quiero hablar de ello. Esta noche, no, pero tal vez entiendas por qué la creé.

Salman puso gesto de alivio al ver que asentía. Y ella se dio cuenta de que se había enamorado otro poco más de él.

Capítulo 8

S E QUEDARON a la subasta. Salman animó mucho la puja subastando un beso de una conocida actriz de Hollywood que se encontraba entre el público.

Cuando terminó, Salman ayudó a Jamilah a levantarse de su silla y la sacó del salón por la puerta lateral. Ella lo miró mientras intentaba andar a su mismo paso y le preguntó casi sin aliento:

–¿No te tienes que quedar... a hablar con los invitados o algo así?

Él giró la cabeza para mirarla con los ojos brillantes.

–Contrato a gente que se ocupa de eso. Yo dirijo la organización de manera anónima, y sólo aparezco de vez en cuando.

Entonces se detuvo de repente, haciendo que Jamilah chocase contra él.

–De todos modos, esta noche tengo algo mucho más importante que hacer –añadió, dándole un beso rápido para aclararle de qué hablaba.

Ella se ruborizó, pero se obligó a contestar:

–Esto es más importante. No quiero ser la responsable de que te marches.

Él volvió a callarla con otro beso y se la llevó a un rincón solitario. Varias personas pasaron por su lado, pero ellos estaban ajenos a todo. Por fin se separaron para tomar aire y Jamilah apoyó la cabeza en el pecho de Salman. ¿Sería capaz de salir de aquella locura?

Él le dio la mano de nuevo y salieron a la calle en silencio. En el coche, Jamilah se dio cuenta de que no iban hacia el hotel y se detuvieron delante de un barco restaurante algo destartalado que estaba amarrado en el Sena, cerca de la Île de la Cité. Se le encogió el corazón al verlo. Aquélla siempre había sido una de sus partes favoritas de París.

Salman la ayudó a bajar y le dijo:

—Pensé que tendrías hambre...

El estómago de Jamilah rugió y ella sonrió.

—Parece que conoces mis hábitos alimenticios todavía mejor que yo.

Él sonrió también y, por un segundo, pareció mucho más joven, menos sombrío. Y Jamilah tuvo que contener una ola de ternura. En ese momento se acercó a ellos un hombre robusto, que saludó a Salman efusivamente. Era evidente que era un cliente bienvenido. Pronto estuvieron sentados en un tranquilo rincón con vistas al río. Jamilah vio a una pareja paseando por la orilla, que se detenía y se besaba, y pensó que bien podían haber sido ellos seis años antes. Suspiró.

Salman tomó su mano y le preguntó con naturalidad:

—¿No te gusta el sitio?

Ella negó con la cabeza y le contestó en voz baja, evitando mirarlo a los ojos:

–Es perfecto. Me encanta.

«Y te quiero», pensó también, pero no lo dijo.

Entonces llegó el camarero a tomarles nota y Jamilah se obligó a relajarse. Salman pidió champán y ostras y charlaron de cosas sin importancia. Por un segundo, Jamilah pensó que tal vez hubiese soñado las horribles revelaciones de Salman... pero sólo tenía que pensar en la organización benéfica y en el trabajo que hacía Salman para saber que no había sido un sueño.

Cuando terminaron de cenar y después de que Salman la hubiese besado y hubiese lamido de sus labios alguna gota de champán, Jamilah estaba temblando de deseo. Así que cuando él se levantó y le tomó la mano para marcharse, no dudó ni un instante.

Volvieron al hotel en silencio, de la mano. Y siguieron así hasta llegar a la suite. Jamilah se sintió como si hubiesen sido las dos únicas personas del mundo.

Una vez en la habitación de Salman, éste se quitó la ropa y, una vez desnudo, le bajó a ella el vestido para dejar sus pechos al descubierto.

–Llevo toda la noche esperando esto –le dijo con voz ronca.

Luego la agarró por la cintura y la apretó contra él, bajó la cabeza y besó y lamió sus pechos hasta conseguir que a Jamilah se le entrecortase la respiración y apretase sus caderas todavía más contra él.

Cuando la tuvo desnuda encima de la cama, debajo de él, le sujetó las manos encima de la cabeza con una mano y con la otra fue bajando por su cuerpo hasta llegar a su sexo.

–Voy a hacer esto muy despacio... hasta que me pidas clemencia...

Jamilah gimió de placer al notar sus dedos entre las piernas y arqueó las caderas. Ya quería pedirle clemencia, pero sucumbió a la experta seducción de Salman mientras éste hacía exactamente lo que le había prometido...

Jamilah se había quedado dormida, pero se despertó al notar que Salman le acariciaba el pelo y le susurraba al oído:

–Si piensas que se ha terminado, estás muy equivocada, Jamilah Moreau.

Ella no respondió, pero notó que se le hacía un nudo en la garganta. Salman la rodeó con su cuerpo, sus respiraciones se equilibraron y Jamilah supo que tenía razón. Le iba a costar tanto resistirse a él como dejar de respirar.

Lo único que podía hacer era conseguir que él la rechazase contándole lo que sentía, pero al recordar lo ocurrido seis años antes y la crueldad con la que la había tratado, le costó hacerlo. Aunque él le hubiese dicho que no había querido hacerle daño.

Jamilah se mordió el labio. Había contenido la esperanza que intentaba surgir en su interior como una flor del desierto. Tenía que aprender del pasado. No podía pensar que, al volver a Merkazad, volve-

ría a estar en brazos de Salman. Además, él sólo se
quedaría allí un par de semanas más, como si fuese
tan fácil sobrevivir ese tiempo...

Al día siguiente, una vez en su avión privado,
Salman miró a Jamilah con desconfianza. Tenía el
sillón reclinado y estaba dormida, o fingía dormir.
Tenía el rostro vuelto y el hecho de que pareciese
ajena a su presencia lo enfadó. Nada más despegar
había rechazado la comida y se había puesto a bos-
tezar. Aunque Salman no podía culparla. Casi no
habían pegado ojo en toda la noche.

Él intentó aclarar el lío que tenía en la cabeza. No
podía arrepentirse de haber seducido otra vez a Jamilah, porque le había parecido lo correcto. Y en
esos momentos, mientras volvían a un lugar del que
durante mucho tiempo no había querido ni oír hablar,
su última preocupación era Merkazad. Para su sorpresa, había disfrutado mucho de los últimos días,
ocupando el lugar de Nadim. Incluso había conseguido tener con él una conversación casi amistosa la
noche anterior, cuando lo había llamado para infor-
marlo de los últimos acontecimientos. Y eso era algo
que no había ocurrido desde hacía mucho tiempo.

La mujer que dormía tan tranquila, o no, cerca
de él, era la causa de aquellos cambios. Salman lo sabía y eso hacía que todo su cuerpo y su cerebro le estuviesen dando la voz de alarma. Aun así, no se
arrepentía de habérselo contado todo. Como mucho,
se sentía culpable por haber puesto en su mente las

imágenes de aquellos meses tan horribles... Frunció el ceño. Aquellas imágenes estaban empezando a desaparecer como nubes de humo.

Apretó los labios y apartó la vista de su provocador y tentador cuerpo. Apoyó la cabeza en el respaldo del sillón y cerró los ojos. Las cosas habían cambiado mucho en los últimos seis años. Jamilah había madurado y había vivido, había experimentado cosas, pero, aun así, él tendría que dejarla al llegar a Merkazad, y en esa ocasión, lo suyo se terminaría para siempre. No había otra opción.

—Detén el jeep, Salman.

Al ver que no la obedecía inmediatamente, Jamilah estuvo a punto de repetírselo, pero él echó el vehículo a un lado, estaban en el patio principal del castillo de Al-Saqr. Hacia la izquierda, la carretera llevaba hacia el castillo y, a la derecha, hacia los establos y los campos de entrenamiento.

Salman vio cómo Jamilah se bajaba.

—¿Adónde crees que vas?

Ella intentó mantenerse tranquila a pesar de que tenía el corazón acelerado y sabía que se estaba comportando como una cobarde.

—A los establos —le respondió—. Voy a estar muy ocupada durante los próximos días.

Salman salió también del jeep de un salto y la acorraló contra él.

La miró a los ojos y ella se quedó al instante sin respiración. Salman apretó las caderas contra las suyas y Jamilah notó la erección a través de los pantalones vaqueros, empujándola.

–¿Eso es lo que quieres? ¿Salir corriendo y esconderte en los establos?

Jamilah intentó apartarlo, pero no pudo.

–No hay nada que te impida acompañarme. No sé si te acuerdas de que tengo que trabajar.

Salman se puso tenso de inmediato y ella deseó pedirle perdón al ver terror en lo más profundo de su mirada. Él retrocedió y le dijo en tono frío:

–Como quieras, ya veremos cuánto aguantas.

No hacía falta que lo dijese. No estaba preparado para enfrentarse a sus demonios. Y Jamilah lo entendió. Hasta ella sintió náuseas al recordar lo que Salman había tenido que hacer. Era normal que hubiese querido escapar de allí a la menor oportunidad.

Luego se dijo en silencio que aguantaría hasta que Salman estuviese de vuelta en Francia y miles de kilómetros los separasen, pero al verlo subirse al jeep, tuvo que contener la traicionera sensación de decepción que le causaba que Salman no hubiese insistido más en que se fuese con él.

Se dio la media vuelta y anduvo los cinco minutos que se tardaba en llegar a los establos. Al llegar al patio, que siempre había sido su lugar favorito, sintió frío, desolación y la mente se le llenó de horribles imágenes.

El primer día de vuelta a los establos, Jamilah no tuvo noticias de Salman. Sólo oyó de hablar de él, emocionadas, a las chicas que lo habían visto esa mañana. Ella se preguntó enfadada dónde se habría metido Abdul y por qué no estaba allí para hacerlas callar.

Cuando se acostó esa noche, agotada, se encontró además insatisfecha, y se preguntó si Salman habría perdido todo el interés en ella.

Esa noche soñó con él y se despertó sudando y con una sensación de insatisfacción todavía mayor.

Cuando tuvo que levantarse para ir a trabajar, se preguntó si todos los días iban a ser iguales. Era una causa perdida.

A media mañana aproximadamente, se presentó en los establos una de las camareras del castillo, con una nota metida en un sobre. Jamilah se giró a leerla con el corazón en un puño. Reconoció la letra nada más verla: *¿Tu día de ayer fue tan duro como el mío? Te deseo, Jamilah...*

Despidió a la chica, que se había quedado esperando por si quería enviar una contestación, y tardó un par de horas en recuperarse. También tardó mucho en calmar el tumulto de emociones que tenía dentro: se sentía aliviada porque Salman no se había olvidado de ella, estaba enfadada consigo misma por estar como una adolescente enamorada, enfadada con él por querer que lo suyo continuase después de lo que le había dicho en París, y enfadada con su cuerpo por desear tanto verlo.

Estaba pensando en todo aquello cuando su teléfono móvil pitó. Jamilah leyó el mensaje: *¿Has leído mi nota?*

Ella lo pensó un momento antes de responder: *Sí. No me interesa continuar con esta conversación. Estoy muy ocupada.*

Un segundo después llegaba otro mensaje: *Yo también estoy ocupado. Por si no te has dado cuenta, soy el soberano en funciones de Merkazad. No obstante, no logro concentrarme.*

Jamilah se dio cuenta de que estaba sonriendo y se puso seria. Luego cerró el teléfono y volvió al trabajo. Pero según fue pasando el día, siguió recibiendo sobres, con notas cada vez más explícitas acerca del estado de excitación de Salman.

Al final del día, Jamilah estaba también excitada, pero se negaba a ir a ver a Salman.

Su única esperanza estaba en quedarse en los establos, aunque odiase utilizarlos para aquello.

Al día siguiente ocurrió lo mismo. Nota tras nota. Mensaje tras mensaje. Dejó de leerlos porque se estaba volviendo loca, pero sólo porque no podía dejar de pensar en las cosas que le decía Salman.

Esa noche, cuando sonó el teléfono que tenía al lado de la cama, respondió molesta:

—¿Sí?

Y oyó una risa.

—¿Por qué estás tan gruñona? ¿No puedes dormir? ¿Estás demasiado caliente?

Jamilah agarró el teléfono con fuerza y se obligó a hablar en tono frío:

—De eso nada. Al contrario que tú, he estado todo el día muy ocupada.

Él volvió a reír.

–Por suerte, soy muy polifacético y puedo hacer muchas cosas a la vez. Aunque no ha sido fácil escribirte esas notas mientras oficiaba un acto público.

Jamilah contuvo la risa al imaginárselo. No podía creerse que estuviesen actuando como dos adolescentes. Apretó las piernas por si Salman podía notarle por teléfono lo húmeda que estaba.

–¿Estás en la cama?

–No –mintió Jamilah inmediatamente.

–Mentirosa –rió él–. ¿Qué llevas puesto?

–Dado que no estoy en la cama, llevo unos vaqueros y una camisa.

–Mentirosa. Deja que lo adivine. Llevas una camiseta y unas braguitas, ¿a que sí? Eso es lo que te pones cuando no estás desnuda conmigo.

–No, la verdad que llevo un pijama abrochado de los pies hasta la cabeza.

–Vas a ir directa al infierno de tanto mentir, Jamilah Moreau.

–Pues va a estar abarrotado, nos veremos allí.

–*Touché* –respondió él, haciendo que Jamilah se sintiese mal–. ¿Sabes en qué estoy pensando ahora mismo?

–Creo que prefiero no saberlo, Salman. La verdad es que estoy muy cansada...

Él la interrumpió.

–Estoy imaginándote aquí tumbada con el pelo suelto, con una camiseta que te deja la cintura al descubierto. Estoy pensando en cómo se te ciñe a los pechos, lo mismo que las braguitas a las caderas. Estoy pensando en cómo me gustaría quitarte la camiseta para disfrutar de esos pechos con la vista, para ver cómo se te endurecen los pezones, rogándome que los acaricie, para que mi lengua...

–Salman –le dijo ella en tono débil, bajando la mano sin querer hacia abajo.

–¿Salman, qué? ¿Que pare? No quieres que pare. Me quieres contigo, para que te chupe los pechos hasta que arquees la espalda mientras te acaricio entre las piernas...

Jamilah se llevó las manos allí y eso le hizo volver a la fría realidad. Se sentó bruscamente en la cama y colgó el teléfono. Cuando volvió a sonar un segundo después, arrancó el cable de la pared.

Y no pudo dormirse hasta que empezó a bajarle el calor.

Al día siguiente, Jamilah decidió aferrarse a su determinación de no ceder, a pesar de ser cada vez más débil. Esa mañana llegaron más notas, pero no pudo leerlas. Las devolvió sin abrir.

Así que más tarde, cuando oyó llegar a un jeep, se dio la vuelta con el corazón acelerado y sintió que su determinación se venía abajo.

Salman bajó del vehículo y ella se sintió débil de deseo, pero supo que no podía ceder.

Él la miró fijamente unos segundos antes de decirle:

–Ven al castillo conmigo, Jamilah.

Ella negó con la cabeza y retrocedió a pesar de que su cuerpo le gritaba que hiciese lo contrario. En ese momento, uno de los mozos del establo sacó un caballo muy cerca de allí. Salman miró al caballo y luego a ella.

Se había puesto pálido, apretó los dientes y murmuró:

–Maldita seas, Jamilah. No estoy preparado para esto.

Y luego volvió a subirse al jeep y se marchó, haciendo que se sintiese como si hubiese hecho algo muy cruel, dejándola con la sensación de que podía hacerle daño y eso la impactó.

Seguía allí parada cuando Abdul salió de uno de los establos. Éste sólo la miró y sacudió la cabeza, y Jamilah se sintió todavía peor.

Esa noche casi no pudo dormir. Como era de esperar, al día siguiente no hubo más notas ni llamadas de Salman. Y ella siguió sintiéndose culpable al tiempo que seguía convencida de que no debía ceder a la atracción que sentía por él.

Empezó a trabajar aturdida y a las cuatro de la tarde, cuando sonó el teléfono en su despacho, estaba agotada.

La llamada hizo que le entrasen ganas de llorar. Tenía que ir en helicóptero a un oasis aislado en el que había un pueblo beduino. Y teniendo en cuenta la hora del día que era, lo más probable era que tuviese que hacer noche.

Al parecer, una yegua no podía parir y su dueño temía por su vida y la del potro. Recogió sus cosas y llamó al piloto del helicóptero antes de ir hacia la plataforma que había detrás del castillo. De camino, intentó no pensar en el hombre que había dentro de él... en algún lugar.

Sobrevolaron el montañoso y escarpado terreno y a Jamilah se le encogió el corazón de la emoción por aquel país en ocasiones tan inhóspito. Los beduinos eran quienes habían luchado contra los invasores muchos años antes, y quienes habían salvado al jeque y a su familia de la cárcel. Quienes habían salvado a Salman.

Jamilah vio el pueblo a lo lejos, un minúsculo paraíso verde en aquel paisaje lunar. Estaban muy cerca cuando vio que había un jeep esperándola y eso levantó sus sospechas, pero se dijo a sí misma que estaba exagerando.

Cuando bajó del helicóptero la estaba esperando un chófer que la llevó al pueblo. Una vez allí, no vio a los aldeanos ni a ningún niño esperándola, como solía ocurrir siempre que iba, ya que siempre les llevaba algo. Se aseguró a sí misma que se debía a que era tarde.

Pero entonces vio una tienda enorme. El tipo de tienda que utilizaba Nadim cuando viajaba por el país. Y empezó a picarle todo cuando vio que el jeep se detenía delante. Jamilah salió y, en ese momento, oyó cómo despegaba el helicóptero.

Entonces vio salir de la tienda a un hombre alto, moreno e imponente, vestido con la ropa de ceremonia de Merkazad. Cómo no se lo había imaginado... Salman.

Capítulo 9

EL JEEP giró y se marchó y Jamilah miró fijamente a Salman y sintió un horrible deseo por él. A pesar de haberlo visto el día anterior, lo había echado de menos. Se le aceleró el pulso y deseó poder correr a abrazarlo y besarlo al mismo tiempo, pero el descaro de su gesto la dejó sin aliento.

No iba a permitir que se diese cuenta de cómo estaba. Tenía que resistirse a él. Porque era evidente que Salman iba a volver a dejarla y ella jamás lo superaría. ¿Cómo iba a hacerlo, después de conocer su secreto? ¿Su vulnerabilidad?

Agarró con fuerza el bolso que llevaba colgado del brazo y lo fulminó con la mirada, y Salman se sintió débil por un instante. Nunca había visto a Jamilah tan guapa. Iba vestida con unos vaqueros desgastados, camisa y botas, sin maquillar y con el pelo recogido en una coleta medio deshecha. Tuvo la sensación de que hacía un siglo que no la veía.

Ella levantó la barbilla y le dijo en tono helado:

–Supongo que no hay ninguna yegua pariendo.

Él negó con la cabeza, con la mandíbula apretada, y se cruzó de brazos.

–¿Así que ahora secuestras a la gente? Muy original para un gestor de fondos. Pero creo que deberías ahorrar tu ingenuidad para alguien que quiera que lo secuestres.

A Salman se le hizo un nudo en el estómago al oírla hablar en aquel tono. No obstante, no podía dejarla marchar. La necesitaba demasiado.

Jamilah se dio la vuelta y echó a andar hacia el pueblo.

—Voy a buscar un caballo para volver a Merkazad. Sólo tardaré un día o dos.

Pero él la agarró por detrás e hizo que entrase en la tienda antes de que le diese tiempo a protestar. El interior estaba iluminado con cientos de pequeñas lámparas y los muebles eran muy lujosos. En el medio de la tienda había un diván bajo, cubierto de echarpes de satén y seda. Parecía un escenario de seducción sacado de una película.

Salman la dejó en el suelo y ella se giró y notó que se le deshacía del todo la coleta.

—¡Quieres dejar de hacer eso!

—El helicóptero volverá dentro de tres días. Lo mismo que el jeep. Y tú no vas a conseguir ningún caballo, porque nadie te lo va a prestar —le informó él en tono calmado.

¡Tres días!

—¿Y por qué demonios quieres que estemos tres días aquí aislados?

Salman apretó la mandíbula.

—Porque hemos perdido tres días por tu culpa.

Ella se sintió avergonzada, pero le contestó:

—Tengo que dirigir los establos, Salman. Y vivo

en ellos. Aunque creo que ya no podríamos estar más lejos, ¿no?

Él palideció al instante y ella se arrepintió de sus palabras. Lo vio retroceder y levantó una mano.

–Salman, lo siento. No debía haber dicho eso.

Salman volvió a retroceder y Jamilah se sintió atraída hacia él. Lo vio pasarse una mano por el pelo y reír con amargura.

–Tienes razón. Es patético. No aguanté ni un minuto en ese sitio.

Jamilah le tomó la mano y le dijo en tono dulce, ya sin rencor:

–Es normal, después de lo que te obligaron a hacer allí.

Él la miró a los ojos.

–No sé si prefiero que te resistas y me bufes, o que te compadezcas de mí.

Jamilah negó con la cabeza.

–No me compadezco de ti, Salman. No es compasión es... comprensión.

Él bajó la cabeza y la besó en los labios, y Jamilah no pudo evitar responder, aunque luego encontró fuerzas para apartarse de él y decirle con la respiración entrecortada:

–No puedo hacerlo, Salman. Te lo dije en París. No puedo ser tu juguete sólo porque esté aquí y sea fácil. Y no voy a quedarme tres días aquí contigo.

–Créeme, si no supiese que me deseas, te dejaría en paz.

–¿Y qué esperas? ¿Haber agotado ese deseo en tres días?

Él sonrió.

—Espero que dentro de tres días estemos agotados, sí. Y tal vez que podamos recuperar la cordura, porque una cosa es segura: no me he sentido cuerdo en lo que a ti respecta desde hace mucho tiempo.

De repente, Jamilah supo que para ella era muy importante saber algo.

—Esa noche... en París, hace seis años... ¿Saliste con aquella mujer, tal y como me dijiste que ibas a hacer?

Él negó muy despacio antes de contestar.

—No... No volví a verla, salvo en el trabajo. Y créeme, no le gustó nada que le diese plantón. Lo cierto es que esa noche salí solo y me emborraché. Ha sido la única borrachera de toda mi vida.

Jamilah se alejó de él y se dio la vuelta para que no pudiese verle la cara, hizo acopio de fuerzas y luego volvió a mirarlo.

—No voy a darte estos tres días, Salman. Tengo cordura suficiente para los dos, créeme. Estás aburrido y frustrado porque, por una vez en la vida, no has conseguido lo que quieres y, sencillamente, no lo soportas.

Él se acercó y la agarró por la cintura. Echaba chispas por los ojos.

—Te estás poniendo muy pesada con eso de verme como a un playboy irresponsable y petulante, Jamilah. Y esto va mucho más allá de unas emociones tan superfluas.

Ella se puso tensa, sabía que no podría resistirse mucho más.

–Bueno, ¿qué quieres que piense, cuando utilizas tu poder para conseguir lo que quieres?

A Salman aquello le caló muy hondo, pero hizo un esfuerzo porque no se le notase. Era cierto que nunca le había costado tanto llevar a una mujer a su cama. Nunca se había sentido tan obsesionado por una mujer. Bueno, sí, pero por aquella misma mujer.

Siempre había ocupado un lugar en su mente. Se dio cuenta en esos momentos. Con dieciséis años, cuando se había marchado de Merkazad, le había tocado la mejilla a pesar de que, en realidad, lo que había deseado era besarla.

–Te deseo, Jamilah. Eso es lo único que importa aquí. Estamos solos. A kilómetros de la civilización. Ha caído la noche.

Ella parpadeó como una tonta y vio a través de las lujosas cortinas de la puerta que, efectivamente, era de noche. Las estrellas brillaban en el cielo junto con media luna y las criaturas de la noche llenaban el aire con sus gorjeos y ruidos. Y ella ni siquiera se había dado cuento.

–Debes de estar cansada y hambrienta. ¿Por qué no te lavas y cenamos?

Le dijo aquello como si no la hubiese secuestrado, como si no estuviesen en un lugar remoto y mágico de Merkazad, como si todo fuese normal. Jamilah lo vio ir hacia un extremo de la tienda y tomar una enorme caja dorada. Salman la dejó sobre la cama y la miró.

–Te he traído algo de ropa.

Ella se derritió por dentro, pero al mismo tiempo se aferró a su determinación de no ceder.

–No me pondré ropa que no sea mía, Salman. Esto es ridículo. No soy tu amante.

Luego apretó los labios antes de continuar:

–Pero tengo hambre y estoy cansada. Y veo que voy a tener que pasar la noche aquí. Me lavaré y cenaré, y luego me acostaré. Sola. Con mi ropa. No sé dónde vas a dormir tú esta noche, pero lo menos que puedes hacer es dejarme tu tienda.

–Llamaré a una de las chicas para que venga a ayudarte –le respondió él en tono suave–, y para que sirva la cena.

Jamilah fue hacia la zona del baño, donde brillaban cientos de velas. El corazón se le encogió un instante. En otras circunstancias le habría encantado semejante escenario, pero no en aquel momento, ni con aquel hombre. Aunque... ¿con cuál entonces?

Entonces oyó un ruido y vio entrar a una joven beduina, vestida de negro de los pies a la cabeza. Ésta empezó a llenar una ornamentada bañera y le dio a Jamilah un albornoz para que se cambiase. Ésta conocía el ritual, a pesar de ser la primera vez que lo hacía, ya que solía estar reservado a los miembros de la familia real, a la jequesa y a las amantes del jeque.

Sólo de pensarlo se quedó helada. ¿Era ella la amante de Salman? Porque así era como se trataba a las amantes. Sintió asco, pero, al mismo tiempo, le gustó.

Se puso el albornoz y vio cómo la chica se llevaba su ropa, y no pudo evitar meterse en el agua caliente y perfumada con aceites de rosa. Por un segundo, se olvidó del laberinto de emociones que tenía dentro y de lo enfadada que estaba con Salman. Aquello era una bendición...

Salman entró en la tienda para ver que la cena se estaba preparando tal y como él había indicado. Oyó un ruido en la zona del baño y se imaginó a Jamilah allí desnuda.

Y no pudo evitarlo, se acercó. La oyó gemir suavemente de placer, oyó el chapoteo del agua y todo su cuerpo se puso tenso. A través de una rendija del biombo que la tapaba vio el cuerpo desnudo de Jamilah y se quedó paralizado.

Jamilah se quedó inmóvil un instante, con el jabón entre las manos. Alguien la estaba observando. Podía sentirlo. Y sabía que era Salman. Podía sentir su presencia a más de un kilómetro de distancia.

De repente, supo que tenía el poder, así que se enjabonó los brazos muy despacio, y después los hombros.

Con los ojos medio cerrados, se lavó los pechos y se excitó sólo de pensar en que Salman la estaba viendo. Se acarició los pezones ya erguidos y gimió de placer. Se suponía que estaba haciendo aquello para provocarlo a él y, no obstante...

Atrapó un pezón con los dedos y se lo apretó hasta sentir todavía más calor en el vientre. Y llevó la otra mano debajo del agua, entre sus piernas.

No salió de aquel estado de ensoñación hasta que oyó una especie de gemido al otro lado del biombo. Entonces, se sentó bruscamente y se preguntó qué le había pasado para hacer aquello.

Un momento después llegaba la chica y ella le arrebataba la toalla de las manos. Le preguntó que dónde estaba su ropa, pero ésta le contestó que el jeque le había dicho que se la llevase y le diese otras.

—Sólo quiero mi ropa —insistió ella.

La chica la miró agobiada y Jamilah se sintió mal.

—Gracias por el baño y los aceites... pero el resto puedo hacerlo sola. ¿Puedes traerme la ropa que te han dado para que me cambie?

La chica volvió poco después con la enorme caja y sacó de ella una especie de caftán en tonos plata y azul zafiro. Jamilah se quedó paralizada al verlo.

—Es muy bonito, ¿verdad? —comentó la chica.

—Sí, muy bonito —repitió ella.

E iba acompañado de un conjunto de ropa interior de delicado encaje, también en color azul. Jamilah odió tener que vestirse a gusto de Salman, pero lo hizo. La chica le cepilló el pelo y se marchó.

Ella respiró hondo y salió de detrás del biombo para ver a Salman en la puerta de la tienda. Se le hizo un nudo en el estómago y apretó la mandíbula y los puños.

No podía ver la expresión de Salman. Estaba demasiado lejos y entre las sombras, pero sólo podía pensar en cómo había sentido que la estaba observando y cómo se había acariciado a sí misma.

Y entonces, de repente, Salman entró en la tienda. Las cortinas se cerraron tras de él y fue como si se hubiesen quedado encerrados, a solas, en la tienda, en un oasis apartado en la zona más oriental de Merkazad.

Salman se acercó a una mesa llena de suculenta comida. Sólo el olor era delicioso y Jamilah se acercó, hambrienta, negándose a mirar a Salman a los ojos.

–Nunca te había visto tan bella como esta noche –le dijo él con voz ronca.

Y a ella le gustó oírlo y tuvo que hacer un esfuerzo para no responderle que él también estaba imponente.

–Espero que merezca la pena –replicó–, después de las molestias que te has tomado para traerme aquí.

–Merecerá la pena, Jamilah –le prometió él–. Y el placer no será sólo mío. Me aseguraré de ello.

–Puedes ahorrarte los detalles, Salman, porque no vas a dormir en mi cama esta noche.

Él se echó a reír y le hizo un gesto para que se sentase. Estaba seguro de que, antes o después, Jamilah cedería al deseo. Tomó una bandeja llena de deliciosos bocados y se la ofreció.

Ella aceptó la bandeja y se dio cuenta de que en ella estaba todo lo que le gustaba. Se le encogió el corazón. Entonces vio que Salman servía champán para los dos. Arqueó una ceja e intentó no recordar que la única vez que se había emborrachado había sido por ella. Al menos, seguía teniendo sentimientos...

Salman le sonrió y levantó la copa:

–Por nosotros, Jamilah.

Ella le devolvió la sonrisa y chocó su copa contra la de él.

–Por mí. Y por lo bien que voy a dormir en esta preciosa tienda, yo sola.

Salman se echó a reír y bebió de su copa. Y Jamilah se quedó momentáneamente petrificada, observando el movimiento de su garganta morena. Sintió deseo y apartó la vista para empezar a comer, y estuvo a punto de atragantarse con una deliciosa gamba cuando Salman le dijo:

–Me ha divertido mucho nuestra correspondencia de los últimos días, aunque no me respondieses y eso me dejase algo... insatisfecho.

Jamilah se limpió la boca con la servilleta. Tenía reconocer que a ella también le había gustado.

Salman le agarró la mano por encima de la mesa y ella tuvo que mirarlo a los ojos.

–¿Estabas pensando en mí... hace un rato en la bañera? Debías de saber que te estaba espiando...

Ella se quedó embelesada y no fue capaz de contestar ni de moverse. Tardó unos segundos en responder con voz temblorosa:

–No sé de qué me estás hablando.

Salman sonrió.

–Ya te he dicho antes que admiro mucho tu sinceridad. No se te da bien mentir.

Jamilah apartó la mano y continuó comiendo, a pesar de que, de repente, se había quedado sin apetito. Sólo podía imaginarse la lengua de Salman en la comisura de sus labios.

Dejó la servilleta y vació la copa de champán de

un sorbo. Se preguntó cómo habría conseguido Salman organizar todo aquello, pero contuvo la curiosidad y forzó un bostezo, se levantó y se dispuso a reiterarle su intención de dormir sola.

Él se puso de pie al otro lado de la mesa y le tendió una mano, que Jamilah ignoró. Él intentó controlar la ira y la frustración.

—Sabes que no voy a marcharme a ninguna parte —le dijo.

Jamilah lo miró de manera desafiante, pero él vio algo más, vio vulnerabilidad. Y pensó que no quería lidiar con aquello. Sólo deseaba a Jamilah. Y ella lo deseaba también.

Salman se acercó a la cama y empezó a desvestirse.

—¿Qué estás haciendo? —le preguntó ella presa del pánico.

Él se giró, seguro de sí mismo.

—Prepararme para irme a la cama.

—¿Y adónde voy a ir yo?

—Esta cama es perfecta.

—Sí, pero no contigo dentro.

Salman la ignoró y siguió desnudándose. Y Jamilah no pudo evitar observar su impresionante cuerpo a la luz de los cientos de velas encendidas. Se le secó la garganta.

No sabía por qué deseaba tanto salir corriendo de allí. Entonces él se giró despacio y fue como si el ambiente se calentase.

—Jamilah...

A ella le costó apartar la vista de su erección y

presenció cómo Salman la tomaba con su mano y empezaba a acariciarse solo.

—Jamilah... me estás torturando. Te necesito.

Ella levantó por fin la mirada, notó que su cuerpo se movía hacia él, pero negó con la cabeza.

—No, no puedo. No voy a hacerlo, Salman.

Y se giró para no seguir viéndolo. Estaba temblando y sabía que, si Salman la convencía, jamás podría olvidarse de él.

Salman apoyó las manos en sus hombros y la hizo girar. Jamilah notó que se le llenaban los ojos de lágrimas.

—Por favor, Jamilah, no llores... —le rogó él.

Y ella se sintió como el día que había enterrado a sus padres. Cuando Salman le había dicho que no llorase, que fuese fuerte. Se le aceleró el corazón. Lo amaba. Amaba a aquel hombre más que a nada en el mundo. Y ya era demasiado tarde para salvarse.

Las lágrimas empezaron a correr por su rostro al reconocerlo y sintió que algo cambiaba en su interior. ¿Cómo podía apartarse de él? Estaban en un oasis en el desierto, en aquel momento...

—No te voy a obligar a nada, si vas a disgustarte tanto. No quiero verte así. Sólo pensé que me deseabas tanto como yo a ti... que querías resistirte para darme una lección... porque sabes cuánto te necesito.

Su ternura hizo que Jamilah se viniese completamente abajo y el hecho de que Salman no se comportarse de manera dominante, la debilitó todavía más. Confiaba en él. Lo creía y sabía que, si le pedía que la dejase en paz, la dejaría. Pero, de repente, era lo último que quería.

Negó con la cabeza y le acarició el rostro. Salman se puso tenso.

—No, no era eso lo que quería, Salman, pero ya da igual. Ahora mismo ya no me importa nada, y no puedo seguir resistiéndome.

Se apretó contra él y notó la erección en su cuerpo.

—Hazme el amor, Salman. Te necesito demasiado.

Él esperó, como si no pudiese creerlo, y luego la abrazó con fuerza. Jamilah supo que, en algún momento, tendría que lidiar con las consecuencias de aquella decisión, pero ya lo haría.

En ese instante necesitaba a Salman más que nunca.

Salman la tomó en brazos y la llevó a la cama, donde la tumbó como si fuese la cosa más delicada y valiosa del mundo...

Un par de horas más tarde, Salman estaba despierto en la cama, con el sedoso pelo de Jamilah acariciándole el torso y sus pechos apoyados en el costado. Nunca se había sentido tan saciado. Suspiró profundamente.

Jamilah había capitulado, pero eso no hacía que se sintiese triunfante. Jamás había deseado tanto a una mujer. Y cuanto más la tenía, más la deseaba. Eso le dio pánico porque sabía que no podría dejarla y continuar con su vida. Verla llorar un rato antes le había sentado como una patada en el estómago. Sabía que no tenía que haberla obligado a ir allí, pero era débil, y la necesitaba, y la fuerza de esa necesidad todavía lo sorprendía.

Se negó a pensar que había empezado a necesitarla más desde que le había abierto su alma en París, pero eso era lo que se temía. Jamilah era la única persona que sabía lo que le había ocurrido, pero no lo utilizaría contra él.

Era como un rayo de sol del que estaba disfrutando, aunque sabía que lo suyo no podría durar porque ella querría tener una vida normal. Con alguien que no escondiese en su interior imágenes de degradación y dolor. Se le encogió el corazón al pensar que tendría hijos con otro.

Entonces notó cómo se alteraba su respiración y la cambió con cuidado de postura para ponerle las piernas alrededor de la cintura y poder acariciarle entre los muslos con la punta de la erección.

–Salman... –dijo ella en voz baja y profunda.

Él la besó y un segundo después la estaba penetrando. Se movió dentro de ella hasta que vio que abría los ojos y lo miraba. Después de varios minutos de tortura, Jamilah se mordió el labio y echó la cabeza hacia atrás, entregándose a la intensa explosión de su cuerpo.

Salman se dijo que era sexo. Y que eso sí que podía controlarlo. Sólo tenía que conseguir que no fuese más allá.

Capítulo 10

DOS NOCHES después, Salman miró a Jamilah, que estaba sentada al otro lado de la mesa y ésta le respondió con una mirada provocadora. Él notó como un cosquilleo en el pecho y volvió a sentir deseo.

Se maldijo por haber escogido aquella ropa para ella, que se había puesto un vestido de seda de tirantes muy finos y generoso escote. Se le pegaba al cuerpo y le llegaba a las rodillas, dejando al descubierto sus esbeltas pantorrillas y delgados tobillos. Estaba todavía más sexy sin zapatos. Se había recogido el pelo de manera descuidada y no iba maquillada.

Esa tarde se habían bañado desnudos en una charca y después, Jamilah se había inclinado sobre él y lo había tomado con la boca, haciéndolo enloquecer y perder el control. Salman jamás olvidaría la expresión de satisfacción de su rostro al ver que estaba completamente a su merced. Como si su misión fuese castigarlo por haberla llevado allí.

Jamilah miró a Salman con impaciencia en ese momento, haciéndolo volver al presente.

—Siempre que te hablo de algo personal, te encierras en ti mismo.

–Yo creo que ya hemos hablado suficiente –le advirtió él.

–Sí, hemos hablado de lo que te ocurrió de niño... pero ¿qué hay de todo lo demás? ¿Nadim? ¿Tu vida?

Él notó cómo se cerraba por dentro.

–No tengo nada que contarte. Es todo muy aburrido. Quise marcharme de Merkazad desde los ocho años, y en cierto modo siempre he culpado a Nadim de lo que me ocurrió, aunque ahora sé que no tiene sentido, y he conseguido ganar mucho dinero.

Salman sonrió y Jamilah se estremeció.

–No intentes psicoanalizarme. Mi vida es, tal y como tú misma dijiste en una ocasión, fría e impersonal. Y así es como me gusta.

Ella supo que no debía insistir, pero no pudo evitarlo.

–¿Qué pasa? ¿Que no quieres que vuelvan a hacerte daño? Eso es imposible, Salman. Nos abrimos al dolor cada minuto que vivimos, pero también nos abrimos a una increíble alegría.

Él se quedó callado. Lo de la increíble alegría le era completamente desconocido, a pesar de estar empezando a descubrirla allí, con ella. Se dijo a sí mismo que la alegría no estaba hecha para él. No la merecía. Y Jamilah estaba a punto de hacer caer todo su mundo por un precipicio.

Se levantó y la levantó a ella sin hacer ningún esfuerzo para llevarla en brazos hasta la bañera, que habían estado preparando mientras ellos cenaban.

Jamilah se ruborizó al imaginar lo que la gente del pueblo debía de pensar de ellos.

Los dos días anteriores habían pasado tan pronto que le dio miedo. Estaban realmente encerrados en una burbuja de sensualidad y les daba igual lo que ocurriese en el mundo exterior.

Salman empezó a desnudarla y ella se sintió mal un instante, pero se dijo que ya se ocuparía de eso cuando volviese a Merkazad. Tendría el resto de su vida para lamentarse.

Salman le dijo que se metiera en el baño y empezó a desnudarse también.

—Quiero que te toques como hiciste la otra noche –le pidió después.

Y ella tomó el jabón y volvió a dejarse llevar por la magia del momento.

A la mañana siguiente, sentada en un banco fuera de la tienda, Jamilah observó como unos niños se ocupaban de unos caballos cerca de allí.

Casi no había podido dormir, pensando que había llegado el tercer día y debían volver a Merkazad. Sabía que tenía dos opciones: ignorar a Salman de nuevo una vez allí, o intentar que lo suyo continuase, arriesgándose a que volviese a hacerle daño.

Oyó un ruido a sus espaldas y se levantó, preparándose mentalmente para lo que la esperaba.

Salman se había despertado y se había encontrado solo. Se estaba poniendo unos vaqueros cuando ella apareció en la puerta, vestida con sus vaqueros y camisa.

–Buenos días –le dijo, todavía medio dormido, acercándose a ella.

Le agarró el rostro y le dio un beso en los labios para intentar tranquilizarse, pero la notó rígida.

–No, Salman. Se ha terminado. Hoy volvemos a casa, y no quiero volver a pasar por esto. Esta vez se ha terminado. De verdad.

–¿Por qué tiene que terminarse, Jamilah, si estamos tan bien juntos?

–Porque no quiero ser una masoquista, Salman. Ya me hiciste mucho daño una vez.

–Pero esta vez es diferente. Nosotros somos diferentes. Ya sabes por qué lo hice...

–Sí, pero yo también tengo que hacerte una confesión. Estaba enamorada de ti. No soy un robot. Tal vez tú puedas controlar tus sentimientos, pero yo, no.

Él sintió calor al oír aquello y se sintió desesperado al pensar en que iba a perderla.

–Quédate aquí conmigo un par de días más... hasta que Nadim vuelva.

–No. No me interesa continuar con una relación en la que sólo hay sexo. Lo quieras admitir o no, tenemos una relación. Y cuando uno tiene una relación, tiene que abrirse. En realidad, no ha cambiado nada desde hace seis años, y cuando vuelvas a dejarme para retomar tu vida, seré yo quien sufra otra vez.

–¿Qué quieres, Jamilah? –inquirió él enfadado–.

¿Que te cuente más historias sórdidas? ¿Como el día que los soldados me trajeron a una de las camareras del castillo y la utilizaron para hacerme una demostración de lo que tenía que hacerle un hombre a una mujer? ¿Es eso lo que quieres? ¿Crees que eso nos permitirá proseguir con esta aventura?

Salman vio palidecer a Jamilah y se maldijo.

Ella sacudió la cabeza con tristeza. El hecho de que Salman llamase a aquello una aventura la reafirmó en su decisión de terminar con él.

—Lo siento, Salman, siento mucho que tuvieses que presenciar aquello, pero no me refería a eso. Me refería a algo que crece entre dos personas cuando... se importan, y tú ni siquiera admites que tengamos eso. Te hablaba de los detalles banales de nuestras vidas, de nuestros sueños y esperanzas.

—Me pides demasiado —le respondió él—. Es algo para lo que no estoy preparado.

—Sé que has vivido cosas horribles y entiendo que te hiciesen creer que nadie es bueno, pero no tiene por qué ser así. Lo que te ocurrió a ti no tiene por qué ocurrirle a nadie más.

—¿Y tú cómo vas a saber cómo fue?

—Exacto, no puedo saberlo si no me lo cuentas.

Inconscientemente, Jamilah se llevó una mano al vientre.

—No sé por qué te dejé pensar que aquel bebé que perdí no era tuyo, Salman, ¡pero lo era! Era tuyo y mío, y murió antes de tener la oportunidad de vivir.

Jamilah se encogió de dolor sólo de recordarlo. Se sintió enfadada, furiosa.

–¿Sabes qué? Que me alegro, porque habrías sido un padre horrible. Te aferras a tu pasado y ni siquiera mereces ser amado.

Salman vio, sorprendido y aturdido, cómo Jamilah salía de la tienda. Un bebé. Su bebé. No era posible. Pero estaba seguro de que Jamilah no le mentía. Entonces, recordó lo que le había dicho el médico: que tenía que hacerse controles periódicos para asegurarse de que la operación había tenido éxito, pero, por supuesto, no lo había hecho.

Recordó el dolor en los ojos de Jamilah la noche que le había dicho que había tenido un aborto y se maldijo. Salió fuera y, de repente, la vio aparecer a lomos de un caballo.

–¡Jamilah! –le gritó, furioso y asustado. No podía moverse, sólo podía ver cómo Jamilah acercaba el caballo a él.

–Al menos, sé que así no me seguirás –le dijo ella con tristeza antes de dar la media vuelta al animal y alejarse de allí.

Salman pasó horas yendo y viniendo por la tienda. Había dado órdenes y estaba esperando los resultados, pero no llegaba nadie y no había señales de Jamilah.

Sólo respiró aliviado cuando por fin oyó llegar al helicóptero. Ya podía volver a Merkazad y hablar con ella. Sabía que, al menos, tenía que darle una explicación.

Pero entonces sintió miedo al pensar en Jamilah sola por un terreno tan abrupto, pidió bruscamente que llamasen al médico y, sin pensarlo, apretó la mandíbula y se subió a lomos de un caballo, sabiendo que aquélla sería la mejor manera de localizarla.

No había montado a caballo desde los ocho años, pero no se le había olvidado. Rezó por poder recuperar a Jamilah. Si le ocurría algo... No, prefería no pensar en eso.

El caballo empezó a aflojar el paso después de media hora galopando. Estaban a kilómetros de la civilización, en una zona árida y rocosa como la luna.

—¡Jamilah! —gritó Salman con la voz ronca de tanto llamarla.

Detuvo el caballo y miró a su alrededor, pero no vio nada. Y, entonces, lo oyó, débil, pero claro.

—¡Márchate!

Y él hizo que el caballo avanzase en dirección a la voz.

—Jamilah, *habiba*, ¿dónde estás?

—No soy tu *habiba*. Déjame en paz. Estoy bien.

Y él continuó hasta encontrarla sentada en una roca, con un golpe en la cabeza y sangre en la frente.

—Estás sangrando.

Ella se alegró de oír su voz y, al mismo tiempo, deseó levantarse y darle puñetazos en el pecho hasta calmar el dolor que sentía por dentro.

—El caballo se ha asustado y me ha tirado —admitió sin levantar la cabeza para mirarlo.

Él le acarició el pelo y estudió el golpe. Jamilah oyó que Salman se rompía la camisa y notó que le ponía algo húmedo en la frente.

Tenía mucha sed, pero no quería admitirlo, así que se sintió aliviada al ver notar que Salman le ponía una botella de agua en los labios.

Por primera vez, lo miró a los ojos. Y se atragantó con el agua. El aspecto de Salman era salvaje, con los ojos muy oscuros y el rostro blanco, cubierto de polvo.

–Me ahorraré la charla para otro momento. ¿Te duele la cabeza o alguna otra cosa? –le preguntó él.

–Es sólo un chichón –dijo ella–. Y creo que me he torcido un tobillo.

Salman le levantó el pantalón y, le quitó la zapatilla y, efectivamente, vio que tenía el tobillo hinchado. Se puso muy serio.

–Tenemos que volver a Merkazad.

La tomó en brazos y fue entonces cuando Jamilah se dio cuenta de cómo había llegado hasta allí.

–Has venido a caballo –balbució como una tonta.

–No me lo recuerdes –le respondió él.

Y luego la subió a la silla con cuidado y se colocó detrás de ella.

Jamilah se sintió protegida entre sus brazos.

Estaban llegando al pueblo cuando se encontraron a un grupo de personas que había ido a buscarla, entre ellas, el médico y la muchacha que la había ayudado la primera noche.

A Jamilah se le encogió el corazón al oír a Salman darles órdenes. Parecía estar transformándose delante de sus ojos en el hombre que había nacido para ser.

Unos minutos más tarde la había atendido el médico, y le había vendado el tobillo y la cabeza, a pesar de pensar que no tenía nada importante. Y Salman la llevó hasta el jeep que los estaba esperando. A pesar de todo lo ocurrido, cuando despegaron en el helicóptero un rato después, Jamilah se emocionó al pensar que se marchaban del oasis y los ojos se le llenaron de lágrimas. Miró a Salman, preocupada porque éste se hubiese dado cuenta de su emoción.

Pero él estaba más serio de lo que lo había visto en toda su vida. Jamilah había estado a punto de matarse por alejarse de él, y poco antes le había contado que había estado a punto de ser padre. Y, al contrario de lo que habría imaginado, no sentía náuseas sólo de pensarlo, sino que tenía una sensación de pérdida. Miró a Jamilah, que tenía la cabeza girada hacia el otro lado.

Y suspiró. Si en algún momento de las últimas semanas Jamilah no lo había odiado tan intensamente como en París, acababa de estropeárselo.

—Salman, márchate. No hace falta que te quedes aquí.

—No me voy a ninguna parte. Y claro que hace falta que me quede contigo, tienes una contusión.

Jamilah suspiró e intentó calmarse.

—Puede quedarse conmigo alguna de las chicas.

—Voy a quedarme yo, te has caído de ese caballo por mi culpa.

Jamilah volvió a suspirar y cerró los ojos.

Esa tarde, al llegar a Merkazad, habían ido directos al hospital. Allí le habían hecho más pruebas y, después, la habían llevado a la suite real del castillo y le habían servido una deliciosa cena. Y todo bajo la atenta supervisión de Salman.

De repente, lo oyó decir:

—Tengo un buen motivo para no haber pensado que tu bebé podía haber sido mío.

—Sí —replicó ella—, que piensas que eres infalible y no te parecía posible que hubiese podido pasarte algo tan humano.

Él dejó escapar una carcajada y Jamilah abrió los ojos y vio dolor en su rostro.

—Me hice una vasectomía con veintidós años —continuó Salman—. Y tienes razón, debido a mi arrogancia, di por hecho que la operación habría salido bien y no me hice las pruebas posteriores para confirmarlo.

Jamilah se quedó de piedra al oír aquello y lo vio alejarse de la cama y sentarse en un sillón. Había en él un aire de derrota, y parecía cansado. No había ni rastro de aquella arrogancia de la que acababan de hablar.

—¿Por qué lo hiciste? —le preguntó ella.

—Porque no quería que un hijo mío pasase por lo que yo había tenido que pasar, y pensaba que, irremediablemente, le traspasaría los horrores que yo había vivido, como si éstos se hubiesen quedado grabados en mi ADN. Me daba miedo no poder proteger a mi propio hijo del mal, como le había ocurrido a mi padre.

—Supongo que ahora ya sabes que eso no ocurrirá –le contestó ella después de unos segundos de silencio.

–Ése es el problema. Que no lo sé. ¿Cómo puedo saberlo? Y no estoy preparado para arriesgarme. Por nadie.

Jamilah sintió dolor en su interior porque ella también ocultaba un secreto en esos momentos. Después de hacerle muchas pruebas en el hospital, le habían confirmado que estaba embarazada.

Pero ¿cómo iba a contárselo? Notó que le quemaban las lágrimas en los ojos. Giró la cabeza y le dijo:

–Déjame sola, Salman. No quiero verte nunca más.

Él se levantó y le dijo:

–Nadim e Iseult vuelven a casa mañana.

Ella guardó silencio. No podía hablar.

–Yo me marcharé por la noche... –añadió Salman–. Tengo negocios que atender.

–Vete, Salman. Vete –le pidió ella, cada vez más emocionada.

Salman suspiró.

–Lo siento, Jamilah. Le pediré a Lina que venga a estar contigo...

Capítulo 11

SALMAN observó Merkazad desde la terraza de Nadim. Aquella vista ya no le resultaba una amenaza. Las emociones que le hacía sentir la mujer que dormía un par de habitaciones más allá, eran otra cuestión.

Golpeó la piedra con un puño. Era un cobarde. Quería volver a esa habitación y seducir otra vez a Jamilah hasta que ésta admitiese que quería que se quedase con ella, o hasta que le dijese que se iría a Francia con él.

Pero sabía que tenía que dejarla marchar.

La idea de no volver a verla lo debilitó todavía más, pero se obligó a no emocionarse. Era muy difícil. Había estado mucho tiempo sin emocionarse y, en esos momentos, no podía evitarlo. Sintió ira por la mujer causante de aquel dolor, pero la ira no tardó en verse sustituida por algo mucho más penoso.

–¿Estás segura de que estás bien? Te noto diferente.

Jamilah miró a su amiga y maldijo su intuición.

Nadim e Iseult habían vuelto el día anterior de su viaje a Irlanda.

Jamilah murmuró algo incoherente y se sintió fatal por no poder confiarle su secreto, pero prefería esperar, después de lo que le había ocurrido la última vez. Se sintió vulnerable, allí tumbada, en la cama, y deseó escapar de las preguntas de Iseult.

—Salman se marchó anoche —la oyó comentar.

—¿Sí? —dijo ella intentando hablar con naturalidad.

—Ha hablado con Nadim de lo que le ocurrió de niño... Y creo que todo va a empezar a ir bien. Además, Salman parece interesado en ayudarlo a gobernar el país.

A Jamilah le dio un vuelco el corazón al oír aquello. ¿Sería una buena noticia para su futuro hijo?

Se obligó a sonreír a pesar de sentirse mal.

—Me alegro mucho por ellos. Ya era hora de que Salman compartiese lo que le ocurrió. Era una carga demasiado pesada.

Iseult frunció el ceño.

—Entonces, ¿lo sabías?

Jamilah se ruborizó y se maldijo por ser tan bocazas.

—Sí... Me lo contó.

—Jamilah...

—Ahora no, por favor. En otro momento. Estoy muy cansada...

Iseult la miró y, después de dudar unos segundos, asintió.

—De acuerdo. Ya sabes dónde estoy.

Y Jamilah le agradeció su amistad con una sonrisa. La vio salir de la habitación y luego se quedó mirando el techo, preguntándose si algún día volvería a sentirse entera.

Una semana después, estaba anocheciendo y Jamilah había vuelto a los establos. No oyó llegar al jeep, pero vio que, de repente, Abdul, al que tenía enfrente, abría mucho los ojos.

Siguió la dirección de su mirada y vio a Salman bajando del jeep, pálido y serio.

Jamilah se giró hacia él y no se dio cuenta de que Abdul empezaba a sacar a los caballos y a los mozos de allí.

–Salman...

Éste cerró la puerta del jeep y Jamilah se dio cuenta de que iba vestido con vaqueros y una camisa amplia. Parecía cansado y no se había afeitado en varios días.

Salman se acercó y ella hizo un esfuerzo por mantener la compostura.

–¿Qué... qué quieres?

–Nunca te alegras de verme, Jamilah –dijo él, en tono un poco triste.

–¿Y te extraña?

–No, la verdad es que no.

–¿Qué estás haciendo aquí, Salman?

–Podríamos llamarlo un curso intensivo para superar mis fobias, para superarme a mí mismo.

–Pues buena suerte, pero, si me perdonas, tengo que seguir trabajando.

Jamilah se dio la vuelta e intentó alejarse, pero se le olvidó que no podía andar. Al poner peso en el tobillo malo, gritó de dolor y, a pesar de la muleta, cayó hacia un lado.

Salman la agarró por la cintura y la apretó contra su cuerpo, y le dio un beso en el cuello. Ella gimió, desesperada de deseo. Y luego intentó zafarse.

Salman la soltó, pero Jamilah tuvo que agarrarse a sus brazos porque se le había caído la muleta.

–¿Por qué has vuelto, Salman? ¿Qué quieres? –le preguntó, con los ojos llenos de lágrimas–. ¿Por qué no me dejas en paz? No puedo ser sólo tu amante. No puedo...

Él la abrazó y la besó en los labios y cuando se apartó, le preguntó:

–Por favor, ¿podemos hablar en otra parte?

Y ella asintió. No era capaz de negarle nada a aquel hombre cuando lo tenía tan cerca y la miraba así.

Él la tomó en brazos.

–¿Dónde está tu apartamento?

Y Jamilah le indicó hacia su despacho, lo atravesaron y llegaron a la zona en la que vivía. Salman la sentó con cuidado en el sofá y se apartó.

–¿Vas a... escucharme? –le preguntó.

–No tengo elección –murmuró ella.

–¿Cómo está tu tobillo?

–Bien, aunque supongo que no has venido hasta aquí para preguntarme eso.

–No. La verdad es que no –le respondió él, pasándose una mano por el pelo–. No me marché a

Francia inmediatamente. Estuve en África, a la sede de la organización. Pensé que allí me distraería... pero lo que hice fue darme cuenta de lo afortunado que era. Y de todo lo que podía tener si era valiente.

Sacudió la cabeza antes de continuar.

—Esos niños... no tienen nada. Ni a nadie. Es difícil que vayan a poder tener una vida normal.

—¿Salman...? —le dijo ella, confundida.

Él se acercó y se sentó, demasiado cerca.

—Hace seis años, rompiste algo en mi interior, Jamilah. Y siempre he sabido que tendría que volver contigo. Desde que eras pequeña, desde el día que te vi delante de la tumba de tus padres... siempre he sentido que podías ver en mi interior, y que no te horrorizaba lo que veías...

A ella se le hizo un nudo en la garganta.

—No puedo creer que todavía te acuerdes de aquello.

—Siempre lo he recordado, y siempre he querido volver a ti...

—No, Salman, no me digas esas cosas, por favor... Si lo que quieres es convencerme de que vuelva a tu cama...

Él le agarró la mano.

—Quiero mucho más que eso, Jamilah... Al volver a Francia, fui a ver al médico que me había hecho la vasectomía. Me confirmó que no había funcionado, y me preguntó si quería que me la volviese a hacer.

—¿Y qué le contestaste tú?

—Que tenía que hablarlo con alguien.

–¿Con quién?

–Contigo.

Jamilah sacudió la cabeza e intentó contener la esperanza que volvía a crecer en su corazón.

–¿Qué tengo que ver yo con eso?

–Todo –respondió Salman sonriendo–. Porque no hay otra mujer en la Tierra con la que consideraría tener hijos. Sólo contigo.

–¿Qué me estás diciendo?

–Te estoy diciendo que te quiero. Creo que siempre te he querido. No puedo vivir sin ti –le confesó él, poniéndose todavía más serio–. Aunque entiendo que, después de todo lo ocurrido, no quieras saber nada de mí. No obstante... si me dieses una segunda oportunidad, te prometo que pasaría el resto de mi vida haciéndote feliz y demostrándote cuánto te quiero... Eres la única que puede redimir mi alma...

Salman se metió la mano en el bolsillo del vaquero y sacó una pequeña caja de terciopelo. La abrió y apareció en ella un precioso anillo con un zafiro.

–Jamilah, ¿me harías el honor de casarte conmigo?

Ella se quedó en silencio unos segundos. Luego miró a Salman y luego alargó la mano para tocarle el rostro.

–Es un sueño. No eres real.

–Soy real y tengo muchos defectos, como bien sabes, pero tú eres la única que puedes convertirme de nuevo en humano. Aunque sepas que no lo merezco, que no te merezco.

Ella le tomó la mano.

—Te lo mereces todo. Ambos nos lo merecemos. Y ya hay una nueva vida creciendo en mi vientre, una prueba de que tenemos un futuro juntos.

Salman la miró maravillado.

—Pero ¿cómo? ¿Cuándo?

Ella se encogió de hombros y sonrió.

—¿Quién sabe? ¿Tal vez en París?

Jamilah vio alegría y miedo en los ojos de Salman y le dio un beso en la mano.

—Lo que dije acerca de que habrías sido un padre horrible, no lo pensaba, sólo estaba enfadada y lo pagué contigo. Pienso que vas a ser el mejor padre del mundo.

—Me lo merecía. Eso, y mucho más. Pero tal vez ésta sea realmente nuestra segunda oportunidad.

Jamilah tomó su rostro con ambas manos.

—Mi amor, tienes tanto derecho como cualquiera a ser feliz. Estamos juntos y te quiero. Siempre te he querido y siempre te querré. A ti y a nuestro bebé. Y quiero pasar el resto de mi vida siendo feliz, y enamorada. Y, sí, quiero casarme contigo.

Él le dio un apasionado beso.

—Y yo te prometo pasar el resto de mi vida queriéndote e intentando ser un buen padre para este hijo, y para los demás que podamos tener...

—Serás un buen padre, Salman —le contestó ella convencida.

Ninguno de los dos oyó a Iseult llamar a la puerta, ni tampoco la vieron entrar seguida de Nadim. Al ver lo ocupados que estaban, éstos decidieron salir y cerrar la puerta tras de ellos.

Dos meses después, vestida con un vaporoso vestido color marfil y con escote palabra de honor, Jamilah se casó con Salman en una ceremonia muy sencilla y privada, celebrada en una de las terrazas del castillo.

Nadim e Iseult fueron los testigos mientras su hijo recién nacido dormía en el cochecito a su lado. Salman y Jamilah no habían querido casarse hasta después del bautizo del pequeño Kamil Sean.

Y cuando la ceremonia terminó, justo cuando las estrellas estaban empezando a brillar en el cielo, Jamilah y Salman fueron a disfrutar de un momento de tranquilidad los dos solos antes de bajar a recibir a los invitados que estaban esperando para felicitarlos en el salón de baile del castillo.

Él la abrazó por detrás y entrelazaron las manos mientras se deleitaban con el mágico paisaje.

Salman había tomado la valiente decisión de hacer pública su experiencia y convertirse en el rostro visible de la organización benéfica.

Le dio un beso en la cabeza a Jamilah y ésta sonrió. No necesitaban palabras. Estaban juntos y no necesitaban nada más.

BIANCA™

ABBY GREEN

LA ELECCIÓN DEL SULTÁN

HARLEQUIN™

Capítulo 1

NO ME caso con ella por su aspecto, Adil. Me caso por la multitud de razones por las que será una buena reina de Al-Omar. Si sólo buscara belleza me habría casado con mi última amante. No necesito la distracción de una mujer.

La princesa Samia Binte Rashad al Abbas, que estaba sentada afuera del despacho privado del sultán de Al-Omar, en su casa de Londres, se puso rígida. Estaba hablando por teléfono y no le habían informado aún de su llegada. La secretaria, que había salido un momento, había dejado la puerta entornada. Por eso Samia podía escuchar la voz grave del sultán y sus impactantes palabras.

—Puede que lo parezca, pero cierta gente ha especulado con que cuando llegara el momento de elegir esposa sería conservador. Sería una lástima que perdieran sus apuestas —dijo la voz con un deje profundamente cínico.

A Samia le ardían las mejillas. Suponía que al otro lado de la línea habían comentado que era, como poco, aburrida. Incluso si no hubiera oído la conversación, Samia ya sabía que el sultán de Al-Omar quería pedir su mano. No había dormido en toda la noche y había acudido allí con la esperanza de que todo fuera un error. Oírle decir que estaba a favor del plan y que, además, lo consideraba cosa hecha, era traumático.

Sólo lo había visto una vez, ocho años antes, en una de sus legendarias fiestas de cumpleaños en B'harani, capital de Al-Omar. Su hermano Kaden la había llevado con él antes de que fuera a Londres a terminar sus estudios, para intentar ayudarla a superar su timidez crónica. Samia había sido una adolescente patosa de cabello ingobernable, que aún usaba las gruesas gafas bifocales prescritas cuando era niña.

Tras un embarazoso momento, en el que había hecho volcar una pequeña mesita antigua cargada de bebidas y conseguido que los ojos de todos se clavaran en ella, había huido en busca de un santuario, que encontró en la biblioteca. Puso freno a ese recuerdo, aún más embarazoso que el anterior, al oír al sultán.

–Adil, entiendo que, como abogado mío, quieras asegurarte de que hago la elección correcta. Te aseguro que cumple todos los requisitos y puedo conseguir que el matrimonio funcione. La estabilidad y reputación de mi país son lo primero, necesito una esposa que me ayude en ese sentido –dijo el sultán.

Samia se retorcía por dentro. Él se refería a que no era como sus mujeres habituales, no le cabía ninguna duda. Samia no quería casarse con ese hombre, y no iba a quedarse allí sentada esperando a que la humillación la abofeteara.

El sultán Sadiq Ibn Kamal Hussein colgó el teléfono. La claustrofobia y una desagradable sensación de impotencia lo llevaron a levantarse e ir a la ventana, desde la que se veía una bulliciosa plaza en el corazón de Londres.

Retrasando el inevitable momento, Sadiq volvió a

su escritorio y a las fotos de la princesa Samia de Burquat. Era de un pequeño emirato independiente situado al norte, en el golfo Pérsico. Tenía tres hermanastras más jóvenes, y su hermano mayor era el emir reinante desde la muerte de su padre, hacía doce años.

Samia arrugó la frente. Él también había sido coronado joven, y sabía cuánto pesaba el yugo de la responsabilidad. No por eso creía que el emir y él fueran a hacerse amigos, pero si la princesa accedía al matrimonio, serían cuñados.

Suspiró. Las fotos mostraban a una mujer delgada de complexión media. En ninguna de ellas se la veía claramente. Las mejores eran del verano anterior, a su regreso de un viaje en barco con dos amigas. Pero incluso en las fotos de prensa estaba entre dos chicas mucho más guapas y altas, y una gorra de béisbol escondía su rostro.

Lo más importante era que ninguna foto procedía de la prensa amarilla. La princesa Samia no formaba parte de la realeza árabe que iba de fiesta en fiesta. Era discreta y tenía un respetable empleo como archivera en la Biblioteca Nacional de Londres. Por esa razón, y muchas otras, era perfecta. No quería una esposa de pasado dudoso, ni con esqueletos en el armario. Por eso había hecho que investigaran a Samia a fondo.

Su matrimonio no sería como el de sus padres. No sería un campo de batalla regido por la ira y los celos. Él no hundiría el país en un vórtice de caos, como había hecho su padre, por estar obsesionado con una mujer que odiaba cada momento de estar casada con él. Su padre había perseguido a su madre, que estaba enamorada de otro, y para conseguirla había pagado a su familia una dote inconmensurable. La continua tristeza de su madre había hecho que Sadiq sintiera la necesidad de alejarse de ella en lo posible.

Necesitaba una esposa tranquila y estable que lo complementara, le diera herederos y le dejara concentrarse en dirigir el país. Y, sobre todo, una esposa que no lo ocupara emocionalmente. Por lo que había visto de la princesa Samia, era perfecta.

Con sensación de fatalismo, puso las fotos en un montón y las colocó bajo una carpeta. No tenía más opción que seguir adelante. Sus mejores amigos, un jeque y su hermano, acababan de casarse. Si seguía soltero mucho tiempo, empezarían a tacharlo de inestable.

No podía evitar su destino. Era hora de conocer a su futura esposa. Llamó a su secretaria.

—Noor, haz pasar a la princesa Samia.

No hubo respuesta inmediata y Sadiq sintió un pinchazo de irritación. Estaba acostumbrado a que sus órdenes se obedecieran al instante. Fue hacia la puerta. La princesa ya habría llegado, y no podía retrasar lo inevitable más tiempo.

S AMIA ponía la mano en el pomo de la puerta cuando oyó ruido y una voz detrás de ella.

–¿Te marchas tan pronto?

La voz era grave y profunda, con un leve acento seductor, ella se maldijo por no haber salido un segundo antes. Pero había titubeado porque su buena educación se resistía a dejar al sultán plantado. Ya era demasiado tarde.

Se dio la vuelta lentamente, preparándose para el impacto de ver de cerca a uno de los solteros más famosos del mundo. Ella trabajaba entre libros polvorientos, su estilo de vida no podía ser más distinto del de él.

Todo pensamiento coherente se disipó al verlo. Alto y de espalda ancha, llenaba el umbral de la puerta del despacho. Tenía la típica tez oscura de un nómada del desierto y penetrantes e inusuales ojos azules, cuya mirada parecía estar traspasando a Samia. Un traje oscuro cubría un metro noventa de cuerpo musculoso. Era un bello ejemplar de hombre, dirigente de un país de incalculable riqueza. Samia sintió un leve mareo.

–Siento la espera –señaló el despacho con la mano–. Por favor, ¿puedes entrar?

Samia no tuvo más remedio que ir en esa dirección. Su corazón latía desbocado cuando pasó a su lado y captó un aroma evocador e intensamente masculino. Fue directa a la silla que había junto al escritorio. Se dio la vuelta y vio al sultán cerrar la puerta, sin dejar de mirarla.

Cada molécula de su cuerpo parecía vibrar de energía. La elegancia sensual de sus movimientos adquirió un tinte más sexual cuando se acercó a Samia, que sintió un cosquilleo en el vientre.

Su rostro parecía severo hasta que, de repente, una sensual sonrisa curvó su boca. A Samia se le aceleró el pulso.

—¿Ha sido por algo que he dicho? —preguntó. Samia lo miró sin entender—. ¿Ibas a irte? —aclaró.

—No... claro que no —Samia se sonrojó. «Mentirosa»—. Lo siento... sólo...

Odiaba admitirlo, pero se sentía intimidada. Aunque había elegido una vida tranquila y evitaba llamar la atención, ya no era tan tímida. Sin embargo, allí se sentía como un ratoncito.

Sadiq la calló con un gesto de la mano, sintiendo lástima por su obvia incomodidad. Había sentido una descarga eléctrica al oír su voz. Grave y sedosa, no encajaba con su apariencia. La miró de arriba abajo, y comprobó que era tan insignificante como habían predicho las fotos. Llevaba un traje pantalón y una blusa abotonada hasta arriba que no hacían nada por su figura. De hecho, era imposible saber si tenía figura.

Sin embargo, el instinto masculino de Sadiq le advirtió, mediante un cosquilleo en la espalda, que no debía apresurarse en su juicio. Se metió las manos en los bolsillos.

Samia, que notó que sus mejillas se encendían, deseó bajar la vista para mirar el pantalón tensado sobre la entrepierna. Pero consiguió contenerse.

Él se limitaba a mirarla. Samia, consciente de que

estaba roja como un tomate, hizo acopio de valor y
alzó la barbilla. Le dio un vuelco el corazón cuando
él le ofreció la mano.

–Nos hemos visto antes, ¿verdad?

Eso era justo lo que ella había temido.

–Sabía que nos habían presentado, pero no recordaba dónde. Y luego me vino a la cabeza...

A ella se le paró el corazón. Rezó en silencio para
que no mencionara el horrible momento que ella tenía
grabado en su memoria.

–Tuviste un desafortunado tropezón con una mesita de bebidas, en una de mis fiestas.

Samia sintió tal alivio al comprobar que no recordaba la escena de la biblioteca, que dejó que la enorme
mano de largos dedos envolviera la suya. El contacto
resultó fuerte, cálido e inquietante, y tuvo que hacer
un esfuerzo para no retirar la mano como si la hubiera
pinchado.

–Sí, me temo que ésa era yo. Una adolescente muy
patosa –le pareció que sonaba jadeante.

–No me había dado cuenta de que tú también tenías
los ojos azules –él seguía sujetando su mano–. ¿No
solías usar gafas antes?

–Me operé con láser el año pasado.

–¿Tu tez es heredada de tu madre inglesa?

Samia, pensando que su voz era tan espectacular
como él, asintió con la cabeza.

–Era medio inglesa, medio árabe. Murió al darme
a luz. Fui criada por mi madrastra.

–¿Tu madrastra murió hace cinco años?

Samia asintió y apoyó la mano en el respaldo de
una silla. Desvió la mirada para que él no captase la
amargura que reflejaban sus ojos cuando pensaba en

su madrastra. La mujer había sido una tirana porque siempre se había sabido una segunda opción respecto a la adorada primera esposa del emir.

Samia miró al sultán y le dio un vuelco el corazón. Era demasiado guapo. Se sentía anodina y descolorida a su lado. ¿Cómo era posible que pensara siquiera un segundo que ella podía ser su reina? Recordó que él había dicho que quería una esposa conservadora y sintió pánico de nuevo.

—Por favor, siéntate —señaló la silla que ella agarraba como un salvavidas. ¿Qué quieres tomar? ¿Té o café?

—Café. Por favor —Samia habría preferido algo más fuerte, como whisky.

Sadiq fue hacia su silla, al otro lado del escritorio. En ese momento apareció su secretaria con una bandeja de refrigerios. Cuando se marchó, el sultán intentó no fijarse en cómo temblaba la mano de la princesa al echarse leche en el café. La chica era puro rubor y nervios, pero lo miraba con un matiz desafiante que le parecía extrañamente atractivo. Estaba acostumbrado a mujeres muy seguras de sí mismas, y le parecía una mezcla intrigante.

Casi le daba lástima verla llevarse la delicada taza a la boca. Como ella evitaba su mirada, podía estudiarla a su gusto. Tuvo que admitir que en realidad no era anodina. Su cabello era rubio rojizo y el sol que entraba por los ventanales le arrancaba destellos rosados. Lo llevaba recogido en una trenza que descansaba sobre uno de sus hombros. Algunos rizos se habían escapado y enmarcaban su rostro, que tenía forma de corazón.

Parecía tener unos dieciocho años, aunque él sabía que en realidad eran veinticinco. Su tez era lo bastante pálida como para haber justificado la pregunta sobre su ascendencia.

Lo sorprendía haber recordado con tanta claridad cómo volcaba la mesa. Le había dado pena, allí de pie, roja como un tomate y tragando saliva. Otro recuerdo rondaba su memoria, pero no conseguía fijarlo.

Unas pestañas larguísimas escondían sus ojos. Tenía que admitir que no era en absoluto lo que había esperado. Sintió la urgencia de inspeccionar esos ojos aguamarina con más detenimiento.

–Princesa Samia, ¿vas a decirme por qué estabas a punto de marcharte?

La mirada de Samia se enfrentó a la del sultán. Estaba tan acalorada que tuvo que contener el impulso de desabrochar el primer botón de la blusa para sentir aire fresco en la piel. La estaba mirando como si fuera un espécimen de laboratorio. No podía ser más obvio que ella le dejaba completamente frío.

–Sultán... –calló cuando él alzó la mano.

–Sadiq, por favor. Insisto.

–De acuerdo, Sadiq –tomó aire–. La verdad es que no quiero casarme contigo –vio que él tensaba la mandíbula y sus ojos destellaban.

–Creía que lo habitual era esperar a la propuesta de matrimonio antes de rechazarla.

–Y yo creo que lo normal es hacer la propuesta antes de asumir que va a ser aceptada –Samia cerró los puños.

Los ojos de él destellaron peligrosamente y se sentó en la silla. Samia se sintió amenazada.

–¿Escuchaste mi conversación?

–No pude evitarlo –Samia volvió a sonrojarse–. La puerta estaba entreabierta.

–Bueno, te pido disculpas –dijo Sadiq con brusquedad–. No estaba destinada a tus oídos.

–¿Por qué no? –Samia, rindiéndose al pánico, se

levantó y se situó detrás de la silla–. Al fin y al cabo, estabas discutiendo los méritos del enlace, ¿por qué no discutirlos aquí y ahora conmigo? Decidamos si soy lo bastante tradicional y poca cosa para ti.

Un leve oscurecimiento de los pómulos del sultán fue la única indicación de que el comentario había hecho mella. Exceptuando eso, no parecía que la actitud de Samia lo afectara. Ella cerró las manos sobre el respaldo de la silla. Él volvió a sentarse, contemplándola.

–Hubieras oído la conversación o no, ya sabrías que un matrimonio entre nosotros tiene que basarse en aspectos puramente prácticos.

–No te preocupes –a Samia la sorprendió el deje amargo de su voz–. No me hago ilusiones.

–Esta unión beneficiará a nuestros países –en sus ojos chispeó un brillo especulativo. Se inclinó hacia delante y apoyó los codos en la mesa–. Me resultaría difícil creer que siendo de nuestra parte del mundo, donde priman los matrimonios de conveniencia, esperases una unión por amor –dijo con desdén, como si fuera algo impensable.

–No. Por supuesto que no –Samia, sintiéndose enferma, negó con la cabeza. Una unión por amor era lo último que habría esperado o querido. Había visto cómo el amor devastaba a su padre tras perder a su esposa. Había soportado su silencioso dolor cada vez que la miraba, porque ella había sido la causante de su muerte.

Había visto cómo eso influía en todo, amargando a su siguiente esposa. El amor también había causado destrozos en su adorado hermano, volviéndolo duro como la roca y extremadamente cínico. Hacía muchos años que se había jurado no rendirse a una fuerza tan destructiva.

El sultán, satisfecho con la respuesta, se recostó y abrió las manos con gesto interrogativo.

—Entonces, ¿qué puedes tener en contra de este matrimonio?

«¡Todo! ¡La atención! ¡El ridículo!», pensó Samia, apretando las manos sobre el regazo.

—Simplemente... no lo había visto como parte de mi futuro —creía haberse diluido lo suficiente para evitar ese tipo de intereses.

—Pero siendo la hermana mayor del emir de Burquat, ¿cómo esperabas poder evitar un compromiso estratégico? Es sorprendente que hayas conseguido evitar el matrimonio tanto tiempo —dijo Sadiq.

A pesar de lo que le desagradaba la indiscutiblemente masculina afirmación, Samia sintió un pinchazo de culpabilidad. Su hermano podría haber sugerido varios pretendientes con anterioridad, pero no lo había hecho. Siempre había sabido que Kaden podía pedirle una unión estratégica algún día. La oferta de Sadiq habría resultado irresistible, ya que catapultaría Burquat al siglo XXI y le proporcionaría la estabilidad económica y el desarrollo que tanto necesitaba.

Aunque odiara admitirlo, sí pertenecían a un mundo que veía el matrimonio de una forma mucho más pragmática que occidente. Era inusual que un gobernante se casara por algo tan frívolo como el amor. Los matrimonios tenían que basarse en sólidos vínculos familiares, alianzas estratégicas y lógica política. Especialmente los matrimonios reales.

Esa visión práctica que dejaba de lado el amor tendría que haberle resultado atractiva. No corría el peligro de enamorarse de alguien como Sadiq, y él nunca se enamoraría de ella. Sería un matrimonio muy distinto del que había visto mientras crecía. Sus hijos no serían maltratados ni insultados por envidia y malicia.

El sultán se puso en pie y Samia volvió a sentir pánico. Maldijo a la especie de ratoncito asustado en el que se había convertido en su presencia. En la biblioteca tenía a treinta empleados a su cargo y estaba acostumbrada a enfrentarse a su hermano, un hombre cortado por el mismo patrón autoritario que el sultán. Sin embargo, él la había convertido en gelatina en unos minutos.

Él paseó por la habitación, como si no pudiera quedarse quieto y Samia recordó que sentía pasión por los deportes extremos y de riesgo. Tenía el honor de haber participado en la prestigiosa carrera mundial Vendée, siendo el marinero más joven que lo había hecho en toda su historia. Samia, aficionada a la vela, lo admiraba por ello.

Era un hombre formidable en todos los sentidos. Siguiendo la tradición de su linaje, había estudiado en el Reino Unido y en Estados Unidos, y se había adiestrado en la exclusiva academia militar real de Sandhurst. Tenía una flota de helicópteros y aviones que pilotaba con regularidad. Además, tenía la reputación de ser uno de los playboys más despiadados del mundo, que elegía y descartaba a las mujeres más bellas como si fueran meros accesorios.

Y todos los años celebraba la mayor y más lujosa fiesta de cumpleaños, en la que recaudaba una cantidad obscena de dinero para obras benéficas. Sabía a ciencia cierta que era muy alabado por su recaudación de fondos porque, para su vergüenza, la noche anterior había pasado horas buscando información sobre él en Internet.

—¿Vas a insistir en rechazar mi oferta de matrimonio y obligarme a buscar esposa en otra parte? –preguntó él, enarcando una ceja.

Samia notó el deje incrédulo de su voz. Era obvio que no había esperado dificultades. Eso le devolvió parte de su confianza en sí misma.

–¿Qué ocurriría si dijera que no?

Él apoyó las manos en la caderas y Samia contempló cómo la camisa se tensaba sobre sus abdominales. Vio la sombra de una hilera de vello a través de la seda y se le secó la boca. La asombró su reacción, pues ningún hombre había tenido ese efecto en ella antes. Era como si llevara toda la vida dormida y empezara a recuperar los sentidos allí, en esa habitación. Desconcertante.

–Lo que ocurriría es que el acuerdo entre tu hermano y yo peligraría seriamente. Tendría que evaluar si tu siguiente hermana es adecuada.

–Pero Sara sólo tiene veintidós años –Samia se puso pálida. Sara, además, tenía miedo hasta de su sombra, pero no lo dijo. Como hermana mayor, se erigió en defensora–. No es apropiada para ti.

–Según tú, es norma en tu familia –Sadiq le lanzó una mirada glacial–. Aun así, la tendría en cuenta. Pero no estaría obligado a mantener mi oferta de ayudar al emir en la prospección de vuestros pozos petrolíferos. Él tendría que buscar ayuda extranjera, lo que conllevaría muchos retos políticos que no creo que Burquat pueda permitirse en este momento.

Samia intentó ignorar la escena que estaba pintando y sonreír con cinismo, pero sintió un cosquilleo en los labios cuando él los miró.

–¿Estás diciendo que tu participación en este enlace es altruista? Por favor, no insultes a mi inteligencia, nadie hace algo por nada.

–Claro que no –él inclinó la cabeza con un brillo distinto en los ojos–. A cambio recibo una esposa muy apropiada, tú o tu hermana, eso depende de ti. Una valiosa alianza con un reino vecino y un porcentaje de los beneficios del petróleo, que depositaré en un fideicomiso para nuestros hijos.

«Nuestros hijos». Samia sintió un extraño vacío en el vientre cuando oyó esas palabras.

–Burquat necesita una alianza con un país árabe vecino, Samia. Lo sabes tan bien como yo. A punto de revelar al mundo la mina de oro que posee, se encuentra en una posición muy delicada. Casarte conmigo garantizará mi apoyo. Tu hermano y tú contaréis con mi protección. Además, estamos a punto de firmar un histórico tratado de paz; nuestro matrimonio supondría una garantía adicional.

Samia ya había oído a su hermano decirle casi las mismas palabras. No sabía si el sultán hablaba en serio con respecto a su hermana, pero prefería no tener que comprobarlo. Tampoco quería investigar el dardo que suponía que le resultara tan fácil pasar de ella a su hermana. Ni quería que la eligiera a ella, ni que eligiera a otra. Patético.

Sentía que el control de su vida empezaba a escapársele de las manos. Sin embargo, ya no podía justificar encerrarse en la biblioteca para huir de años de maltrato psicológico por parte de su madrastra. A pesar de que su madrastra ya no existía, abandonar la seguridad de su entorno la aterrorizaba.

–¿Qué te hace creer que seré una buena esposa, adecuada para ti? –preguntó.

El sultán se apoyó en los talones y metió las manos

en los bolsillos del pantalón. A ella le pareció muy alto, moreno y amenazador.

–Eres inteligente y no has vivido en el ojo público, como otras. Creo que eres seria y te importan las cosas. Leí el artículo que escribiste en *Archivist* el mes pasado y me pareció brillante.

Samia se sintió más humillada que complacida por su investigación. Haber publicado un artículo en el *Archivist* reforzaba lo aburrida que era. No necesitaba que le recordase la disparidad existente entre ella y él, ¡un playboy! Sentía náuseas al pensar en la atención que atraería si se casaban. La exposición solía conllevar humillación.

–Aparte de eso, eres una princesa de una de las familias reales más antiguas de Arabia, nacida para ser reina –continuó Sadiq–. Si algo le ocurriera a tu hermano, le sucederías en el trono. Si estuviéramos casados no tendrías que soportar esa carga sola, y yo me aseguraría de que Burquat mantuviera su condición de emirato.

Samia palideció. Sabía que era la siguiente en la línea de sucesión, pero Kaden parecía tan invencible que nunca se había planteado lo que eso implicaría. Sadiq tenía razón; su situación era muy delicada. Aunque conociera la teoría de dirigir un país, la realidad era algo muy distinta. Por otro lado, sería difícil encontrar un esposo que garantizara la autonomía de Burquat. Al-Omar era un reino grande y rico, y el hecho de que el sultán no viera la necesidad de incrementar su poder anexionando un país pequeño estaba muy a su favor. Samia no había esperado eso.

Temiendo que él captara su torbellino interior, se volvió hacia la ventana, que daba a unos cuidados jardines. Se sentía abrumada. En la vida de todas las personas había un momento en el que había que tomar una decisión difícil y esencial, y ella se enfrentaba al suyo. Aunque cada vez estaba más claro que en realidad no tenía opción.

–Necesito tiempo para reflexionar –dijo, volviéndose hacia el sultán–. Ayer sólo me planteaba regresar a Burquat para supervisar la renovación de la biblioteca nacional, y ahora... podría convertirme en reina de Al-Omar –miró sus ojos azules–. Ni siquiera te conozco.

Un destello de irritación oscureció los asombrosos ojos del sultán. Samia supo lo que iba a decirle a continuación.

–Tenemos toda la vida para conocernos. Yo necesito casarme y tener herederos. No dudo, princesa Samia, que naciste para ayudarme en esa tarea.

Samia intentó simular que sus palabras no la afectaban. Él hablaba así porque había decidido que sería buena esposa y no estaba dispuesto a aceptar un no por respuesta. Le recordaba mucho a su autocrático hermano.

Sabía que había muchas mujeres que la pisotearían para ser las receptoras de esas palabras. Deseó que una de ellas estuviera ocupando su lugar en ese momento.

–Es que... –se detuvo–. Necesito algo de tiempo para pensar en esto.

El rostro de Sadiq se contrajo y Samia tuvo la sensación de que lo había irritado en exceso. De repente tuvo miedo de que... ¿Eligiera a su hermana? ¿Que le dijera que se fuese de allí? Eso era lo que deseaba, sin embargo, le daba pánico.

Pero una máscara de educación ocultó la expresión de Sadiq, que habló con voz suave.

–Muy bien. Te daré veinticuatro horas. Espero que vuelvas mañana a la misma hora para comunicarme tu decisión.

Sadiq estaba de pie ante la ventana de su sala de estar privada, tres plantas encima del despacho en el que se había reunido con la princesa Samia. Observaba la ciudad de Londres bañada por la luz crepuscular. Las últimas flores del verano perfumaban el ambiente. De repente, echó de menos el intenso calor de su hogar, la sensación de paz que sentía sólo cuando sabía que el vasto desierto de Al-Omar estaba a unos metros.

Lo irritó comprender que la indecisión de Samia lo obligaría a pasar más tiempo del que deseaba en Europa. Frunció el ceño. Una mujer ocupaba su mente y, por primera vez en su vida, el hecho no iba unido a la expectación de acostarse con ella. Aun así, hacía mucho tiempo que la expectación no dominaba las relaciones con amantes, solía ser una mezcla de expectación y mucho cinismo.

Profundas arrugas marcaron su frente. No sabía cuándo había admitido que acostarse con mujeres se había convertido en algo manido y cínico. Temía que mucho antes de haber asistido a las bodas de sus amigos en Merkazad.

Ver a sus amigos entregar el corazón le había provocado pánico, removiendo un sentimiento que llevaba años aplastando a base de cinismo y frialdad. Tal vez lo que había visto en las bodas de Nadim y Salman fuera lo que había acelerado su decisión de casarse; el instinto de protegerse y la necesidad de demostrar que nunca volvería a sucumbir al amor.

Aún recordaba el día en que había abierto su alma y su corazón a una mujer que se había reído de él en su cara. Y la terrible humillación que había sentido.

Casándose con alguien como la princesa Samia estaría a salvo de esos hirientes episodios, porque no había riesgo de que se enamorase de ella. Tampoco lo dominaría la lujuria. Era demasiado pálida, demasiado anodina. Se le encogió el estómago... Era raro, pero no podía olvidar sus enigmáticos ojos color aguamarina. No era ninguna belleza, pero distaba de ser fea. Siempre había sabido que elegiría una esposa capaz de cumplir el papel requerido de ella, y que fuera atractiva sólo sería un lujo añadido. Su responsabilidad para con el país importaba más que esas frivolidades.

Hizo una mueca. Ya había estado con suficientes bellezas de fama mundial. Era hora de transformar su lujuria en energía para mejorar un país que no tenía rival en riqueza y estabilidad económica. Una esposa como Samia le permitiría centrarse en eso. No lo distraería con sus encantos y, como no era coqueta, ni se molestaría en intentarlo.

Relajó el rostro y dedicó su atención al canal de noticias financieras de la televisión. A pesar de los titubeos de la princesa, estaba seguro de que al día siguiente le daría la respuesta que esperaba. La alternativa era inconcebible.

Capítulo 3

Veinticuatro horas después

–No voy a casarme contigo – dijo Samia.

Sadiq, que ya estaba pensando dónde comprarle un vestuario completo para que se deshiciera de esos trajes tan poco favorecedores, la miró boquiabierto e interrogante.

–He dicho que no quiero casarme contigo.

La voz grave y sensual, pero firme, le provocó un cosquilleo. Sadiq cerró la boca. La princesa estaba sentada ante él como una monja, con el pelo recogido y luciendo un traje parecido al del día anterior, pero de un azul más oscuro. Ni una pizca de maquillaje resaltaba sus pálidos rasgos o sus ojos aguamarina. En ese momento, vio las pecas que salpicaban su delicada nariz patricia.

No sabía cuándo era la última vez que había visto pecas en una mujer. Todas sus conocidas las ocultarían, considerándolas una imperfección. Sintió el impacto de la sorpresa; no recordaba la última vez que alguien le había dicho que no y se había molestado tan poco para impresionarlo. La princesa Samia alzó la barbilla y en ese instante captó su innata grandeza. Aunque no hiciera alarde de ella, no podía esconder su sangre real.

Miró su boca y se descubrió preguntándose cuán carnosos y suaves serían esos labios relajados, después de un beso. ¿Rosados y fruncidos, pidiendo otro beso?

Samia veía la incredulidad que reflejaba el rostro del sultán. Por eso había repetido sus palabras. Estaba temblando como una hoja. Había pasado toda la noche en vela, consciente de que no tenía elección.

Pero al estar ante Sadiq y ver en su rostro la certeza de que iba a aceptar, algo en ella se había rebelado. Era su única oportunidad de evitar la unión, así que había desechado el sentimiento de culpabilidad. La idea de casarse con ese hombre le resultaba tan amenazadora que tenía que hacer algo, por egoísta que fuera.

—Hay una diferencia entre no casarte conmigo y no querer casarte conmigo —apuntó Sadiq con voz sonora—. Lo primero implica que no hay discusión posible, lo segundo no. ¿De cuál hablamos, Samia?

Estaba inclinado hacia delante, con los codos apoyados en la mesa y las puntas de los dedos unidas. Ella intentó evitar su penetrante mirada, oírlo decir su nombre la había acalorado, se desmadejaba sólo con estar delante de él.

Ese día no la había hecho esperar. Había estado ante la ventana como un espectro, alto, oscuro e impresionante. Parecía indolente, como si estuvieran hablando del tiempo. No llevaba corbata y el botón superior de la camisa, desabrochado, revelaba la bronceada columna de su cuello. La camisa arremangada mostraba unos antebrazos musculosos, más propios de un atleta que de un jefe de Estado.

Samia, inquieta, se levantó para poner más distancia entre ellos. Le resultaba imposible concentrarse mientras la miraba así. Se sentía como si estuviera bajo la lente de un microscopio.

–Discusión... –dijo, con la respiración acelerada–. Sin duda alguna, discusión.

Fantástico. Era incapaz de formular una frase a derechas y se atrevía a plantear una discusión con un hombre que tenía fama de ser imbatible en ellas. Caminó unos pasos, sintiendo que el traje la oprimía. Samia siempre había sido muy consciente de la carencia de atractivo, y se sentía cómoda con ropa anodina que la ayudara a pasar desapercibida. Pero eso había cambiado en las últimas horas.

–Mira, sé que necesitas una esposa, y sobre papel yo podría parecer la candidata ideal...

–Eres la candidata ideal –la interrumpió Sadiq, conteniendo su irritación. Era la única candidata. La única a la que había vuelto tras vetar y analizar a muchas. Y cuando decidía algo, conseguía su objetivo. El fracaso no era una opción.

Samia se encogió al ver su mirada de ira.

–¡No lo soy! Te lo demostraré –buscó con desesperación algo que decir–. ¡No salgo por ahí!

–Una cualidad encomiable. A pesar de lo que puedas creer, no soy un hombre muy social.

Samia desechó el dato. Ese hombre no encajaba con una velada tranquila junto al fuego.

–¿Te parece encomiable que no tenga una vida? No es algo a celebrar, sino a evitar. ¿Cómo voy a ser tu reina si hace años que no asisto a una fiesta? En los círculos que frecuentas hay fiestas semanales. No sabría qué hacer, ni qué decir.

Samia dejó de hablar porque el sultán se había movido y estaba sentado al borde del escritorio. Tragó saliva al sentir una oleada de calor.

–Por supuesto que sabrías qué hacer y decir. Has sido educada para saberlo. Aunque estés falta de práctica, recuperarás la destreza rápidamente.

Samia se tragó una negativa airada. Se pasó la mano por el pelo, un gesto habitual cuando estaba agitada. Notó que la coleta se soltaba, pero la ignoró y lo miró de frente.

–No me quieres como esposa. No me gustan las fiestas. Se me traba la lengua cuando estoy con más de tres personas, no soy sofisticada ni pulida –«como el resto de tus mujeres», pensó para sí.

Sadiq la observaba con fascinación creciente. No era sofisticada ni pulida, y eso lo atraía por su rareza. Estaba desnudando su alma ante él, revelando una mujer muy distinta de la que describía. Estaba de acuerdo con lo que decía, excepto en que no fuera la esposa adecuada.

–Sin embargo –farfulló–, has pasado la mayor parte de tu vida en una corte real, y toda tu existencia estaba abocada a este momento. ¿Cómo puedes decir que no estás preparada para esto?

Samia notó que su largo cabello empezaba a destrenzarse. Su termostato interno estaba a punto de explotar. Temiendo desmayarse o convertirse en un charquito, se abrió la chaqueta. Antes de que pudiera impedirlo, Sadiq le quitó la prenda y la dejó sobre la silla. Atónita, no protestó

–Necesitas una persona acostumbrada a las reuniones sociales sofisticadas. Yo he pasado mi vida yendo de biblioteca en biblioteca –dijo.

La antiquísima biblioteca del castillo real de Burquat siempre había sido su refugio para escapar de su madrastra, Alesha.

–Necesitas a alguien que se enfrente a ti –dio unos pasos y se volvió hacia él–. Tuve tartamudez crónica hasta los doce años. Soy patológicamente tímida. En la adolescencia asistí a terapia cognitiva del comportamiento, para intentar superar mi timidez.

No le dijo cuántos insultos y vejaciones había tenido que sufrir por parte de su madrastra, que le decía que no llegaría a nada y nunca sería reina si era incapaz de mantener una conversación sin sonrojarse o tartamudear.

Sadiq se había levantado y acercado mientras Samia hablaba. En ese momento bajaba la vista hacia ella, con los brazos cruzados sobre el pecho.

–Ya no tartamudeas. Apuesto a que tu terapeuta, si era bueno, te diría que estabas pasando una etapa habitual en la adolescencia. Muchos niños tartamudean y suele deberse a un incidente ocurrido en su infancia.

Samia parpadeó. Era como si él se hubiera introducido en su cabeza y visto uno de sus primeros recuerdos, cuando intentaba atraer la atención de su madrastra, tartamudeando de ansiedad. Estaba segura de que él nunca había pasado por algo así. Sin embargo, había repetido casi con exactitud las palabras de su terapeuta. Estaba tan sorprendida que se le cerró la garganta.

Sadiq estaba cada vez más intrigado. La trenza se había deshilado y caía por su espalda. Sus dedos anhelaban tocar ese pelo sedoso, fragante y algo salvaje. No cuadraba con su aspecto modoso.

Al estar tan cerca de ella, notó por primera vez la disparidad de alturas. Era mucho más baja que las mujeres a las que estaba acostumbrado, y sintió una sorprendente sensación protectora. Sin chaqueta, era obvio que era menuda y delicada, pero también fuerte y atlética. Veía el tirante blanco del sujetador a través de la blusa, que llevaba remetida en los pantalones. No creía haber visto nunca a una futura amante tan discretamente vestida. Rectificó el pensamiento de inmediato: ella iba a ser su esposa, el sexo sería puramente funcional. Si disfrutaba con él, mejor que mejor.

Ella había desabrochado el botón superior de la blusa, dejando a la vista su esbelto cuello, hasta el hueco de unión entre las clavículas. Estaba rosado y levemente húmedo, como si tuviera calor. Sintió el deseo de apartar la blusa y tocarla. Veía claramente la curva de sus senos, más redondos y llenos de lo que había imaginado, subiendo y bajando con cada respiración.

Lo conmocionó sentir la inconfundible chispa del deseo encenderse en él. Volvió a mirar los ojos aguamarina que, de repente, parecían tan oscuros como el mar de Arabia un día tormentoso. Algunos rizos sueltos enmarcaban su rostro, dándole un aspecto mucho más suave y femenino. De hecho, en ese momento parecía casi... bella.

Samia se sentía impotente ante el escrutinio de Sadiq. Ningún otro hombre la había mirado de forma tan explícita, descansando la vista en sus senos. Sin embargo, no se sentía insultada, un calor lánguido recorría sus venas. Estaba atrapada en una burbuja de calor y sensaciones, por eso había tenido que desabrocharse el botón superior, le faltaba el aire. Y él la miraba como...

–Dices que necesito a alguien que se enfrente a mí, y eso es lo que llevas haciendo desde ayer –apretó los labios–. Hace mucho que nadie se niega a cumplir mis deseos. La gente suele abrumarse e inhibirse a diario en mi presencia, por el concepto que tienen de lo que soy, pero no percibo eso en ti –siguió antes de que ella pudiera replicar–. Tú y yo somos iguales, princesa Samia.

Samia palideció. Ni en un millón de años aceptaría que ese hombre y ella eran iguales. Eran completamente opuestos.

–No somos iguales –refutó–. En absoluto.

–Sé que tienes un reducido grupo de amigos muy leales –apuntó él, ignorando sus palabras.

–Eso dice más de quién soy y de mi entorno que ninguna otra cosa –alegó ella, recordando un doloroso episodio sucedido en la universidad–. Siempre me dio miedo que la gente buscara mi amistad por interés –vio que él no se inmutaba–. ¡Soy aburrida! –exclamó, desesperada. Él enarcó una ceja con expresión incrédula.

–Una persona aburrida no cruza el Atlántico con otras dos mujeres, en un catamarán fabricado con materiales reciclados, para concienciar al mundo sobre el medio ambiente.

–¿Sabías eso? –Samia lo miró desconcertada.

–No sé si fue la cosa más descabellada o la más valerosa que he visto –dijo él, severo.

Ella se sonrojó intensamente, complacida por haberse ganado la admiración de ese hombre.

–Me preocupa el medio ambiente... Las otras dos chicas eran amigas de la universidad y no podían conseguir los fondos necesarios solas... Pero cuando yo me involucré... –su voz se apagó por modestia. No quería darle la impresión de que ella había sido imprescindible para el proyecto.

—Cuento con un equipo medioambiental en Al-Omar al que le irá muy bien tu apoyo. Suelo estar demasiado ocupado con otras cosas para prestarle la atención que merece —se balanceó sobre los talones, mirándola—. Puede que algunas situaciones sociales te intimiden al principio, pero te acostumbrarás. No puedes negar que, habiendo crecido como princesa en una corte real, conoces perfectamente el protocolo y la política de palacio. Eso es muy valioso para mí; no tengo ni tiempo ni ganas de adiestrar a una esposa en esas lides.

Samia parpadeó. Por mucho que quisiera, no podía negarlo. Conocía el protocolo real al dedillo, por pura cuestión de supervivencia. Estaba tatuado en su psique desde su nacimiento.

—Quiero establecer un vínculo sólido entre Al-Omar, Merkazad y Burquat. Vivimos una época inestable y necesitamos apoyarnos. Casarme contigo dará pie a una fuerte alianza con tu hermano. Con Merkazad ya la tengo. Tu padre reinó aislando a Burquat de otros países, y no para bien. Por suerte, tu hermano quiere corregir ese error. No creo que tengas razones para pensar que no estás capacitada para ser mi reina y, al tiempo, garantizar la futura estabilidad de tu país.

Samia tragó saliva, fascinada por sus brillantes ojos azules. Él tenía razón. No podía negar su linaje ni su sangre. Aunque hubiera estado oculta en una biblioteca polvorienta los últimos años, siempre había sido consciente de que se debía a su país. A diferencia de la gente de la calle, no podía permitirse el lujo del egoísmo personal. Tenía obligaciones y responsabilidades que cumplir.

Como si percibiera su rendición, Sadiq se acercó. Samia sintió una oleada de calor y supo que su rubor no era vergüenza ni timidez, sino algo muy distinto. Era el ardor del deseo. Le pareció humillante no ser inmune al efecto que el sultán parecía provocar en todas las mujeres.

–Yo... –tragó saliva para aclararse la voz. Él estaba tan cerca que sólo veía esos iris color azul oscuro, que parecían absorberla en una vorágine de deseos nuevos para ella. Batalló consigo misma para centrarse–. Acepto lo que dices. Son todos puntos válidos.

–Sé que lo son.

Samia sintió la calidez de su aliento y captó su viril olor a sándalo y especias. El recuerdo de ese olor le había hecho perder muchas horas de sueño la noche anterior.

Sadiq puso el pulgar sobre su labio inferior y tiró de él. Ella sintió el impulso de sacar la lengua y probar su sabor. Casi se le paró el corazón.

–Así está mejor. No tendrías que estar tan tensa. Tienes una boca preciosa.

«¿Una boca preciosa?» Nadie había utilizado ese adjetivo con ella nunca. Samia se sintió como si le hubiera echado encima un cubo de agua fría. Dio un paso atrás, rompiendo el hechizo. Obviamente, el hombre pretendía aplacarla con falsos halagos. Durante medio segundo había creído estar en una burbuja sensual con el sultán de Al-Omar, que había cortejado y hecho el amor a algunas de las mujeres más bellas del mundo.

Samia, con el rostro llameante, volvió la cabeza e intentó recuperar el control. Suspiró con alivio al percibir que él se apartaba un poco.

–Samia, es inevitable –su voz sonó tensa–. Más

vale que te rindas ahora, porque yo no lo haré. No hasta que aceptes.

Ella tragó saliva y sacudió la cabeza. Tenía la garganta seca. ¡Había estado a punto de atrapar ese dedo con la boca como una hurí! Oyó un suspiro y, de reojo, vio que él miraba su reloj.

–No sé tú, pero yo tengo hambre. He tenido un día muy ajetreado.

Samia lo miró y la tensión del ambiente se relajó cuando su estómago emitió un sonoro gruñido. Había estado tan nerviosa las últimas treinta y seis horas que apenas había comido.

Sadiq curvó los labios, se acercó y alzó su barbilla con un dedo, desbocándole el pulso.

–Puedes estar segura de que no descansaré hasta que accedas a ser mi esposa. Entretanto, podemos empezar a conocernos mejor. Y comer.

Sin darle tiempo a contestar, Sadiq agarró su chaqueta y la hizo salir del despacho. Tras un breve intercambio con el mayordomo, la condujo a un impresionante comedor.

En las paredes oscuras se alineaban retratos de los exóticos antepasados de Sadiq, luciendo ropa occidental. Una enorme y brillante mesa de roble, puesta para dos, dominaba la habitación.

Sadiq apartó una silla y Samia, sintiéndose muy débil, se sentó. Poco después, el mayordomo llegó acompañado de más personal de servicio, para ofrecerles platos diversos. Samia eligió sin pensarlo siquiera. Cuando estuvieron solos de nuevo, se mordió el labio y empezó a hablar.

–Sadiq...

–El pescado es buena elección –intervino él, sirviéndole una copa de vino blanco–. Una especialidad de nuestro chef, Marcel, que solía trabajar en el Ritz de París.

Samia aceptó la copa y notó que la melena le caía por el hombro. Siempre había lamentado que su cabello no fuera manejable como el de sus hermanastras, que habían heredado la exótica tez oscura de su madre. Kaden se parecía a su padre, así que ella era la única de tez clara.

Se sentía desnuda con el pelo suelto, expuesta en cierto modo. Lo inquietante era que eso no la incomodaba. Sadiq le sonrió y a ella se le contrajo el estómago. Sabía que no podría resistirse si él hacía gala de su encanto.

Durante la siguiente hora y media, mientras degustaban una comida deliciosa, él consiguió sacar a Samia de su caparazón. Ella pensó que tal vez había empezado a ablandarse cuando él mencionó la travesía a vela. O quizás cuando le había quitado importancia a su tartamudez de adolescencia, manifestando empatía en vez de rechazo. Lo cierto era que estaban hablando cordial y tranquilamente.

La había desarmado hasta el punto de hacerle olvidar quién era él; su poder y su cargo. Era innegable que su procedencia los vinculaba y se entendían bien. Ella no había esperado encontrar en él ni un atisbo de humildad ni que tuviera la capacidad de relajarla así. Ya tomando el café, lo miró a los ojos, increíblemente azules en contraste con el tono oliváceo de su piel.

–Eres muy bueno, ¿sabes? –le dijo, envalentonada por la comida y la copa de vino.

–¿Bueno? –arqueó una ceja–. ¿En qué sentido?

–Cautivando a la gente –Samia tuvo que concentrarse. Se sentía como si hablara con una estrella de Hollywood, no un jefe de Estado.

Él encogió los hombros y, durante un instante, Samia vio un destello de frialdad en su expresión. De inmediato, el cálido burbujeo que sentía se disipó. Había sido una tonta al no darse cuenta de que todo era una actuación para que aceptara sus planes de matrimonio. Por supuesto que estaba cautivándola, y ella había picado igual que habría hecho cualquier mujer con sangre en las venas.

–Tengo que levantarme temprano mañana –dijo. Miró su reloj sin ver la hora–. Aún estoy instruyendo a mi sucesora.

–¿Te gusta trabajar en la biblioteca? –preguntó Sadiq, inclinándose hacia delante.

–Sí –repuso ella, desafiante–. Y una reina que disfruta rodeada de libros no es una reina para ti.

Sadiq tuvo que controlar el súbito impulso de besarla para borrar la rebeldía de su rostro. La había tenido en la palma de la mano durante la comida, y lo sabía. También era consciente de que había infravalorado su atractivo en gran medida.

Ella había florecido antes sus ojos, como un capullo que, tras estar oculto en un rincón oscuro, se expusiera al sol. Había sido asombroso. Le había recordado a un diamante amarillo en bruto, una joya única. Y había pasado de sentir un leve pinchazo de deseo a sentir lujuria.

Pero acababa de volver a cerrarse como una ostra. Los labios volvían a estar apretados, los ojos bajos. Hizo una discreta señal al personal de servicio y se levantó. Lo satisfizo ver que Samia parecía confusa, como si hubiera esperado que la contradijese. Ella se puso en pie, con cierta inseguridad, y Sadiq volvió a sentir una oleada de instinto protector, incomprensible para él.

En ningún momento se había sentido protector respecto a la última mujer con la que había estado, considerada la más bella del mundo durante tres años seguidos. Si visualizaba su imagen, sólo recordaba que su deseo por ella se había desvanecido mucho antes de lo que habría querido admitir. Sin embargo, la mujer que tenía delante, más bonita que bella, estaba teniendo un efecto incendiario en su libido.

Fueron hacia la puerta. Una vez allí Samia se volvió hacia él. Era obvio que no esperaba que insistiera, y su ciego optimismo casi le dio lástima. Le dio su chaqueta, escrutándola.

–Sabes –musitó–, puede que tengas razón. Tal vez no seas la esposa adecuada para mí.

Sintió algo parecido al júbilo cuando Samia no pudo ocultar su reacción instintiva de protesta.

Ella abrió la boca pero no pudo decir nada. Para su vergüenza, en vez de alivio sentía el absurdo deseo de contradecirlo, de asegurarle que podía ser esa esposa. Intentó ocultar su confusión.

–¿Quieres decir que si saliera por la puerta, no me detendrías? ¿No insistirías en este tema?

–No creerás en serio que voy a dejarte marchar sin más, ¿verdad? –Sadiq esbozó una sonrisa digna de un tiburón.

Samia comprendió, con ira, que estaba jugando con ella. Agarró el pomo de la puerta e intentó abrirla, sin éxito. Lo miró, exasperada.

–Si la puerta funcionara, saldría y no podrías impedirlo –Samia se sentía humillada, sabía que él había captado su reacción inicial.

–La puerta funciona perfectamente, Samia. Quería ver cómo reaccionabas si olías la libertad, y tu rostro me ha dicho cuanto necesito saber.

Samia, como un animal acorralado, probó el pomo de nuevo y la puerta se abrió. Inspiró profundamente y cientos de luces destellaron.

Los paparazzi.

Oyó una maldición en árabe y unos enormes guardaespaldas se materializaron de la nada para contener a los fotógrafos. Unos fuertes brazos la rodearon y tiraron de ella. Samia, pegada contra el cuerpo de Sadiq, volvió a entrar en la casa.

–¿Estás bien? –Sadiq se mesó el cabello–. Lo siento. A veces, si saben que estoy en casa, esperan fuera. Los guardaespaldas no pueden evitarlo.

Aún sentía la impronta de sus firmes senos. Era delicada y había encajado en su cuerpo como una pieza de rompecabezas. Una sensación novel para un hombre que solía relacionarse con mujeres casi de su altura.

Estaba allí de pie, con las mejillas encarnadas, sexy e inocente, sin tener consciencia de su atractivo. Eso lo encendía aún más, porque estaba acostumbrado a mujeres que explotaban al máximo su supuesto atractivo.

–Lo sabías –lo acusó ella.

–¿Qué quieres decir?

–Has dicho que sabes que esperan afuera. Voy a salir en los periódicos contigo, saliendo de tu casa –Samia estaba temblando como una hoja.

–Vamos al despacho –Sadiq la agarró del brazo–. Estás conmocionada.

Una vez allí, Sadiq la obligó a sentarse y le sirvió un vasito de brandy.

–Toma un sorbo. Te sentirás mejor.

Samia, odiando ser tan vulnerable, bebió y tosió un poco. Observó a Sadiq servirse una copa y sentarse frente a ella. La luz de la habitación realzaba aún más su espectacular atractivo; sintiendo un terrible anhelo en el vientre, dejó la bebida y cruzó los brazos sobre el pecho.

–Me había olvidado de los paparazzi. No pretendía ponerte en esa situación –afirmó él.

Samia tragó saliva y su enfado se disipó. Sabía que decía la verdad. Un hombre como él no necesitaba recurrir a esas medidas. Se puso en pie.

–Mira, gracias por la cena... Yo... –calló cuando Sadiq se levantó. Abrió las manos con gesto suplicante–. Lo que acaba de ocurrir demuestra lo inapropiada que soy. Es la primera vez que me enfrento a los fotógrafos. Necesitas a alguien que sepa manejar esas situaciones.

Sadiq hizo una mueca, eso era exactamente lo que no quería. Estaba más seguro que nunca de que la quería a ella, y por razones que iban más allá de lo práctico y mundano. Se acercó y Samia, al ver el brillo triunfal de sus ojos, supo que daba igual lo que dijera. Él había notado su debate interno, la había manipulado con destreza y sabía que había ganado la partida.

–Sé que dudas sobre tu decisión, Samia. Deja que resuelva el conflicto por ti. Accede a ser mi esposa porque, sencillamente, no hay alternativa. Eres de sangre real y antiguo linaje. Naciste para este papel y nada de lo que hagas o digas podrá cambiar eso. Oponerte es luchar contra el destino, contra mí y contra tu hermano.

Sacó una caja de terciopelo del bolsillo de la chaqueta, sin dejar de mirarla. La abrió y desveló una sortija antigua de gran sencillez: una piedra cuadrada montada en oro, inusual y bella.

—Es un zafiro amarillo. Perteneció a mi abuela paterna; se lo regaló mi abuelo en uno de sus aniversarios de boda.

Sadiq no le dijo que al verla había pensado de inmediato en la sortija que, por fortuna, estaba en Londres, en una caja de seguridad, con otras joyas de la familia. Había devuelto a la tienda el anillo de diamantes que había pensado darle; sin saber por qué, de repente le había disgustado la idea de ofrecerle un anillo impersonal, aunque fuera adecuado para una boda de compromiso.

Samia alzó la vista y Sadiq tomó su mano. La miró a los ojos y ella se sintió como si fuera ahogarse y desaparecer. Inconscientemente, apretó los dedos alrededor de los suyos y los ojos de Sadiq se iluminaron.

—Princesa Samia Binte Rashad al Abbas, ¿me harás el gran honor de ser mi esposa y reina de Al-Omar?

EN ESE momento, mientras las palabras de Sadiq flotaban en el aire, una imagen destelló en la mente de Samia.

Estaba oculta en la biblioteca del castillo, maldiciéndose por su torpeza, tras haber volcado la mesita con bebidas. De repente, un hombre había entrado en la habitación. No la había visto porque apenas había luz.

Samia, conteniendo el aliento, vio que era alto, moreno y de aspecto poderoso. Sin embargo, no sintió miedo. Él fue hacia una ventana, que daba a uno de los bellos patios interiores y se quedó inmóvil y silencioso como una estatua, sumido en una intensa melancolía.

Suspiró con fuerza, bajó la cabeza y se pasó la mano por el pelo. Samia se sintió profundamente conectada con él, sentía su dolor y se hacía eco de su aislamiento. Sin pensar en lo que hacía, respondiendo al impulso de actuar, Samia ya se levantaba cuando entró otra persona: una mujer alta, rubia y escultural, bellísima.

El hombre se dio la vuelta y Samia vio que era el carismático sultán al que había conocido unas horas antes. Las sensaciones de melancolía y soledad desaparecieron. Vio como los ojos azules se iluminaban y endurecían al observar a la mujer. En lugar de vulnerabilidad, reflejaban la coraza de un hombre sexual y seguro de sí mismo. Samia supo que había sido testigo de algo muy privado y que él odiaría saber que había sido visto.

La mujer fue directa hacia él y se enroscó alrededor de su cuerpo. Samia, sin saber por qué, deseó que el sultán la rechazara con desdén. Hipnotizada, contempló como la apoyaba contra la pared y la besaba con pasión. Samia no pudo contener un gemido de sorpresa.

Dos rostros se volvieron hacia ella y Samia salió corriendo de la habitación, avergonzada de haber presenciado la escena como si fuera una *voyeur*.

En ese momento, mirando esos mismos ojos azules, se le encogió el estómago. Sólo recordaba la vulnerabilidad que había visto, o creído ver, en el sultán aquella noche, y la conexión que había sentido. No podía borrar esa imagen del lado secreto del hombre que tenía ante sí.

Consciente de que él no descansaría hasta que aceptara, dejó que la calma descendiera sobre ella. Sadiq tenía razón, no podía luchar contra el destino, contra su hermano y contra él. Rechazó la posibilidad de que el recuerdo pudiera influir en su decisión; se negaba en redondo a la idea de que Sadiq y ella pudieran conectar en un nivel emocional.

Su decisión se basaba en lo inevitable, lógico y práctico; era el peso de su linaje lo que la había puesto en esa situación.

–Yo... –sonó ronca–. Sí. Me casaré contigo.

Durante unos segundos no hubo reacción. Después, Sadiq le puso el anillo en el dedo, agachó la cabeza y lo besó con labios cálidos y entreabiertos. Ella sintió la tensión del deseo en el vientre. Tenía la cabeza muy cerca de su pecho...

Cuando él se enderezó, Samia vio su rostro carente de expresión. Tras conseguir su objetivo volvía a ser el adusto soberano, carente de encanto y dulzura. Misión cumplida. No había vuelta atrás para Samia, había sellado su destino y elegido el camino que seguiría el resto de su vida.

El corazón le dio un vuelco al comprender lo que acababa de hacer. Apartó la mano y retrocedió, intentando parecer tan poco afectada como él. Sintió el peso de la sortija en el dedo.

–Tengo que madrugar, si no hay nada más...

–No, ahora mismo no –los labios de Sadiq se curvaron levemente–. Le pediré a mi secretario que prepare una agenda y te la envíe mañana. Serán tres semanas muy ajetreadas hasta que se celebre la boda en Al-Omar.

–¿Tres semanas? –gimió Samia. Toda pretensión de calma se esfumó ante esa aterradora idea. Había supuesto que la boda tendría lugar en un futuro aún lejano.

–Tres semanas, Samia –afirmó él con seriedad, escoltándola a la puerta–. Tiempo suficiente para dejar tu trabajo y prepararte para la boda. Estaré en contacto. La semana que viene se publicará una nota de prensa. Convendría que dieras a tu hermano la buena noticia antes de entonces.

La mañana siguiente, Samia se escapó cinco minutos a un rincón privado para mirar la revista que había comprado de camino a la biblioteca. Contuvo el aliento al ver la foto. Ella parecía un conejo deslumbrado por los faros de un coche, con ojos enormes y el pelo alborotado. ¡Y ese traje! Parecía una secretaria mal vestida, no la prometida del sultán. En su cabeza resonó la voz desdeñosa de su madrastra, criticando su incompetencia. Era como para llorar. Sadiq, tras ella, con rostro severo y las enormes manos en su cintura, diminuta por contraste, era la viva imagen de un bello ángel vengador.

Prometida. Se le encogió el estómago. Esa mañana había dejado el anillo de compromiso en casa. Aunque seguía sin acabar de creer lo ocurrido, una larga conversación telefónica con su hermano la noche anterior y percibir su alivio al saber que contarían con la colaboración de Al-Omar, la habían ayudado a aceptar la realidad.

La extraña sensación de ecuanimidad que había sentido al aceptar la propuesta de Sadiq se había evaporado. Iba a ser la boda de la década y la gente se cebaría con ella al ver que no se parecía en nada a la larga lista de amantes del sultán. También la aterrorizaban otros aspectos del enlace, como el físico. En ese sentido, estaba tan lejos de Sadiq que imaginaba que él buscaría al menos una amante para sentirse satisfecho.

Era tan inocente y pura como las esposas vírgenes que dirigentes como Sadiq habían exigido durante milenios. Había tenido una mala experiencia en la universidad. Un chico había intentado propasarse tras un par de citas y cuando le había parado los pies, le había gritado: «Sólo quería llevarte a la cama para ganar una apuesta, por ser quien eres, ¡me alegro de no haberlo conseguido! ¡La vida es demasiado corta!».

Desde ese momento, ella había reprimido todo atisbo de sexualidad, para evitar críticas y atenciones.

Rechazó el doloroso pensamiento y pensó en la llamada que había recibido de Sadiq esa mañana, antes de salir hacia el trabajo.

–He concertado una cita con una experta en compras este fin de semana. Necesitarás un ajuar y vestidos para la boda. Las festividades durarán tres días.

–¿Tienen que ser tres días? ¿Por qué no podemos casarnos aquí, en una ceremonia civil con un par de testigos? –Samia se había sentado, empezando a sentirse aterrorizada por el futuro.

–Porque soy un sultán y tú una princesa a punto de convertirse en reina –había soltado una risa irónica y Samia había deseado golpearlo–. Desde esta mañana tendrás dos guardaespaldas y te trasladarás en uno de mis coches. Aunque la noticia no sea pública aún, ya hay sospechas.

–Pero... –había intentado protestar, sintiendo que perdía su libertad, pero él lo había impedido.

–No es negociable. Desde este momento estás bajo mi protección. Es demasiado peligroso que vivas como hasta ahora. Vas a casarte con una de las mayores fortunas del mundo, además de tener acceso a ricos yacimientos petrolíferos.

Samia pensó que, al menos, podía estar segura de que Sadiq no se casaba con ella por dinero. Pero iba a perder el anonimato para siempre.

Cinco días después

Sadiq estaba en la zona de espera del probador privado de una de las boutiques más exclusivas de Londres. Se habían llevado a Samia, para que se probara conjuntos diversos, mientras él era atendido por un ejército de bellas mujeres, que no cesaban de demostrarle su interés.

Una rubia le ofreció una selección de periódicos. Como tardaba en irse, Sadiq le dio las gracias con voz seca. En otro tiempo se habría planteado la posibilidad de acostarse con ella. Pero eso se había terminado para siempre.

La idea no le provocó la sensación de claustrofobia que había esperado. Tenía que admitir que su resolución de ser fiel no se debía tanto al hecho de estar a punto de casarse, como a que la curiosidad y el deseo habían desaparecido.

No había vuelto a ver a Samia hasta esa mañana. Había decidido acompañarla porque no la creía capaz de escoger conjuntos adecuados, a pesar de que había contratado a una estilista experimentada para que la asesorara.

Samia había estado esperando a la puerta de su edificio, pálida y seria, con el pelo recogido en una coleta y vestida con vaqueros, camiseta de manga larga y chaqueta. Menos arreglada que los sirvientes que trabajaban para él en el castillo Hussein de B'harani. Había tenido que contener su irritación y también un inquietante pinchazo de deseo. Los vaqueros moldeaban sus piernas esbeltas y redondo trasero. Y la fina camiseta dejaba claro que tenía los senos mejor formados y más generosos de lo que él había creído.

Se había dicho que sentía deseo por Samia porque su mente quería convencer a su cuerpo de que sintiera algo por la única mujer con la que iba a acostarse el resto de su vida. Pero su excitación al verla indicaba algo muy distinto.

Después de la cena, cuando le había propuesto matrimonio formalmente, había anhelado que Samia aceptara. Era la primera vez en mucho tiempo que sentía algo así, y no le había gustado.

Había decidido que la princesa Samia sería una buena esposa, libre de complicaciones; pero empezaba a tener la sensación de que le esperaban sorpresas inesperadas. Su cuerpo se tensó cuando oyó pasos que indicaban que su prometida volvía para mostrarle el primer modelo.

Samia deseó tirar de la túnica plateada hacia arriba para cubrir sus senos y hacia abajo para tapar sus rodillas, pero la intimidaba la estilista, que le recordaba a su madrastra. Al verla en ropa interior, la había mirado de arriba abajo y rezongado algo como «poco se puede hacer. Es muy baja para la mayoría de estos vestidos...»

Llevaba unos zapatos de tacón altísimo, y se sentía tan insegura como un potrillo recién nacido.

Batallando contra la trepidación de tener que exhibirse como una esclava en una subasta, Samia alzó la barbilla para no ver la expresión desilusionada de Sadiq. Ni siquiera se había mirado en los numerosos espejos.

Se le aceleró el pulso al ver a Sadiq recostado en un sofá color crema.

Sadiq vio a Samia salir de detrás de la lujosa cortina de terciopelo. La analizó de arriba abajo por reflejo, como había hecho con numerosas mujeres. Pero ninguna había tenido un efecto tan inmediato en él. Tan fuerte que tuvo que ladear el cuerpo para ocultar su respuesta física.

Samia seguía llevando el pelo recogido en la nuca y evitaba sus ojos, como si estuviera muy avergonzada. Vio el rubor que subía desde su pecho hacia su rostro y se sintió mal por ella.

Era la visión más erótica que había contemplado en su vida. En vez de carecer de curvas, como había imaginado, tenía el cuerpo de una hurí. Libre de trajes angulosos, vaqueros y camisetas mal cortadas, era todo curvas y esbeltas extremidades. Tenía la piel sedosa, de un tono dorado pálido, e imaginó el contraste que haría con la suya cuando estuvieran juntos. La tensión de su entrepierna se acrecentó.

—Déjennos solos, por favor —dijo, autoritario.

La estilista y las dependientas desaparecieron de inmediato. Nunca antes había tenido que preocuparse de perder el control, siempre mantenía una barrera invisible con las mujeres, pero con Samia no la había, sentía el ardor de un adolescente descontrolado.

El vestido era totalmente inapropiado, pero revelaba una embriagadora mezcla de inocencia y vibrante sexualidad que Samia no era consciente de poseer. No esperaba que fuera inexperta, pero habría apostado allí mismo que los amantes que había tenido no habían despertado su sensualidad.

Samia seguía evitando su mirada. Era obvio que le disgustaba la escena. Sadiq recordó que su padre había obligado a su madre a desfilar ante él con los modelos que le compraba en París. Aunque la situación era muy distinta, el recuerdo tuvo el efecto de una ducha fría.

—Ese vestido es inapropiado —dijo con voz gélida—. Está claro que no hemos venido al lugar adecuado. Ve a cambiarte. Nos vamos.

Sadiq vio que la mandíbula de Samia se tensaba y

que cuadraba los hombros antes de cruzar la cortina. Tuvo que contener el impulso de detenerla y explicarle que... ¿Que por un segundo había temido haberse convertido en su padre? Ese padre obseso y dominante que había exhibido a sus amantes ante su hijo para alardear, y ante su estoica esposa para castigarla.

Disgustado por el recuerdo, caminó de un lado a otro con impaciencia mientras esperaba a Samia.

Al menos, él nunca la sometería a lo que su madre había tenido que soportar durante años. Sadiq siempre se había jurado ser distinto. Trataría a su esposa con respeto, y a sus herederos como seres humanos, no como peones de ajedrez.

Samia tomó aire y volvió a la sala. Seguía irritada por Sadiq y su fría condena de ella y del vestido. No le había hecho falta mirarlo para saber que la inspeccionaba de arriba abajo, analizando sus carencias. Había requerido toda su fuerza seguir allí de pie soportando la silenciosa pero negativa evaluación. Cuando entró, Sadiq miraba el suelo tan pensativo que una intensa sensación de *déjà vú* casi la llevó a preguntarle si algo iba mal. Estuvo a punto de reírse de sí misma. ¡Iba a casarse con ella! Eso era lo que iba más que mal, aunque él no lo admitiera.

Él se volvió hacia ella, que aferró la chaqueta. Se sentía desaliñada y más incompetente como futura reina que nunca.

–Ese vestido... no creo que... –empezó.

–No te favorecía porque era demasiado obvio –interrumpió él–. Tu belleza no es obvia, es sutil. Venir aquí fue un error. Tendremos que ir a París.

Samia se quedó boquiabierta. No había esperado oír eso. Su corazón se estremeció al oír que la consideraba bella, pero luego procesó el matiz «sutil». Era otra forma de decir que era normalita, sin interés.

Sadiq, hablando por teléfono en francés, la tomó del brazo y la guió fuera de la tienda. Cuando inició la tercera llamada, ella hervía de ira, pero como hablaba en árabe, sobre cuestiones políticas en Al-Omar, se cruzó de brazos y calló. Samia estaba acostumbrada a que su hermano se volviera inaccesible en momentos como ése.

Una hora después ascendían hacia el cielo azul desde una pista de despegue privada, en el centro de Londres. La familia de Samia contaba con su propia flota de aviones y helicópteros, pero su hermano y ella sólo los utilizaban en caso de absoluta necesidad. Ambos se preocupaban por el medio ambiente y por la impronta de carbono que dejaban en él; procuraban predicar con el ejemplo.

—¿Vas a ignorarme todo el vuelo? —farfulló Sadiq, que había acabado con sus llamadas.

Samia se volvió hacia él y quedó deslumbrada por lo guapo que estaba sin chaqueta y con el cuello de la camisa abierto. Le habría gustado ver qué aspecto tenía en vaqueros y camiseta.

—Podría preguntarte lo mismo —dijo, cáustica—. Te he dicho desde el principio que no soy la mujer adecuada, así que no me gusta que me critiques cuando no me transformo en la esposa que deseas.

—Lo que dije en la tienda era en serio, Samia —estrechó los ojos—. No me disculpo ni hago halagos sin razón, no es mi estilo. Simplemente, admití que el establecimiento que había elegido no era adecuado para ti –la recorrió con la mirada–. Como dije, tu belleza es sutil y necesita un tratamiento... más delicado.

Samia seguía sin creer que hablara en serio. Era su forma de intentar aplacarla. Sin duda la llevaba a un sitio donde pudieran camuflar sus imperfecciones. Se puso rígida.

–Espero que el gasto y el impacto medioambiental de ir a París en avión privado sólo para vestirme merezcan la pena.

Los ojos de él chispearon con humor.

–No te preocupes, princesa. Te aseguro que nuestra impronta de carbono será mínima. Uno de mis equipos de científicos utiliza este avión para probar combustibles menos agresivos con el entorno. Así que el viaje servirá para algo.

–Tienes respuesta para todo, ¿verdad?

–Desde luego –él esbozó una sonrisa que le hizo parecer diez años más joven.

Samia giró la cabeza. Era demasiado atractivo y temía que él captara en su expresivo rostro la ambigüedad de sus sentimientos. Cualquier mujer se sentiría atraída por uno de los hombres más guapos y viriles del planeta. Pero rechazaba que la atracción pudiera ser más que física.

–Créeme –dijo él–, cuando anunciemos nuestro compromiso el lunes, te alegrarás de contar con ropa adecuada.

–El lunes... –Samia palideció. Si quería librarse de lo que estaba por llegar, era su última oportunidad. Sadiq adivinó lo que pensaba.

–Ni se te ocurra, Samia. Hemos ido demasiado lejos para dar marcha atrás. Ya ha habido especulaciones tras la publicación de esa foto. La prensa espera el anuncio oficial.

—Para ti es muy fácil, ¿no? —se quejó ella con amargura—. Has vivido tu libertad y hedonismo y ahora que has decidido casarte, todo se hará con el mínimo de problemas y la máxima rapidez.

—Tú también has tenido libertad, Samia. Eres una mujer moderna de veinticinco años, ¿no esperarás que suponga que has llevado una vida de monja y que sigues siendo virgen?

—¿Quieres decir que no te molestará que tu esposa no sea pura e inmaculada en tu noche de bodas? —Samia sentía la necesidad visceral de protegerse de su tono burlón—. Considerando el cuidado con el que has escogido, pensé que lo habrías incluido en la lista de requisitos.

Sus miradas se encontraron. Samia tenía la respiración demasiado agitada, y la asombraba su propio descaro. Estaba llevándole a creer que había tenido multitud de amantes.

—No me molesta en absoluto —la sensual boca de Sadiq se curvó con una sonrisa cínica—. Claro que no esperaba una esposa pura. No soy ni tan anticuado ni tan hipócrita. Tengo un apetito sexual de lo más saludable, y la verdad es que no me atrae la idea de acostarme con una novata.

Samia sintió una punzada de dolor. Desde la desafortunada experiencia en la universidad había enterrado cualquier deseo romántico de entregarse a alguien que la apreciara por sí misma. Pero además iba a tener que enfrentarse al horror de Sadiq cuando descubriera que, efectivamente, había cargado con una esposa inocente y virgen.

Abrumada por emociones que no quería analizar y sintiéndose muy vulnerable, Samia se levantó. Masculló que estaba cansada y escapó a la parte trasera de la cabina, donde había un dormitorio. Aterrizarían pronto, pero Samia se tumbó en la cama e intentó borrar de su mente el atractivo rostro de Sadiq. Se preguntó cómo había podido creer que había en él siquiera un ápice de vulnerabilidad.

Sadiq dejó el teléfono y miró por la ventanilla ovalada. Sólo veía nubes sobre nubes y el rostro de Samia, con esos enormes ojos aguamarina, que destellaban más azules que verdes. No era la primera vez que notaba que su azul se intensificaba cuando ella se emocionaba.

Había parecido a punto de echarse a llorar, pero no sabía qué había dicho para herirla. Aparte de pedirle que se casara con él. Lo cierto era que nunca nadie se le había resistido tanto, y no le desagradaba. Era aburrido estar rodeado de gente que siempre le daba la razón.

Repasó lo que había dicho, sin encontrar nada malo. Por supuesto, no había esperado que fuera pura e inmaculada. Era un hombre moderno. No tenía sentido comportarse de una manera y esperar que su esposa hubiera vivido como una monja. Lo importante era que, hubiera hecho lo que hubiera hecho Samia, no había visto evidencia de ello.

Apretó la mandíbula al pensar en las palabras «pura» e «inmaculada». Hacía mucho tiempo, una mujer le había lanzado esas palabras con voz hiriente. Analia Medena-González. Una bellísima europea de la alta sociedad, que había visitado Al-Omar con su padre, embajador, cuando Sadiq tenía dieciocho años. Él ya no era inocente, pero tampoco tenía mucha experiencia.

Analia, diez años mayor que él, lo había seducido y manipulado a su gusto, esclavizándolo con el poder de su sensualidad y sexualidad. Y Sadiq se había creído enamorado de ella.

–¿Amor? Sadiq, cariño, tú no me amas –le había dicho con desdén el día de su partida–. Sientes lujuria por mí, eso es todo.

Sadiq se había mordido los labios para no contradecirla. Su instinto de supervivencia al menos lo había librado de esa humillación.

–Cielo, tengo veintiocho años y busco a mi segundo marido –lo había mirado de arriba abajo con sus exóticos ojos verdes–. Tú eres un niño. Cuanto antes aprendas a endurecerte y a no enamorarte de las mujeres con las que te acuestes, mejor. Todas desearán tu cuerpo, sí, pero también te querrán por tu poder y riqueza. Créeme, Sadiq, no les importarás tú como hombre, igual que no me importas a mí. Para eso está tu madre. Un día elegirás a una chica pura e inmaculada como esposa y vivirás feliz para siempre.

Hacía mucho que la banal crueldad de esas palabras que no tenía el poder de herir a Sadiq. Había aprendido una valiosa lección, y esa profecía se había cumplido en gran medida.

Convertirse en sultán a los diecinueve años, tras la muerte de su padre, lo había catapultado a otra estratosfera. Había pasado un año centrado en asumir el control de un país corrupto y caótico, sin tiempo para amantes. Cuando se reincorporó a la sociedad, las mujeres llegaron a miles.

Pronto se había convertido en un experto a la hora de elegir a las que estaban dispuestas a seguirle el juego, sin ataduras ni vínculos emocionales. Se había acostumbrado a ver el brillo avaricioso de su mirada cuando descubrían la extensión de su riqueza, y en cierto sentido eso lo reconfortaba. No quería volver a exponerse a que una mujer lo compadeciera y ridiculizara.

Había visto a Analia un par de veces a lo largo de los años, e incluso la había seducido una de ellas, para purgar el pasado de su mente y de su corazón. La mañana siguiente, al contemplar cómo se vestía, no había sentido nada. Lo consideraba un triunfo personal.

Convivir con la ira patológica de su padre porque su esposa no lo amaba tendría que haber sido suficiente lección para Sadiq, pero había necesitado otra. Y no iba a olvidar ninguna de ellas porque la mujer con la que había elegido casarse no se dejara impresionar por él, fuera vulnerable y exacerbara su instinto protector.

Samia estaba ante otra cortina de terciopelo, en otra exclusiva tienda, pero tres horas después y en París, el centro de la moda internacional.

–Vamos, *chérie*. Tienes que probarte muchos modelos –le dijo la amistosa estilista francesa.

Samia cerró los ojos un segundo y contuvo el aliento. La luz la deslumbró y no pudo ver la expresión inicial del rostro de Sadiq. Estaba junto a la ventana con el teléfono al oído.

Negándose a dejarse intimidar, alzó la barbilla y descubrió que Sadiq contemplaba sus senos. Samia apretó la mandíbula. Tenía que admitir que el largo vestido con adornos de gasa les daba un inesperado aspecto voluptuoso.

La estilista le había dicho que llevaba años utilizando sujetadores de la talla equivocada y le había dado uno que, para su sorpresa, le quedaba como una segunda piel.

–Mucho mejor –dijo Sadiq, por fin, con voz templada. Sus ojos azules brillaban–. Bien hecho, Simone. Sigue así.

Continuaron las pruebas de ropa de noche, de día, deportiva, de playa... Samia desfilaba como si la cosa no fuera con ella. Tras quitarse el último conjunto, salió y Sadiq ya no estaba allí. La diminuta estilista francesa llegó con su abrigo.

–¿Dónde está...? –preguntó.

Simone sonrió y le dio el abrigo.

–Su prometido ha decidido dejarla en mis manos el resto del día. No querrá que vea el vestido de novia antes de la boda, ¿verdad? – agarró su brazo con complicidad femenina–. Además, la nueva lencería será una agradable sorpresa para él ¿*non*?

Hasta la caída del sol, Samia sufrió la humillación de probarse, ante un ejército de mujeres, lencería tan diminuta e indecente que no tenía intención de usarla en su vida.

Le tomaron medidas para el vestido de novia, que luciría el último día de celebración. Al día siguiente le harían las primeras pruebas y también pasaría unas horas en un salón de belleza. El vestido llegaría a Londres dos semanas después, para los retoques de última hora.

Iban a pasar la noche en París.

Simone la escoltó al coche que llevaban utilizando toda la tarde y le deseó las buenas noches. Le dijo que recibiría la ropa en Londres y le entregó un lujoso y pequeño bolso de viaje.

—Podrías necesitarlo esta noche —le dijo, guiñándole un ojo.

Samia no entendió lo que quería decir hasta que lo abrió, en el coche. Contenía una selección de lencería de seda y pijamas, un neceser con exquisitos productos de aseo y una muda de ropa para el día siguiente. En algún momento del día había perdido de vista sus vaqueros favoritos, y en ese momento lucía unos pantalones de vestir y un suave suéter de cachemir sobre un sujetador de encaje. Se sentía casi decadente.

Para cuando el coche se detuvo ante una lujosa casa, en cuya entrada ondeaba la bandera de Al-Omar, Samia se sentía muy incómoda.

Capítulo 5

AMIA entró en un lujoso vestíbulo. Una lámpara de araña iluminaba la enorme escalera que conducía a la primera planta. Los suelos de parqué estaban cubiertos por exquisitas alfombras orientales y sobre varias mesitas auxiliares había jarrones de la dinastía Ming. Primaba el diseño rococó y caras obras de arte decoraban las paredes. Un guardaespaldas cerró la puerta.

Ella tardó un momento en darse cuenta de que Sadiq estaba apoyado en una pared, con las manos en los bolsillos, medio escondido en la penumbra. Se llevó la mano al corazón.

–Me has dado un susto de muerte –protestó–. ¿Sueles sorprender así a la gente?

Sadiq fue hacia ella lentamente.

–Tuve que volver aquí para ocuparme de asuntos de despacho, pero te dejé en buenas manos –recorrió a Samia con la mirada–. La ropa te sienta bien; tendríamos que haber recurrido a Simone desde el principio.

A Samia la encolerizó que hablara de ella como si fuera un objeto. Apretó los puños.

–Mis vaqueros favoritos han desaparecido. ¿Sabes cuánto se tarda en domar unos vaqueros? La camiseta y la chaqueta estaban en buen estado. ¿Cómo voy a pasear por Hyde Park con esto? –movió un pie para mostrarle los bonitos pero poco prácticos botines de piel de tacón alto.

–Me temo que tus días de pasear sola por Hyde Park llegaron a su fin, Samia. ¿Puedes decirme qué te ocurre? Debes de ser la única mujer del mundo que pasa un día entero comprando sin límite de crédito y no vuelve estática de júbilo tras la experiencia.

–Disculpa –Samia, avergonzada, desvió la mirada–. No pretendo ser ingrata, pero no soy así –tocó el lujoso suéter que acariciaba su piel y lo miró suplicante–. Nunca he utilizado este tipo de prendas. Ya no sé quién soy. Me siento perdida.

Para su sorpresa, Sadiq puso las manos sobre sus hombros y la condujo a un espejo que había en una pared cercana. Samia desvió la mirada.

–Mírate, Samia –ordenó él.

Ella cerró los ojos y negó con la cabeza. No soportaba el recuerdo de su madrastra situándola ante el espejo y señalando sus imperfecciones y carencias. Nunca se había sentido tan vulnerable. Sobre todo porque las manos de Sadiq le provocaban corrientes de sensación por todo el cuerpo. Sus senos se hincharon y sintió el picor del encaje del sujetador en los pezones erectos.

–Abre los ojos, Samia. No nos moveremos hasta que lo hagas –dijo él. Samia al oír el tono acerado de su voz, supo que no tenía elección y obedeció, a su pesar–. Ahora, mírate en el espejo.

Ella se preguntó por qué ese hombre, al que sólo conocía desde hacía una semana, tenía la habilidad inherente de obligarla a enfrentarse a sus demonios. Sabía más de ella que ninguna otra persona en el mundo.

Se volvió hacia él y miró los ojos azules, desafiante. Los tacones acortaban la diferencia de estatura entre ellos, pero aun así él le sacaba la cabeza y los hombros.

—Puedes mirarme a los ojos cuanto quieras, Samia, pero el objeto de este ejercicio es que te mires a ti —sonrió, burlón—. Claro que si prefieres mirarme a mí, entonces...

Con el rostro llameando, Samia se miró en el espejo. En algún momento se le había soltado el pelo y caía sobre sus hombros y espalda. Los ricitos sueltos que nunca conseguía controlar enmarcaban su rostro. Sus ojos brillaban, casi febriles, y tenía las mejillas rojas. Gruñó para sí, parecía que hubiera estado trabajando en el huerto. Imposible parecer menos sofisticada.

Entonces vio cómo el suave tejido del suéter se ajustaba a sus senos, que parecían enormes, marcando la forma de los pezones erectos. Los pantalones hacían que sus piernas parecieran muy largas y esbeltas. Una extraña languidez recorrió sus venas, era una mezcla de letargo y energía.

—Samia, se trata de encontrarte a ti misma, no de perderte. Ese espejo refleja la imagen de una mujer que va a ser reina, y cuanto antes lo veas, mejor. Yo lo veo, no dudes de ti misma.

Retiró las manos de sus hombros y Samia dejó de sentir el calor de su cuerpo tras ella.

—Helene te llevará a tu habitación. Cenaremos dentro de una hora —dijo, yendo hacia la puerta.

Como por arte de magia, apareció una mujer de

mediana edad, con el bolso de Samia en la mano. Con una sonrisa, le indicó que la siguiera.

Sadiq entró a su enorme despacho, se apoyó en la puerta y cerró los ojos un momento. Sólo podía ver los provocativos senos de Samia bajo el delicado suéter. Ni siquiera era ropa diseñada para volver a un hombre loco de deseo, ¿qué iba a hacer cuando apareciera con el escotado vestido de noche que se había probado unas horas antes?

Mientras Samia iba a cambiarse, había hecho el ridículo preguntándole a Simone si le parecía un vestido apropiado para los eventos a los que asistirían. Simone lo había mirado divertida.

–*Chéri*, ese vestido tiene unos cien metros más de tela que el que compraste la última vez que estuviste aquí, por supuesto que es apropiado.

Abrió los ojos, pero la imagen de Samia con los hombros desnudos, el excitante escote y una larga pierna asomando por la abertura lateral de la falda, estaba grabada en sus retinas. Se sirvió un vasito de whisky y fue a la ventana, que daba a los inmaculados jardines. Parecía que Samia llevaba toda la vida ocultando un cuerpo delicioso bajo trajes de corte masculino. Sin embargo, a pesar de su aparente timidez e inseguridad, empezaba a mostrar destellos de una personalidad mucho más batalladora.

Había sido una tortura verla desfilar para él y no entendía el porqué. Con cada nuevo modelo la tensión de Sadiq se había acrecentado, hasta el punto de que había tenido que irse para no quedar como un tonto ante la impecable Simone, que parecía estar notando su cambio de actitud.

Y allí estaba, preguntándose por qué se sentía amenazado al comprender que deseaba a su futura esposa. Tendría que haberle agradado saber que la noche de bodas no supondría ningún esfuerzo.

Maldijo al comprobar que su cuerpo se tensaba y endurecía sólo con pensarlo. ¡Era como si alguien controlara su excitación a distancia! Tomó un trago e hizo una mueca. No tenía nada que temer. Iba a embarcarse en un matrimonio de conveniencia y su mente le decía a su cuerpo que deseaba a su esposa: era pura biología, destinada a conseguir que engendrara herederos.

Un rato después, Sadiq se recostó en la silla e hizo girar la copa de vino entre las manos. Samia, hipnotizada por el movimiento de los músculos de su antebrazo, tuvo que esforzarse para recordar qué acababa de preguntarle.

–Mi padre volvió a casarse cuando cumplí dos años. Alesha era una prima lejana, del norte de Burquat –dijo, clavando la mirada en el plato.

–¿Eso es todo? –Sadiq estrechó los ojos.

Samia encogió los hombros levemente.

–No era... muy maternal. Creo que nos veía a mi hermano y a mí como una amenaza –miró a Sadiq–. Mi padre amaba a nuestra madre, aunque había sido un matrimonio concertado. Cuando ella murió... –hizo una pausa, recordando la insondable tristeza de su padre–, quedó devastado.

–¿Dijiste que murió al tenerte a ti?

Samia asintió y tragó saliva para controlar una intensa sensación de pérdida.

–Desarrolló pre-eclampsia, y para cuando comprendieron por qué se había adelantado el parto, era demasiado tarde. Entró en coma y murió unos días después –explicó–. ¿Tú no tuviste hermanos o hermanas? –preguntó, para desviar la atención de sí misma.

–No. Soy hijo único –esbozó una sonrisa tensa y vació la copa de un trago.

Ella comprendió que había tocado un punto sensible y eso la intrigó. Se sonrojó al ver que él había dejado la copa y la miraba atentamente.

Sadiq extendió el brazo y tomó su mano, blanca y diminuta sobre la palma de la de él. Cuando entrelazó los dedos con los suyos, Samia sintió una intensa pulsión entre las piernas. Apretó los muslos y deseó que él la soltara.

–Creo que nuestro matrimonio funcionará, Samia –Sadiq sonrió como si supiera el efecto que estaba teniendo en ella–. Subestimas tu atractivo.

Sus ojos se encontraron y ella se mordió el labio. Pensó en cómo la había mirado mientras se probaba innumerables modelos, como si fuera una yegua. Una súbita ira la llevó a replicar.

–Quieres decir que debería agradecer que no me encuentres tan repulsiva como para tener que vendarte los ojos en nuestra noche de bodas.

Él sonrió y a Samia se le aceleró el pulso.

–En absoluto, princesa Samia. Será una suerte si aguantamos hasta la boda sin acostarnos. Al fin y al cabo, somos adultos con experiencia, y ha quedado claro que no nos motiva el ideal romántico de esperar a la noche de bodas. Incluir una venda para los ojos sin duda añadiría... algo... Pero la venda no sería para mí. Quiero ver cada reacción de tu expresivo rostro cuando nos acostemos juntos por primera vez.

Un millón de cosas estallaron en la cabeza de Samia, al tiempo que adquiría consciencia de que el pulgar de Sadiq acariciaba su muñeca. Pero sobre todas dominaba la idea de que esa potente virilidad se concentrara exclusivamente en ella.

–A mí me gusta la idea de seguir la tradición –dijo, con tono recatado. Liberó su mano.

Sadiq se echó hacia atrás y Samia se preguntó cómo era posible aparecer tan relajado y tan amenazador al mismo tiempo. Una sombra de barba endurecía la línea de su mandíbula; los profundos ojos azules y la nariz aguileña tendrían que haberle dado un aspecto cruel pero, sin embargo, era uno de los rostros más bellos que había visto en un hombre. Incluyendo a su hermano, que volvía locas a todas las mujeres.

–Creo que eres una provocadora, Samia –dijo él con voz ronca–. Dices una cosa y luego me miras como si quisieras subir por encima de la mesa y devorarme. ¿Es eso lo que haces? ¿Presentas a los hombres un aspecto inocente e ingenuo y luego te vas revelando poco a poco hasta que acaban suplicándote piedad?

Samia lo miró con el rostro en llamas. Él no tenía ni idea de que su reacción se debía a que era el primer hombre que había conseguido atravesar la barrera de control que había creído impenetrable. Él era la razón de que estuviera desmoronándose y revelando su personalidad.

–No estoy provocándote. Créeme.

–Entonces, ¿Tu actuación ante el espejo era real?

¿Vas a decirme quién te provocó esa aversión a tu imagen?

–No sé de qué hablas –a Samia casi se le heló la sangre en las venas. Él estaba escarbando demasiado rápido y profundo, dejando al aire sus inseguridades–. Siempre se me dio fatal actuar.

Se levantó con tanta gracia como pudo y observó que él clavaba la mirada en su pecho antes de volver a su rostro. «¡Tú eres el provocador!», deseó gritarle.

–Ha sido un día muy largo. Si no te molesta, me retiraré por hoy –dijo, pensando que sonaba como una ridícula heroína de la época victoriana.

Sadiq se levantó e inclinó la cabeza.

–Por supuesto, como quieras. El coche te recogerá a las diez de la mañana. Me temo que no estaré aquí para desayunar, tengo una conferencia telefónica con mis ministros que durará varias horas. Te veré para cenar.

Al día siguiente, Samia agradeció poder estar tumbada mientras le teñían las pestañas. Apenas había pegado ojo tras la conversación con Sadiq. Ya le habían hecho la prueba del vestido de novia y Simone acababa de dejarla en un opulento salón de belleza. Para alguien que nunca se había hecho una limpieza de cutis ni recibido un masaje, la experiencia, aunque placentera, asustaba un poco.

Se preguntó cuántas amantes de Sadiq habían estado allí y no pudo evitar sentir un pinchazo de algo muy parecido a los celos.

Un día de la semana anterior, Samia había aprovechado la hora del almuerzo para consultar artículos de prensa sobre Sadiq en los archivos de la biblioteca. De todas las mujeres asociadas con él, un nombre se repetía más que otros, el de una conocida y bella europea de la alta sociedad. La discontinua aventura parecía haberse iniciado cuando Sadiq era muy joven, y eso había hecho sonar campanas de alarma en la mente de Samia.

Había sido testigo de cómo su hermano se había endurecido tras el fracaso de una aventura amorosa cuando tenía diecinueve años. Sabía que los hombres como su hermano y Sadiq podían cerrarse al mundo tras sentirse expuestos. El recuerdo de Sadiq en la biblioteca del castillo había adquirido un nuevo significado.

Una foto reciente de Sadiq con la misma mujer se lo había dicho todo. Estaban entrando a un exclusivo hotel de París, y Sadiq la miraba. La intensidad de su expresión le dejó claro que si ese hombre había tenido un corazón lo había perdido hacía mucho.

Esa noche, después de cenar, Samia miró a Sadiq y notó que parecía cansado.

–¿Cómo será este matrimonio? –barbotó, vehemente–. Es decir... ¿vas a tener amantes? –alzó la barbilla–. Porque no aceptaré que me ridiculices públicamente.

Samia había pasado de asumir que él tendría al menos una amante a odiar la idea con cada célula de su cuerpo.

–En primer lugar, nunca he tenido *amantes* –Sadiq esbozó una sonrisa tan burlona que ella deseó abofetearlo–. Soy hombre de una mujer. Una cada vez.

–Sabes a qué me refiero –dijo ella.

–Ahora no tengo amante, me parecería de muy mal gusto comprometerme con una mujer mientras estuviera divirtiéndome con otra. Y, en contra de lo que algunas personas creen, como por ejemplo las cotillas a las que has estado escuchando, tengo toda la intención de ser un marido fiel.

–No he estado escuchando a cotillas –se defendió Samia–. No es ningún secreto que has tenido muchas amantes.

–Mi padre exhibía a sus amantes delante de mi madre –Sadiq hizo un gesto de disgusto–. Siempre me juré no faltarle al respeto a una esposa de esa manera. Convirtió a mi madre en una reclusa.

«Una esposa». Impersonal. Samia se preguntó si la consideraba nada más «una esposa». Era obvio que sí, y eso no le gustaba nada.

–¿No te llevabas bien con tu padre? –preguntó.

Sadiq torció la boca y la miró con frialdad.

–No exactamente, no. Era un hombre airado gran parte del tiempo, por varias razones. Descargaba esa ira en mi madre, y en mí, cuando le convenía.

Samia imaginó a un niño pequeño descuidado y odiado, y se le encogió el corazón. Se preguntó si esa ira había llegado a ser violencia física. Ella se había acostumbrado a evitar las manos de su madrastra, y percibía que Sadiq también había aprendido a escabullirse. Deseó preguntarle más sobre ese tema, pero él parecía arrepentido de haber contestado, así que prefirió no insistir.

–¿Tu madre vive contigo?

–Tiene sus propias dependencias en el castillo –afirmó Sadiq–. La conocerás cuando vengas a B'harani a instalarte, antes de la boda.

A Samia se le tensó el estómago. Desvió los ojos para evitar la mirada azul que parecía traspasarla, y jugueteó con el pesado anillo.

–¿Y si...? –su voz se apagó. Samia quería preguntar qué ocurriría si ella no le gustaba en la cama, si también en ese caso se abstendría de amantes, pero no lo hizo–. ¿Y si hay problemas para tener hijos... si no me quedo embarazada?

–Me divorciaría de ti y volvería a casarme.

La rapidez y brutalidad de la respuesta llevó a Samia a mirarlo de nuevo. Abrió y cerró la boca, sin saber qué sentía al respecto.

–¿Y si eres tú quien tiene el problema?

–No seré yo –dijo él, con una sonrisa prieta.

–Podrías serlo –Samia se enderezó en el asiento, atónita por su insufrible arrogancia–. No puedes predecir el futuro. Aunque seas el sultán...

–Lo sé –la cortó él–. Me he hecho pruebas médicas y no tiene por qué haber problemas.

–Pero... ¿por qué dudaste de tu capacidad de tener hijos? –preguntó ella.

–Si me dices quién alimentó tu falta de confianza en ti misma y por qué no puedes mirarte en un espejo, te diré por qué me pareció necesario hacerme pruebas de fertilidad –sentenció Sadiq.

Tablas. De ninguna manera iba Samia a dar pie a que la compadeciera o se burlara de ella.

–Ya lo suponía –serio, se puso en pie–. Tengo trabajo pendiente en el despacho, ¿me disculpas?

–Por supuesto... –Samia se levantó, con la mente hecha un lío. Él sonaba acusador, como si estuviera enfadado con ella por sacar el tema.

–Mañana, cuando lleguemos a Londres, habrá una

conferencia de prensa para anunciar la boda, así que
vístete de forma adecuada –dijo él desde la puerta.
Curvó la boca al ver la expresión de terror de Samia–.
No te preocupes. Hablaré yo. Tú sólo tienes que estar
allí y procurar no dar la impresión de que temes ser
devorada por los tiburones.

La mañana siguiente, cuando se presentaron ante la
prensa mundial, el brazo de Sadiq rodeaba la cintura
de Samia. Las cámaras destellaban y los periodistas les
lanzaban preguntas en cinco idiomas. Sadiq contestaba
sin dudar y Samia se sentía bastante segura.

Por suerte, Simone había ido esa mañana a llevarle
fotos de accesorios para la boda. De paso, la había
ayudado a elegir un conjunto: un sencillo vestido azul
marino con chaqueta a juego. Llevaba el pelo suelto
por orden expresa de Sadiq.

–O te lo sueltas tú, o lo haré yo. Por algo le dije a
la peluquera que no quería verlo recogido –le había
comentado, ya en el jet privado.

Con alivio, Samia escuchó a Sadiq anunciar que
contestaría a una última pregunta.

–¿Podría besarla? –se oyó al fondo de la sala.

Samia no procesó las palabras hasta que sintió las
manos de Sadiq en los brazos, atrayéndola.

–Quieren una muestra de afecto pública, ¿crees que
podrás soportarlo? –él le sonrió con expresión sardó-
nica.

Samia tragó saliva, deseando negar con la cabeza.
Le parecía menos amenazador enfrentarse a una jauría
de reporteros que ver la cabeza de Sadiq acercarse
más y más a la suya.

Sadiq, por su parte, pensaba en lo irónico que era, para alguien que odiaba las muestras públicas de afecto, estar deseando besar a esa mujer delante de una multitud de periodistas. La atrajo hacia su cuerpo y le pareció tan delicada y pequeña, que, instintivamente, se curvó a su alrededor como si quisiera protegerla. Ella lo miraba como un cervatillo deslumbrado por los faros de un coche.

Sintió una descarga de adrenalina en las venas, y el primer contacto con su boca fue tan dulce que gruñó para sí. Sus labios eran tan blandos como había imaginado. Gente y entorno parecieron difuminarse mientras apretaba los brazos para acercarla aún más.

Las manos de ella aferraban las solapas de su chaqueta mientras él se ahogaba en uno de los besos más castos que había experimentado en su vida. Pero el efecto que estaba teniendo en su cuerpo, era todo menos casto. Todo él se tensaba y endurecía; supo que tenía que apartarse y recobrar la cordura. En ese momento, Samia abrió la boca y al sentir el roce tentativo de su lengua, su cerebro entró en cortocircuito.

Samia tardó un momento en darse cuenta de que Sadiq había dejado de besarla y casi la empujaba para apartarla. Se sentía desorientada y le cosquilleaban los labios. Los gritos y silbidos consiguieron que volviera a tierra y, con las mejillas ardiendo, permitió que Sadiq la condujera al coche. Le temblaban las piernas.

La ayudó a subir al coche, pero no la siguió. Samia acababa de vivir un terremoto emocional; Sadiq parecía tan tranquilo que, por un instante, ella se preguntó si se habían besado o no.

—Voy a quedarme aquí para volar a Al-Omar. Tengo que ocuparme de asuntos de Estado, llevo demasiado tiempo fuera. Estarás bien protegida. Nos veremos dentro de dos semanas.

Samia miró el duro y bello rostro del poderoso dirigente que había entrado en su vida como un vendaval, cambiándolo todo.

–De acuerdo... –aceptó, mirando hacia delante para ocultarle su confusión. El beso la había conmocionado y se sentía abandonada.

–¿Tendrás tiempo de poner tus asuntos en orden?

Samia pensó que parecía la pregunta que le harían a alguien a punto de morir. Sin embargo, a su pesar, nunca se había sentido tan viva. se tragó la emoción que le atenazaba la garganta.

–Sí. Todo irá bien –asintió con vigor, deseando alejarse de esos ojos que todo lo veían.

Un instante después el coche se ponía en marcha. Samia no volvió la cabeza para mirar a Sadiq, que siguió allí parado largo rato.

La descarga eléctrica que había recorrido su cuerpo cuando su boca entró en contacto con la de Sadiq seguía afectándola. Lo que para ella había supuesto un cataclismo, para él no había sido sino un beso aburrido y poco erótico. Recordaba como la había apartado de él, delante de la prensa mundial.

Hasta ese momento Samia había controlado lo que sentía: había accedido al matrimonio porque tenía una responsabilidad y un destino que cumplir. Sin embargo, algo había cambiado dentro de ella, dando paso a sentimientos y emociones reales. El beso había hecho que el deseo que había intentado negar saliera a la superficie y se desbordara como espuma.

En los últimos dos días había visto grietas en la coraza protectora del sultán. Había sido fácil considerarlo un hombre cínico y despiadado que siempre se salía con la suya. Sin embargo, había descubierto que una vez había estado enamorado, que su relación con su padre había distado de ser perfecta y que había crecido solo, sin hermanos. Samia no habría podido soportar el dolor que le causaba su madrastra si no hubiera tenido a su hermano y a sus hermanastras.

No pudo evitar que en su mente se formara la imagen de un niño de pelo oscuro corriendo a los brazos de Sadiq. Se llevó la mano a la boca, atónita por la idea y por el anhelo que le produjo. Nunca se había considerado maternal, y sería un suicidio emocional albergar esas fantasías cuando iba a casarse con un hombre que, en principio, vería a sus hijos como «herederos» y «reservas».

Puso freno a esos inquietantes pensamientos. Tenía que concentrarse en poner punto final a su vida en Londres. La mayoría de sus pertenencias sería trasladada a la casa de Sadiq en Londres, y el resto a Al-Omar. Pasados quince días, viajaría a su nuevo hogar, y su vida cambiaría para siempre. De todo ello, lo que más la impactaba era la idea de volver a ver a Sadiq.

Capítulo 6

DOS SEMANAS después, al final de su tercer día en B'harani, Samia supo que no tendría que haberse preocupado por cómo la afectaría ver a Sadiq, ya que él le había dedicado cinco minutos.

El día de su llegada, mientras recorría su suite de habitaciones privadas, habían llamado a la puerta, que se había abierto sin esperar respuesta. Samia había sabido que sólo podía ser él, dado que todo el mundo la había tratado con una deferencia que rayaba en lo ridículo.

Sadiq, luciendo la tradicional túnica blanca y dorada de Al-Omar, había entrado y dominado el espacio con su presencia, quitándole el aliento.

—Espero que hayas tenido un buen viaje y que la suite sea de tu agrado —había dicho él, brusco y breve, clavando en ella sus ojos azules.

Samia había asentido, abrumada por su majestuosa virilidad y por esa fría recepción.

—Todo está bien. Gracias.

—Bien. Me temo que no tendré mucho tiempo para pasarlo contigo, porque estoy intentando liberar mi agenda para la boda y la luna de miel.

Parecía cansado y Samia había sentido un absurdo pinchazo de preocupación por él.

—No tiene importancia. Lo entiendo —había dicho,

aliviada por librarse durante unos días más de ser el foco de su atención.

—No hace falta que te alegres tanto —había dicho él con voz grave y sonrisa tersa—. Haré que te enseñen el castillo y uno de mis ayudantes te mostrará B'harani. El jueves por la noche asistiremos a un evento público, antes de dar inicio a las festividades de la boda. El domingo seremos marido y mujer, y tú serás reina.

Samia volvió a la realidad. Acababa de llegar a su habitación tras cenar con Yasmeena, la madre de Sadiq, de quien él había heredado sus inusuales ojos azules. La elegante mujer la había tomado bajo su ala y le había enseñado el castillo. Era amistosa, aunque reservada, y parecía envuelta por un aire de profunda tristeza que a Samia le recordaba a su padre.

Salió a la terraza privada, en la que había una pequeña piscina decorada con coloridos mosaicos, y caminó hacia la pared de rejillas emparradas. Samia, al sentir la caricia del aire cálido en la piel, comprendió cuánto había echado de menos el calor, los espacios abiertos y el cielo inmenso y tachonado de estrellas.

Ante sus ojos se extendía la resplandeciente ciudad de B'harani, una joya de la corona de Oriente Medio, un antiguo puerto que se había convertido en una de las ciudades más desarrolladas de la región. Los rascacielos se alzaban al cielo color malva del ocaso, triunfantes ejemplos de la ambición y el éxito.

De niña, a veces había ido allí de visita y, aunque su padre fuera huésped del sultán, sus hermanos y ella se habían alojado fuera del castillo.

Siempre le había encantado B'harani, que en aquella época estaba mucho más desarrollada que Burquat. Eso no había cambiado. Si acaso la ciudad era aún más bella y fantástica. Seguían gustándole los amplios paseos arbolados y la multitud de espacios verdes en los que los niños jugaban. Sabía que Sadiq, arquitecto amateur, opinaba e influía en el diseño de cada edificio.

Sin embargo, tenía preferencia por los sucios muelles de la parte más antigua de la ciudad, rebosante de historia, mercados y olores. Barcos crujiendo bajo su carga entraban y salían del puerto día y noche. En los últimos años habían construido un moderno embarcadero dentro del viejo puerto, que Samia se había prometido visitar en cuanto tuviera tiempo.

Había paseado por la ciudad vestida con ropa discreta y ocultando su distintivo cabello bajo un pañuelo, para no llamar la atención. Aun así, sabía que pasada una semana sería uno de los rostros más conocidos del país. Sería la reina. Mientras contemplaba la ciudad sintió temor, pero también cierta sensación de responsabilidad. Desde que le había dicho que sí a Sadiq, el miedo había ido dando paso a la emoción de saber que podría hacer algo útil por el país. Algo que no había esperado sentir.

Intentó imaginar cómo sería su matrimonio con Sadiq. Cómo sería compartir dormitorio y cama. Sintió una oleada de calor en el bajo vientre. Tal vez él no querría compartir habitación, sino que iría a visitarla para cumplir sus obligaciones matrimoniales y luego se iría.

Le dio un vuelco el corazón al plantearse esa posibilidad, pero se negó a investigar por qué. Siempre había jurado que no se enamoraría, porque el amor sólo hacía daño; tendría que estar contenta por el hecho de que Sadiq quisiera mantener una relación lo más impersonal posible.

Sólo tenía que pensar en el perfume que le había llevado Alia, su ayuda de cámara. Los perfumes de Al-Omar tenían fama mundial, algunos costaban miles de dólares. Alia le había dicho que era un regalo del sultán, creado especialmente para celebrar su compromiso.

Samia casi se había mareado al olerlo. Era demasiado fuerte y almizclado para ella, que prefería los aromas delicados. Era el resumen perfecto de su situación y demostraba la falta de interés del sultán, una vez conseguida esposa.

Sadiq soltó el aire lentamente para controlar los erráticos latidos de su corazón. Aceptaba que la ambición, el peligro del desierto y las carreras de vela le acelerasen el pulso, no que lo hiciera ver a su futura esposa. Estaba en el balcón de su despacho cuando había captado un movimiento y visto a Samia, de perfil, junto a la pared que rodeaba su terraza privada.

El día estaba dando paso a la noche, pero la belleza del momento palidecía en comparación con el brillo dorado del cabello de Samia, que caía en cascada por su espalda. Llevaba unos pantalones capri y una rebeca que moldeaba su pecho. El deseo tensó su cuerpo y ardió en sus venas. Lo desconcertaba que la atracción que sentía por su prometida aumentara día a día.

Tal vez se debiera a que evocaba algo en él que no había evocado ninguna otra mujer. Algo salvajemente primitivo al tiempo que protector. Ni siquiera Analia lo había afectado así. Torció la boca con amargura. Lo de ella había sido cruel y directo, le había pisoteado el corazón; y eso no volvería a ocurrir nunca.

Según se aproximaba el día de la llegada de Samia, la irritación de Sadiq se había ido incrementando. No le gustaba anhelar el verla y por eso había sido tan brusco al darle la bienvenida. Aunque no había mentido al decirle que estaba ocupado, sabía que en parte era una excusa conveniente, y eso lo incomodaba.

El día que se había despedido de ella en Londres, después del beso, al captar su frialdad había deseado sacarla del coche, llevarla al jet privado y hacer que volara con él a Al-Omar. Se había sentido como un nómada del desierto, impulsivo y poco refinado.

Se había dicho que era por temor a que cambiase de opinión. Por eso había encargado a los guardaespaldas que vigilaran cada uno de sus movimientos, cada vez más obsesionado con ella.

Una noche había asistido a una cena con sus compañeros de trabajo, en un restaurante de Mayfair, luciendo uno de sus nuevos vestidos. Sadiq lo sabía porque el guardaespaldas le había enviado fotos. Era un vestido modesto: negro, con escote de pico, media manga y largo hasta la rodilla. Pero Samia llevaba el cabello suelto y lucía las curvas que había ocultado durante años. Por primera vez en su vida, Sadiq había sentido celos. Él había propiciado ese cambio y le molestaba que lo estuvieran viendo otros.

De repente, la figura que había abajo se apartó de la pared y entró en la casa. Sadiq, notó que estaba aferrando la barandilla de metal e hizo un esfuerzo consciente por relajarse. Su futura esposa estaba resultando ser una distracción monumental, algo que no tendría que ocurrir. Ese matrimonio era el siguiente paso para el desarrollo de su país, ni más ni menos.

Sólo tenía que conseguir que su mente dejara de volver una y otra vez a su prometida...

Al día siguiente, Sadiq miraba por la ventana del despacho cuando soltó una maldición de tal calibre que su ayudante, Kamil, enrojeció.

–¿Qué está haciendo? –farfulló, contemplando la escena que tenía lugar junto a los establos. Antes de que Kamil pudiera intervenir, se dio la vuelta–. La reunión ha terminado. Haz que ensillen a mi caballo de inmediato –salió de la habitación para ir a cambiarse de ropa.

–Pero, señor, tiene una reunión con el comité dentro de dos horas –dijo Kamil, corriendo tras él.

–Para entonces habré vuelto –replicó Sadiq.

Samia se sentía levemente culpable por haber convencido al joven mozo de cuadra de que le dejara sacar un caballo sin pedirle permiso a Sadiq. Pero empezaba a sentirse claustrofóbica y no quería molestarlo con un detalle tan nimio. Aunque el castillo Hussein era tan impresionante como vasto, con cientos de jardines escondidos y laberínticos pasillos, que se tardaría semanas en explorar, sus paredes parecían estar cerrándose sobre Samia. Fuera adonde fuera, aparecía alguien para preguntarle si necesitaba algo.

Anhelaba espacio y libertad, consciente de que cuando estuviera casada se incrementaría la sensación de claustrofobia. Tendría que dar cuenta de cada uno de sus movimientos y los largos días de agenda apretada se convertirían en la norma.

Había sentido una extraña emoción al ver los establos unos días antes. Le había encantado montar a caballo de niña, hasta que su maliciosa madrastra, dándose cuenta, había dicho que era poco femenino y le había prohibido montar.

Su hermano Kaden la había llevado con él en excursiones a caballo, a escondidas, así que no había perdido su destreza. El poderoso semental se movía inquieto bajo ella, y Samia, jubilosa, sentía la fuerza de sus enormes músculos. A partir de allí las verjas se abrían al desierto, que se extendía kilómetros y kilómetros hacia el norte, hasta Burquat, de hecho. Samia sintió un pinchazo de añoranza por su tierra. Aguijoneó al caballo y dejó el castillo atrás.

Sadiq la veía en la distancia, entre las nubes de arena que levantaban los cascos del caballo. Samia, con el cabello al viento, parecía diminuta sobre el enorme animal negro. Ni siquiera llevaba sombrero, y a Sadiq le bullía la sangre en las venas mientras empezaba a acortar distancias. Sin duda, era buena jinete, pero eso no aplacó su ira.

Samia no percibió su presencia hasta que oyó un ruido atronador a su espalda. Volvió la cabeza y vio un semental, de tamaño casi mítico, y el rostro lívido de Sadiq. Comprender que la seguía la llevó a cabalgar más rápido. Sabía que era una reacción profunda y primitiva, debida al efecto que ese hombre tenía en ella.

Sin embargo, Sadiq no tardó en alcanzarla y agarrar las riendas de su caballo para detenerlo. Segundos después, saltaba al suelo y hacía desmontar a Samia. A ella le temblaban tanto las piernas que sólo se mantenía en pie gracias a que él agarraba su cintura con sus enormes manos. Sadiq estaba espectacular. La brisa hacía que la larga túnica se pegara a su cuerpo, y se había arrancado el turbante que había protegido sus ojos y boca de la arena. Los ojos azules, diamantes de hielo, resaltaban contra su piel. Podría haber sido un nómada del desierto.

Samia sintió una oleada de deseo. Esa reacción la irritó y se libró de sus manos de un tirón.

–¿En qué estabas pensando? Podrías habernos matado a los dos. Habría parado yo sola.

–¿Por qué espoleaste al caballo al verme? –estaba muy serio–. ¿Quién te dijo que podías sacar a uno de los caballos más peligrosos de los establos?

Samia recordó que el joven mozo de cuadra le había suplicado que esperase a su superior antes de elegir un caballo, pero ella le había asegurado que podía manejar a cualquiera de ellos.

–Soy buena jinete –se defendió.

–Galopar hacia el desierto sobre un caballo poderoso requiere mucha destreza. ¿Qué habrías hecho si se hubiera negado a parar? No conoces el terreno. A un kilómetro de aquí el desierto termina al borde de un acantilado.

Samia palideció. La aterrorizaba pensar que había estado galopando hacia un precipicio. Por eso Sadiq había ido tras ella, lívido.

–No sabía que podía ser peligroso.

En ese momento, Samia temió que Sadiq fuera a ser como su madrastra, negándole todo placer en la vida, limitándola hasta que su personalidad se difuminara de nuevo. Comprendió que en esas últimas semanas una parte de ella, que le habían negado mucho tiempo, había empezado a despertar, y no quería volver a perderla.

–Siento haber salido sin pensar en el riesgo, pero no quiero estar en el castillo como un pájaro enjaulado –le dijo con un tinte de desesperación–. No puedes impedirme que haga lo que quiero.

Sadiq miró a la mujer que tenía ante él. La descarga de adrenalina empezaba a convertirse en algo más ardiente y peligroso. El cabello de Samia, recogido con una cinta, caía sobre su hombro como una cascada de oro rojizo. La blusa de seda se había salido de los ajustados pantalones de montar, embutidos en botas de cuero.

La blusa, húmeda de sudor, se pegaba a sus pechos, que subían y bajaban con su respiración agitada. Estaba lo bastante cerca como para captar su delicado aroma, y eso le hizo recordar el perfume que había aprobado para ella como regalo. Supo de inmediato que había cometido un error. Era apropiado para otro tipo de mujer.

–No tengo intención de impedirte que hagas nada, si estás a salvo. Pero puedo impedir que me vuelvas loco –dijo, llevando la mano hacia ella.

–¿Qué quieres...? –Samia no pudo decir más. Sadiq la había atraído hacia su cuerpo y bajaba la cabeza para buscar su boca.

El desierto y los caballos desaparecieron para ser sustituidos por el deseo de fundirse con ese hombre, de perderse en él y olvidar la realidad. Comprendió que desde el beso de Londres, había estado deseando tocarlo de nuevo.

Se aferró a la túnica de Sadiq, sintiendo los músculos de su pecho bajo las manos. La lengua de Sadiq acarició el borde de sus labios y ella abrió la boca con un gemido de necesidad. Él demostró que era un maestro en el arte de besar.

Puso una mano en su nuca, haciéndola cautiva de su ataque erótico, y deslizó la otra desde su cintura hacia sus nalgas, alzándola hacia él. Samia se quedó inmóvil al sentir la dureza de su erección en el vientre. Sus alientos se fundieron. Llevada por un impulso incontrolable, se arqueó hacia Sadiq anhelante de deseo. Aplastó los senos contra su pecho y rodeó su cuello con los brazos. El beso siguió y siguió, tan ardiente que Samia creyó que la consumiría allí mismo.

Cuando Sadiq empezó a apartarse, ella emitió un gemido de protesta involuntario. Él echó la cabeza hacia atrás y, lentamente, el oxígeno y la cordura volvieron al cerebro de Samia. Le pareció que tardaba una eternidad en poder abrir los ojos, para encontrarse con dos tormentosos océanos azules. Seguía agarrada a su cuello y notó que la erección de él no había disminuido; tuvo que controlar el deseo de restregarse contra su pelvis.

La neblina de su cerebro dio paso a la incredulidad. La había besado como un hombre que, perdido en el desierto, hubiera encontrado agua y deseara ahogarse en ella. O tal vez había sido ella quien buscaba ahogarse en él.

Al darse cuenta de que aún lo aferraba como un pulpo, lo soltó. Sintió la absurda necesidad de pedirle disculpas mientras se preguntaba si se había lanzado sobre él rindiéndose a un deseo del que no había sido consciente.

Él alzó su barbilla, obligándola a mirarlo. Estaba tan guapo que el vientre de Samia se tensó de deseo.

–Veo que cuestionas lo que acaba de ocurrir –Sadiq sonrió–. Te he besado porque apenas he pensado en otra cosa desde la última vez que lo hice. Quería besarte porque sólo puedo pensar en tu cara, tus ojos, tu boca – miró sus labios.

Samia tragó saliva y se preguntó si estaba soñando. Veía los caballos a unos pasos y sentía el calor del sol. Frunció el ceño, intentando encontrar sentido al cambio de situación.

–Pero... ¿por qué no has querido pasar tiempo conmigo?

–Precisamente por lo que acaba de ocurrir –Sadiq hizo una mueca, soltó su barbilla y se dio la vuelta–. Pierdo el control cuando estoy contigo.

Samia parpadeó, atónita por lo que había oído. Buscando clarificación, le tocó el brazo para que la mirara de nuevo.

–No sé... Lo que dices me parece una locura –dijo, convencida de que tenía que estar mintiendo o burlándose de ella–. No te creo.

Un hombre tan guapo y poderoso no podía estar diciendo que ella le hacía perder el control.

–Yo tampoco lo creía –dijo él con amargura.

Samia se sonrojó. Esa frase la convenció de que él pensaba que la esposa fea y aburrida que había elegido le estaba fallando. Alzó la barbilla, con un nudo en la garganta. Empezaba a ser ella misma de nuevo y eso irritaba a Sadiq porque no encajaba con sus planes.

–Es obvio que no lo esperabas, pero como vamos a casarnos supongo que... –hizo acopio de valor para seguir– ...que facilitará las cosas, ¿no?

–¿En la cama, quieres decir? –enarcó una ceja. Samia, roja, asintió con la cabeza–. Sin duda hará que todo sea más placentero –afirmó él con voz seductora–. El único problema será concentrarme en los asuntos de Estado en vez de en el delicioso cuerpo de mi esposa. No había contado con eso.

Samia recordaba muy bien la conversación con el abogado que había oído, y las razones por las que quería una esposa anodina: porque su país era lo primero y quería evitar distracciones.

–No voy a pedirte disculpas por tu fracaso a la hora de elegir una esposa que te librara de los inconvenientes de la atracción –le escupió, molesta–. Está claro que el problema reside en tu exceso de libido. Estoy segura de que cualquier mujer te causaría el mismo efecto.

Samia caminó hacia el caballo, agarró las riendas y montó con agilidad. Emprendió el camino de vuelta, sin molestarse en comprobar si Sadiq la seguía. Tensó la espalda y contuvo el deseo de huir al galope al oírlo detrás de ella.

Sadiq había estado a punto de detenerla. Pero si hubiera seguido besándola habría acabado haciéndole el amor sobre la arena, sin duda.

Ella se equivocaba. Ninguna otra mujer habría podido excitarlo tanto. Había rechazado a algunas de las mujeres más bellas del mundo y, si le interesaban, le costaba muy poco olvidarlas. Nunca se había perdido en un beso como acababa de hacer con Samia. Su mezcla de inocencia y sensualidad le habían derretido el cerebro.

Había creído que su capacidad de control con sus amantes se debía a la dura lección aprendida cuando había sido tan joven e ingenuo. Pero empezaba a creer que no había perdido el control porque no había sentido un deseo tan intenso que lo arrasaba todo a su paso. Como el que lo llevaba a querer sentir el cuerpo de Samia junto al suyo.

Para no analizar esas incómodas revelaciones, decidió actuar. Alcanzó a Samia y, a pesar de sus protestas, la arrancó de su silla y la sentó ante él, entre sus piernas. Tomó las riendas de su caballo con una mano mientras ella maldecía, rígida.

–Relájate, Samia –le susurró al oído–. Te equivocas. En este momento no existe otra mujer en el planeta capaz de hacerme perder la cabeza con un simple beso.

Rodeó su cintura con un brazo y, triunfal, sintió que se relajaba contra él. Tuvo que apretar los dientes para no introducir la mano en los pantalones de montar y comprobar si el contacto de erección y nalgas estaba teniendo en ella un efecto tan incendiario como en él. El resto de la cabalgata de vuelta fue una extraña mezcla de excitación y tortura.

Unas horas después Samia, secándose tras una larga ducha, no podía dejar de pensar en la imponente erección de Sadiq presionando su trasero. Para cuando habían llegado al castillo se había sentido débil como un gatito.

–No olvides el evento público de esta noche. Iré a buscarte a las siete –le había recordado Sadiq, antes de dirigirse a una importante reunión.

En ese momento llamaron a la puerta del cuarto de baño. Samia abrió, envuelta en una toalla. Alia, de blanco impecable, como todos los sirvientes de Sadiq, le mostró un vestido largo.

–Vengo a ayudarla a vestirse, Alteza.

–Bien, saldré enseguida –Samia, aunque nerviosa por la velada que tenía ante sí, le sonrió.

Capítulo 7

UNA HORA después, nerviosa, Samia esperaba a Sadiq. Cuando llamaron a la puerta, Alia abrió y dio un paso atrás haciendo una reverencia, después salió de la habitación y cerró la puerta. Sadiq estaba impresionante con esmoquin, y Samia recordó el día que lo había visto en la biblioteca, besando a una mujer. Él, con las manos en los bolsillos, la miró largamente.

–Alia dijo que era el peinado apropiado para este vestido –se excusó ella, llevándose la mano al cabello, recogido en un complicado moño.

–¿Aún no te has mirado al espejo? –preguntó él con una sonrisa. Ella se ruborizó y negó con la cabeza–. Ven aquí –musitó él.

Ella obedeció, sintiendo el roce de la seda del vestido en las piernas. Tenía los nervios a flor de piel. Él, igual que la vez anterior, puso las manos sobre sus hombros y la hizo girar para enfrentarla al espejo. Samia desvió la mirada instintivamente.

Al oír un suspiro a su espalda, se obligó a mirar su imagen. Ante el espejo vio a una persona que no reconocía. Una mujer con el pelo recogido en ondas sueltas que hacían que su cuello pareciera largo y elegante. El maquillaje daba a sus ojos un tono azul ahumado, enmarcado por pestañas largas y oscuras. Tenía las mejillas rosadas y labios jugosos. Los hombros desnudos y blancos conducían la mirada hacia el generoso y sensual escote del corpiño del vestido gris plata.

Alzó la vista y se tapó el pecho con las manos.

–No sabía que...

–¿Qué tenías pechos? –él sonrió y le dio la vuelta–. Pues los tienes... Y estás bellísima.

Samia abrió la boca, pero Sadiq se la tapó con una mano, para impedirle hablar.

–No. Nada de dudas. Esta noche será nuestra presentación al mundo y tienes que empezar a creer en ti misma. Si notan la más mínima inseguridad, saltarán como fieras –retiró la mano.

Samia no había esperado nada similar. Se preguntó si él intentaba imbuirle confianza antes de su presentación pública. Pero el leve deje incrédulo de la voz de Sadiq le hacía pensar que tal vez halagara su belleza en serio. Al fin y al cabo, ni ella misma se reconocía.

Él sacó del bolsillo una bolsita de terciopelo que vació en la palma de su mano. Eran unos fabulosos pendientes de platino y diamantes, largos y elaborados, que le entregó a Samia. Ella se volvió hacia el espejo y se los puso.

–Gracias. Tendré cuidado con ellos esta velada –le dijo. Él la miró, asombrado por su reacción.

–Son tuyos, Samia. Todo lo que te dé a partir de ahora es tuyo para siempre –agarró su mano para conducirla fuera de la habitación.

–También te agradezco el perfume –dijo, al verlo mirar el frasco que había en la mesa.

–Pues no te lo has puesto –dijo él, seco.

–Es fantástico..., pero un poco fuerte –se excusó ella, maldiciendo su sentido del olfato.

–Hoy me di cuenta que no era adecuado para ti –admitió él con una mueca–. Ya he encargado otro, que estará listo para nuestra boda.

–Gracias –musitó Samia mientras salían al pasillo. La había sorprendido que admitiera su error. Supo que si el siguiente perfume le gustaba, tendría problemas emocionales, y no pocos.

A la luz de las farolas, caminaron en silencio hacia la zona principal del castillo.

–¿Preparada? –preguntó Sadiq cuando llegaron a la escalinata que descendía a la zona de recepción y el salón de banquetes.

«No, y no creo que lo esté nunca», estuvo a punto de decir Samia, pero se contuvo.

–Preparada –dijo. Tenía el corazón desbocado.

–Buena chica –Sadiq se llevó su mano a los labios y depositó un beso en la palma.

Abajo había mucha gente. Mujeres como aves del paraíso, con vestidos y joyas deslumbrantes, y hombres elegantes luciendo esmoquin oscuro o túnica tradicional. Sadiq agarró su brazo e iniciaron el descenso. Samia intentó sonreír, aunque se sentía como si estuviera entrando en la guarida de una manada de leones.

Dos horas más tarde, a Samia le dolían los pies, la cabeza y hasta el rostro, de sonreír. Había cenado sentada junto a Sadiq, y en ese momento socializaban con lo mejor de la sociedad de Al-Omar y los jefes de Estado visitantes, como el jeque Nadim y su esposa, de Merkazad.

El resto de los invitados llegaría al día siguiente, al igual que el hermano y las hermanastras de Samia.

De repente, alguien se llevó a Sadiq y ella sintió una punzada de pánico. Por suerte, apareció Yasmeena y la agarró del brazo. Samia sonrió.

–Estás deslumbrante –le dijo.

–Gracias –Samia contuvo el impulso de negar el cumplido–. Tú también, Yasmeena.

–Vas a ser muy buena para mi hijo. Lo presiento –dijo la mujer, sonriente.

–Espero no defraudarlo –Samia se sonrojó al darse cuenta de que lo decía en serio. En algún momento, había entregado su lealtad a Sadiq, y se sentía responsable ante él y su país.

–No lo harás –Yasmeena le apretó el brazo–. Todo el mundo está cautivado contigo, Samia.

–Yo no diría tanto –Samia sonrió débilmente. En ese momento, vio a Sadiq por el rabillo del ojo. Alto e imponente, estaba guapísimo.

–Te gusta, ¿verdad? –preguntó Yasmeena. Samia se volvió hacia ella.

–Bueno... sí, claro que sí... pero es un matrimonio de conveniencia. Ya lo sabes –dijo, a la defensiva, sintiéndose expuesta. Yasmeena no pareció notarlo; se había sumergido en un espacio interno de profunda tristeza.

–Siempre he deseado más para Sadiq. No quería que tuviese un matrimonio estéril, como el que tuve yo con su padre. Pero él será bueno contigo. Su padre no era... un hombre bondadoso. Sadiq no es blando, pero sí compasivo. Me temo que no estamos muy unidos. Su padre lo envió a un internado cuando era muy pequeño...

–¿Cuántos años tenía? –preguntó Samia.

–Ocho –Yasmeena sonrió con tristeza–. Lo envió a Inglaterra; le dijo que eso lo endurecería.

Samia miró a Sadiq. Parecía muy compuesto y seguro de sí mismo. Él sonrió al captar su mirada, pero al ver a su madre la sonrisa se apagó. Samia sintió un escalofrío interno.

–Eres una chica sensata. Ojalá yo lo hubiera sido tanto a tu edad –la madre de Sadiq le dio una palmadita en la mano–. Quiero lo mejor para ti y para mi hijo –hizo una pausa–. Pero desearía que él no fuera tan cínico...

–Madre –intervino Sadiq con voz fría–. Necesito robarte a mi prometida –rodeó la cintura de Samia con un brazo firme como el acero.

Yasmeena sonrió levemente, como si la frialdad de su hijo no la afectara. Samia se preguntó por qué Sadiq parecía rechazarla, pero él empezó a presentarle a los miembros de su gobierno y tuvo que centrarse en sobrevivir.

Samia suspiró con alivio cuando, mucho después, Sadiq presentó sus excusas y la sacó de allí. Esa vez no le dio la mano. Ella intentó no molestarse, ni pensar que había sido amable antes del evento para conseguir que diera la impresión de estar encandilada con él. Aunque los presentes supieran que se trataba de un matrimonio de conveniencia, Sadiq era orgulloso y no le habría gustado que su prometida pareciera enfurruñada.

Sadiq se había detenido al final de la escalera y Samia, que no se había dado cuenta, chocó contra él y estuvo a punto de caer hacia atrás. Sadiq la atrapó y la estrechó contra su pecho.

–Lo siento –Samia alzó la vista. Tenía el corazón desbocado–. No miraba por dónde iba.

–Primero sales a cabalgar al desierto y ahora intentas tirarte escalera abajo... –Sadiq movió la cabeza con severidad simulada–. Se podría pensar que aún intentas librarte de esta boda.

Samia negó con la cabeza, hipnotizada por las motas de color azul oscuro que salpicaban el iris de los ojos de Sadiq. La estaba apretando tanto que sentía la dureza de su pecho y de su abdomen. Sus senos se hincharon bajo el corpiño. Dio un paso atrás y gimió al sentir un tirón de pelo.

–¿Te he hecho daño? –Sadiq se tensó.

–No. Se me ha enganchado el pelo.

–Ven aquí –Sadiq avanzó por el pasillo y la apoyó en la pared. Después, empezó a quitarle las horquillas hasta que el pelo cayó suelto sobre sus hombros–. Llevo toda la noche deseando hacer esto –dijo, con voz ronca.

Samia sintió las manos de Sadiq masajearle el cuero cabelludo. La invadió una deliciosa languidez y se inclinó hacia él. Las manos enmarcaron su rostro.

Abrió los ojos y sintió júbilo al ver que la cabeza de él descendía. Esperó su beso con la boca entreabierta, anhelando saborearlo.

Sadiq abrazó a Samia mientras bebía su dulzura. Le había costado un gran esfuerzo no sacarla antes de la fiesta. Había tenido que contenerse para no interrumpir las conversaciones banales que había mantenido con multitud de hombres empeñados en presentarle sus respetos. Por primera vez en su vida había sido consciente de una sola mujer en toda la sala. De ella.

Cuando la había visto hablar con su madre, se había sentido muy expuesto. Igual que siempre que su madre lo miraba con esos ojos tan tristes.

De repente, Sadiq se dio cuenta de que estaba a punto de bajar la cremallera del vestido de Samia en uno de los pasillos principales del castillo. Campanas de alarma rasgaron la neblina de deseo que lo había desorientado.

Samia percibió su cambio de humor cuando él se echó hacia atrás. La miraba casi acusador, así que se recompuso rápidamente, ocultándole su horror por el hecho de que habían estado besándose como adolescentes. Volvió a tener la terrible sensación de haberse abalanzado sobre él.

—Te escoltaré a tu habitación —dijo Sadiq con calma, como si no hubiera ocurrido nada.

Samia sacudió la cabeza e intentó protestar. Al ver las horquillas en el suelo se puso roja como la grana. Sadiq tensó la mandíbula al ver que se agachaba para recogerlas.

—Déjalas.

—Pero...

—He dicho que las dejes. Alguien las recogerá.

Un instante después se cruzaron con un sirviente y Sadiq le dio una orden. Samia se sonrojó, avergonzada por lo que podía pensar.

Cuando llegaron a su puerta, Sadiq la abrió y le cedió el paso. Samia entró conteniendo la respiración para no inhalar su aroma viril.

—Buenas noches, Samia. Hoy te has defendido muy bien.

Ella lo miró y vio su habitual expresión inescrutable. Era un hombre distinto del que la había besado dos minutos antes. Le sonrió.

–No ha sido tan terrible como temía.

–¿Ves? Ya te dije que no tenías de qué preocuparte.

Nada de lo que preocuparse. Samia se recolocó para facilitar el acceso a las mujeres que estaban pintándole tatuajes de henna en las manos y los pies. Era la víspera de la boda y había sido lavada, depilada y mimada de arriba abajo. Había pasado una hora estudiando la etiqueta de boda de Al-Omar, y el secretario de Sadiq había repasado con ella los eventos que tendrían lugar los tres días siguientes. Todo era muy complicado.

Empezarían con la ceremonia civil, presidida por un oficial. Tradicionalmente, Samia y Sadiq tendrían que dar su consentimiento a la boda por separado, pero él le había dicho que lo harían juntos, y ella agradecía ese guiño a la modernidad. Después habría un banquete de celebración.

El segundo día habría varias apariciones públicas y cócteles y aperitivos para dar la bienvenida a los invitados. El tercero se casaría con Sadiq públicamente, vestida de novia y observada por medio mundo. La ceremonia iría seguida de otro suntuoso banquete y un baile.

Nada de lo que preocuparse. Samia tenía que admitir que su aprensión había disminuido mucho tras el evento de la noche anterior. Se estremeció al recordar el beso que habían compartido.

Horas después, ya de noche, Sadiq estaba ante su escritorio intentando cerrar asuntos pendientes antes de la boda y la luna de miel. Pero no podía dejar de pensar en una persona.

Tenía que admitir que Samia tenía aptitudes para ser una reina dinámica. La había visto en acción la noche anterior. Tras soltarse de su brazo, había circulado por el salón con una facilidad innata que sólo podía provenir de su sangre y su educación. Más de una persona lo había felicitado por su elección, y había causado cierta sorpresa que hubiera elegido a una mujer tan aparentemente modesta y poco pretenciosa.

Había observado cómo hacía que la gente se sintiera cómoda con un mero comentario, y se había enorgullecido de que su instinto no le hubiera fallado. Pero, sobre todo, se había sentido orgulloso de ella, a la par que protector, porque era consciente de su nerviosismo. Sin embargo, al final ella había estado cómoda sin él, y casi le había molestado que no lo necesitara.

Suspiró y se pasó la mano por el pelo. Sabía que Samia llevaba todo el día preparándose para la boda e imaginó su cuerpo desnudo a la salida de un humeante baño perfumado. Maldiciéndose por volver a pensar en ella, se levantó para irse. Pero vio una caja sobre el escritorio y, diciéndose que sabía lo que hacía, la agarró y puso rumbo a los aposentos de Samia.

Samia estaba atándose la bata cuando llamaron a la puerta. Alia acababa de irse, tras dejarlo todo listo para el día siguiente, así que Samia abrió con una sonrisa, suponiendo que era ella.

–¿Has olvidado alguna...? Oh, eres tú –su piel se perló de sudor al ver a Sadiq. Se sentía semidesnuda con la vaporosa ropa de noche.

Al ver su atuendo y cómo la seda acariciaba la curva de su cintura y de sus pechos, Sadiq se maldijo en silencio por haber ido a verla. La excitación fue inmediata. Se había engañado al pensar que podía ir allí, darle lo que llevaba y marcharse de nuevo.

Mentalmente, saltó una línea invisible. Ya no había marcha atrás. No podía alejarse de ella.

Samia vio una expresión enigmática en su rostro y sintió un cosquilleo en el estómago.

–¿Puedo entrar?

Samia sabía que lo correcto, por muchas razones, sería decirle que no y cerrar la puerta. No lo hizo, por muchas razones. Se apartó para dejarle entrar, hechizada por el brillo de sus ojos.

Sadiq cerró la puerta y le ofreció una exclusiva caja rojo y oro. El nuevo perfume. Ella tuvo miedo de abrirlo. Llevó la mano hacia la caja, deseando que él no esperase a ver su reacción, pero Sadiq lo alzó para que no lo alcanzara.

–Sadiq, ¿qué quieres? –le preguntó, desconcertada–. En teoría no está permitido que nos veamos la noche antes de la boda.

–Esas nociones románticas no son aplicables en nuestro caso –dijo él con una sonrisa burlona.

–No, desde luego –Samia no necesitaba que se lo recordara. Bajó la vista un instante, ocultándole un pinchazo de dolor, y luego lo miró a los ojos, desafiante–. No te preocupes, no creo en el amor. He visto la amargura y destrucción que causa.

–Bien. En esto estamos totalmente de acuerdo –contestó Sadiq con ligereza–. Quería darte este perfume antes de mañana.

—¿Y por qué no me lo das? —preguntó ella, intentando controlar su respiración.

—Porque quiero enseñarte dónde ponerlo para conseguir el efecto más potente —respondió él con voz
sensual y aterciopelada.

—Sadiq... —protestó ella, al ver que llevaba las manos al cinturón de la bata. Él siguió adelante.

Desató el cinturón e hizo que la bata cayera al suelo.
Samia estaba ante él cubierta por una negligé que era
como una segunda piel. Habría dado igual que estuviera desnuda. Recorrió su cuerpo con la mirada y vio
como sus pezones se henchían contra el encaje de la
prenda.

Sadiq sacó la botella de perfume de la caja y, sin
dejar de mirarla, quitó el tapón dorado y apoyó la boca
de la botella en la cara anterior de una de sus muñecas.
Ella sintió una gota diminuta e imaginó cómo se va-
porizaba al entrar en contacto con su piel ardiente.

—Es tan potente que basta con una gota.

Casi antes de olerlo supo que esa vez él había acer-
tado. El perfume era tan ligero que apenas se percibía,
pero a los pocos segundos de mezclarse con su piel
notó un leve aroma a rosas frescas. Era como Inglaterra
a final de verano, cuando el aire se saturaba de aroma.
Samia gimió de placer.

—Creo que éste es más tú, ¿no?

Samia sólo fue capaz de asentir, temblorosa. Sadiq
se había puesto unas gotas de perfume en la punta del
dedo, lo había posado en la base de su cuello y descendía por su esternón hasta el escote.

Ella puso la mano sobre la de él, deseosa pero al
mismo tiempo insegura.

—Sadiq, espera, no deberíamos...

–¿Quién lo dice? –él enarcó una ceja–. Somos reyes, Samia. Nadie puede decirnos qué hacer. Y te deseo tanto que siento dolor –con ojos febriles, agarró la mano que cubría la suya y la colocó sobre su pulsante erección. Samia bajó la vista, el tatuaje de henna resaltaba en el dorso en su mano y parecía gritarle «Haz tuyo a este hombre».

Lo miró a los ojos y supo que nada importaba excepto el calor que los abrasaba en ese momento.

–No quiero parar... –dijo con voz ronca–. Yo también te deseo.

–Bien. Porque creo que no habría tenido fuerza para darme la vuelta y salir de la habitación.

El perfume que había pedido que crearan para ella parecía dar fuerza al momento. Samia vio a Sadiq dejar la botella sobre una mesa. En la penumbra, su piel tenía un tono moreno dorado. Era tan guapo que la dejaba sin respiración. Instintivamente, llevó la mano a su mandíbula y acarició la piel rasposa por la barba. Notó que un músculo se tensaba bajo su palma.

–Basta –dijo él. Se llevó su mano a los labios y la besó con tanta intensidad que ella temió derretirse allí mismo.

Capítulo 8

SADIQ le hizo bajar la mano. Samia lo vio inspirar profundamente y la alegró saber que tenía que esforzarse para mantener el control. Él introdujo los dedos bajo los tirantes de la negligé y los deslizó hombros abajo.

La fina seda descendió hasta detenerse en la zona más prominente de sus senos. Sadiq colocó un dedo en el valle de su escote y tiró del material hacia abajo. Le brillaban los ojos.

–Eres bellísima –dijo, con voz ronca.

Por primera vez, Samia no tuvo una reacción negativa refleja. Pero la expresión de Sadiq le hizo comprender que tenía que ser sincera con él antes de ir más lejos.

–Hay algo que necesito decirte.

–¿Sí?

–No tengo experiencia –confesó ella.

–Ya lo supuse cuando estábamos en Londres –Sadiq esbozó una sonrisa.

Ella negó con la cabeza, algo molesta por haberle parecido inexperta a pesar de sus esfuerzos.

–Lo que intento decirte es que no tengo ninguna experiencia. En absoluto.

–¿Qué insinúas? –Sadiq arrugó la frente.

–Soy virgen, Sadiq –dijo ella con amargura–. Una

virgen de veinticinco años de edad. Por asombroso que te parezca, tu análisis sobre mi existencia monjil no iba mal encaminado.

Avergonzada, subió el camisón para taparse los pechos y se dio la vuelta.

Sadiq, atónito, miró su espalda. ¿Era posible que fuera virgen? Al recordar cómo había vestido cuando la conoció, supo que sí. Sospechó que la culpa era de algún idiota que había reforzado el destrozo emocional inflingido por la persona que había conseguido que odiara mirarse al espejo.

—¿Quién tiene la culpa de eso? —preguntó.

—Un tipo de la universidad que había apostado con los amigos que podría seducir a la princesa.

Sadiq sintió rabia y cólera, seguidas de algo primitivo, casi triunfal. Ella era suya y no sería de ningún otro. Nunca. Puso las manos sobre sus hombros, la volvió hacia él y alzó su barbilla.

Su mirada, defensiva y desafiante al tiempo, exacerbó su instinto protector. Era como un gatito que mostraba las uñas, afiladas pero inofensivas. La atrajo hacia sí.

—Menudo idiota. A ver... ¿por dónde íbamos?

Sadiq volvió a bajar los tirantes del camisón, desnudando sus perfectos pechos. Se alegró de que le hubiera confesado que era virgen, porque estaba tan excitado que podría haberle hecho daño si no lo hubiera sabido.

Que Sadiq aceptara su inocencia sin protestas dio mucha seguridad a Samia. Le gustaba que la estuviera mirando como si fuera la única mujer en el mundo, así que acalló a la vocecita insidiosa que argüía que seguramente había mirado así a todas las mujeres que habían estado con él.

Un leve tirón y el camisón cayó hasta la cintura. Sadiq moldeó sus pechos, probando su firmeza y peso, acariciando los duros pezones con los pulgares. Samia se mordió el labio.

Sadiq tomó su mano y la llevó a la cama. Se sentó y la colocó entre sus piernas. Atrapó un pecho con la boca y después el otro, provocándole gemidos de placer. Ella dejó caer la cabeza hacia atrás mientras él succionaba sus pezones.

Notó que tiraba del camisón hasta conseguir que cayera al suelo. Con un movimiento rápido y fluido, Sadiq la tumbó de espaldas en la cama y empezó a desvestirse. Primero se quitó la camisa y luego llevó las manos al cinturón. Samia se sentó y miró la incitante hilera de vello oscuro que se perdía bajo el pantalón. Él se quedó inmóvil.

—Quiero que lo hagas tú —le dijo.

Sintiéndose inexperta y nerviosa, Samia se puso de rodillas y estiró los brazos, muy consciente de los tatuajes que serpenteaban por ellos. Lo que estaba haciendo le parecía ilícito, decadente y muy excitante.

Temblorosa, tardó lo suyo en desabrochar cinturón, botones y cremallera, pero por fin se encontró bajándole el pantalón y la ropa interior, liberando su impresionante erección. Samia palideció, insegura y dubitativa.

—Sadiq, yo... —empezó, preocupada.

—Shh, calla —le puso un dedo en los labios.

Terminó de desvestirse y se tumbó junto a ella. Samia sentía la fuerza de su erección contra el vientre. Instintivamente, se movió buscando la fricción para calmar el ardor que sentía entre las piernas. Le gustaba sentir ese cuerpo duro y musculoso junto a la suavidad del suyo.

Él la besó larga y pausadamente, como si tuvieran todo el tiempo del mundo. Después deslizó la mano dentro de las bragas de seda y sus dedos descubrieron ese lugar húmedo y ardiente.

Ella se deshizo de deseo mientras los dedos presionaban, a veces rápido, haciéndole arquear la espalda hacia su mano, a veces lento, obligándola a gemir con desesperación y anhelo.

Le bajó las bragas y Samia se liberó de ellas de una patada. Después Sadiq abrió sus piernas y ella se dejó hacer. La vergüenza y la timidez eran cosa del pasado, se había convertido en su esclava.

Descendió por su cuerpo besándola, hasta que llegó a su sexo. Samia dejó de respirar cuando la expuso con los dedos y empezó a lamer y succionar la parte más íntima de su cuerpo. Sentía un placer indescriptible.

—Sadiq, por favor... No puedo... —Samia, incoherente, movía las caderas buscando liberar la placentera tensión, hasta que Sadiq colocó una mano sobre su vientre para sujetarla. Introdujo un dedo en su interior y ella se sintió a punto de estallar. Las oleadas se sucedieron cada vez más rápido y el cuerpo de Samia se tensó antes de lanzarse a un océano de exquisitas sensaciones.

Sadiq tenía la frente perlada de sudor. Había necesitado todo su control para no dejarse llevar. En especial cuando había sentido las primeras contracciones del orgasmo de Samia. Nunca había conocido a una mujer tan receptiva. Se enorgullecía de ser un buen amante, pero siempre había tenido la impresión de que las mujeres se reservaban algo, como si no pudieran rendirse del todo. No era el caso de Samia: su entrega era salvaje y total.

Contemplando sus deliciosas curvas, los pezones rosados y el glorioso cabello que orlaba su cabeza, le parecía increíble haberla considerado poco atractiva. Su piel resplandecía bajo una fina capa de sudor y sus ojos lo miraban enormes y dulces. Se estiró y besó sus deliciosos labios, disfrutando cuando ella buscó su lengua y exploró su boca como si le fuera la vida en ello.

Rezando para no perder el control, se situó entre sus muslos y, con cuidado exquisito, colocó la punta de su erección entre los húmedos pliegues. Samia alzó las caderas, facilitándole la entrada, y él apretó los dientes.

—Espera... tengo que ir despacio... No quiero hacerte daño.

—No importa... —Samia sólo sabía que quería unirse a él de la forma más básica y primitiva.

Con un gruñido, Sadiq la penetró y Samia se preguntó a qué venía tanto misterio. Pero con la segunda embestida sintió un dolor intenso y cegador, como si un rayo devastara su cerebro.

Instintivamente, intentó apartarse de Sadiq. Emitió un gemido agónico.

—Lo sé... —la tranquilizó él–. Lo siento. Dolerá sólo unos minutos.

—Sadiq... —sollozó Samia, aferrándose a sus brazos al comprobar que el dolor se intensificaba–. No sé si puedo...

—Sé que te duele. Pero confía en mí, ¿vale?

Samia lo miró con los ojos llenos de lágrimas, y asintió, mordiéndose el labio.

—Intenta relajarte, *habibti*... estás muy tensa.

A Samia la emocionó que utilizara ese término cariñoso. Inspiró profundamente y se concentró en relajar los músculos que aferraban el miembro de Sadiq como unas tenazas. Sintió que penetraba un poco más, como si algo hubiera cedido. Como por arte de magia, el dolor empezó a disminuir y ella soltó el aire poco a poco.

—¿Estás bien? —preguntó Sadiq.

Samia asintió y él siguió profundizando, centímetro a centímetro, hasta llenarla por completo. Después se retiró casi del todo. La siguiente penetración fue más fácil y Samia sintió un escalofrío de placer que la relajó aún más.

Dobló las piernas y Sadiq se hundió en ella con un gruñido. Besó su boca e inició un rítmico movimiento de entrada y salida que hizo que Samia olvidara por completo el dolor.

Temblorosa de placer, se arqueaba hacia él, buscando la mayor proximidad. Él incrementó el ritmo, su respiración se aceleró y el color de sus mejillas se hizo más oscuro.

Instintivamente, Samia lo rodeó con las piernas y dejó escapar un gemido al sentir una deliciosa y placentera tensión que crecía en oleadas. Sentir el poderoso cuerpo de Sadiq moviéndose en su interior, rítmico y preciso, llevó esa tensión al límite. Samia contrajo los muslos y, entregándose al placer, notó la cálida descarga de la semilla de Sadiq.

Mientras los temblores de éxtasis remitían, sólo se oyeron jadeos y tronar de corazones. Las piernas de Samia aferraban a Sadiq contra su cuerpo, adorando la sensación de su peso, encima y dentro de ella.

Finalmente, Sadiq se movió y Samia, a su pesar, permitió que se separara. Él se tumbó de espaldas y ella, vulnerable en su desnudez, sintió la necesidad de buscar algo para taparse.

–¿Estás bien? ¿Has sangrado? –preguntó él.

El tono casi indiferente de su voz fue como un dardo para el corazón de Samia. Ella comprobó que, efectivamente, había sangre sobre la exquisita colcha. Sintió una irracional sensación de culpabilidad y vergüenza. Sadiq parecía frío y ella deseaba quedarse sola para entender lo sucedido. Había estado a punto de acostarse sola y minutos después... ya no era virgen.

–Sí, hay sangre –musitó con voz queda–. Voy por algo para limpiarla.

–Yo lo haré –Sadiq la detuvo con un brazo.

Se levantó, fue al cuarto de baño y encendió la luz, que resaltó la suprema perfección de su físico. Momentos después, el cuarto de baño se llenó de vapor. Obviamente, había abierto la ducha.

Samia se levantó y, con una mueca dolorida, recogió la bata del suelo. Se la puso y ató el cinturón con manos temblorosas. Después recogió el camisón y las bragas, sin saber qué hacer.

Sadiq salió del baño tan gloriosamente desnudo como el día de su nacimiento.

–¿Podrías ponerte algo de ropa? –Samia, absurdamente avergonzada, desvió la mirada.

–Es un poco tarde para eso, ¿no te parece? –respondió él con voz seca.

Ella suspiró con alivio al oír una cremallera. Lo miró de reojo y comprobó que ya se había puesto los pantalones y estaba terminando de abrocharse la camisa. Después, agarró una toalla húmeda, supuso que para limpiar la sangre.

–Por favor, yo lo haré –estiró el brazo hacia la toalla–. Deberías irte. Estoy segura de que sería incorrecto que te encontraran en mi dormitorio la mañana del día de boda –aligeró el tono de voz–. El libro de etiqueta no lo mencionaba.

Sadiq la miró y tuvo la sensación de que por fin recuperaba el sentido. Se había sentido conmocionado, con el cerebro paralizado tras un exceso... de placer.

Deseó levantar a Samia en brazos, llevarla a la ducha y lavarla de pies a cabeza él mismo. Después la llevaría a la cama y le daría placer hasta que no pudiera mover un músculo. Pero la rigidez de su postura lo detuvo. Aunque había sentido las poderosas contracciones de su orgasmo, era inevitable que estuviera dolorida.

Se dijo que la intensidad de sus sentimientos tenía que deberse a que ella había sido virgen. Llevado por el deseo, ni siquiera se había detenido para ponerse protección. De repente, se sintió expuesto y vulnerable.

–Te iría bien darte una ducha. Estarás dolorida –dijo, dejando la toalla.

–Sí... lo haré –Samia se sonrojó y rezó en silencio para que Sadiq se marchara de una vez. Percibió que se acercaba y su cuerpo respondió de inmediato.

Él le alzó la barbilla para que no pudiera evitar su mirada. Tenía los ojos tormentosos y a ella se le contrajo el estómago.

–Temo no haberlo hecho nada bien –admitió Sadiq, curvando los labios con cierta tristeza.

Samia parpadeó. Dudaba que le hubiera dicho algo similar a otra mujer en toda su vida.

–¿Qué quieres decir? Ha sido... –se puso roja como la grana–. Ha estado bien.

Había estado mucho mejor que bien. El sexo con Sadiq había sido una explosión que la había llevado a rozar las puertas del paraíso.

–Me refería a después... –tensó la mandíbula–. No soy de los que hacen arrumacos, Samia. Siento que sangraras y espero que no estés demasiado dolorida. Pero no me arrepiento de lo que hemos hecho. Cuando volvamos de la luna de miel, te trasladarás a mi suite de habitaciones.

Samia se ruborizó y Sadiq estuvo a punto de llevarla de nuevo a la cama. Pero sabía que tenía que dejar que se recuperara.

–Yo tampoco me arrepiento... –musitó ella. Se mordió el labio–. Y el dolor... no ha sido tanto.

Sadiq recordó cómo sus ojos se habían llenado de lágrimas y tuvo que contenerse para no besar sus labios hinchados. Tenía que salir de allí, porque empezaba a plantearse pasar la noche durmiendo con ella.

–Descansa, Samia. Te hará falta para mañana.

Hasta que Sadiq no cerró la puerta, no fue consciente de que nunca había tenido la intención de compartir sus habitaciones con su esposa. Había planeado preservar su espacio privado, suponiendo que el lecho matrimonial sería un mero trámite. Pero, de repente, le parecía impensable que Samia no durmiera con él. Ya iba a resultar bastante difícil aguantar los festejos nupciales sin tocarla.

Lo tranquilizó pensar que una vez que el deseo inicial disminuyera, podrían renegociar las cuestiones de dormitorio.

Mientras el agua caliente caía por su cuerpo, Samia vio que el tatuaje de henna se había desdibujado en al-

gunas zonas. Por la mañana tendría que pedir a Alia
que lo perfilara. Se preguntó si adivinaría lo ocurrido.

Estaba hecha un lío, sin saber qué sentir o qué pensar. La idea de instalarse en las habitaciones de Sadiq
y repetir noche tras noche lo que acababa de experimentar, la abrumaba.

La anatomía de ese matrimonio cambiaba minuto
a minuto; ya no se parecía nada a lo que había imaginado en Londres. Se llevó las manos al vientre al recordar la descarga del orgasmo de Sadiq. Que ninguno
de los dos hubiera pensado en utilizar protección an-
ticonceptiva lo decía todo. Habían perdido el control.

Samia apoyó la frente en la pared de mármol, preguntándose si ya estaría embarazada. Para él no sería
más que otro objetivo cumplido de su lista, tras el matrimonio de conveniencia, pero ella no lo veía tan
claro. Tenía la horrible sensación de que sus ideas preconcebidas sobre el amor iban a sufrir un intenso va-
rapalo.

Capítulo 9

PARA cuando llegó la velada final de las celebraciones nupciales, Samia se sentía agotada y nerviosa. Estaba disfrutando de un momento a solas, en el salón de banquetes en el que Sadiq y ella habían dicho su votos por segunda vez, ante una gran multitud. La alianza le pesaba en el dedo. Estaba casada con Sadiq. Él era su esposo.

De espaldas a ella, a unos pocos metros, él hablaba con su hermano. Samia recordó lo que había sido clavar los dedos en esas musculosas nalgas unas noches antes.

Suspiró profundamente, preguntándose si había sido un sueño. Sadiq no había vuelto a su cama y no podía negar que llevaba tres días recordando momentos de esa noche, oyendo sus corazones latir al unísono y reviviendo la sensación de sentirlo en su interior.

Sadiq parecía empeñado en mantener las distancias y se apartaba cuando ella lo tocaba, incluso las raras veces que habían estado a solas. En consecuencia, se sentía frustrada, dolida y sensible. Sobre todo tras ver la multitud de bellas invitadas que hacían fila para ofrecérsele en bandeja. No podía evitar preguntarse cuáles habían sido amantes suyas.

Para empeorar las cosas, su hermano había llegado con la última mujer con la que Samia habría esperado verlo. La inglesa que le había roto el corazón años atrás. Samia había enarcado una ceja interrogante cuando Kaden le presentaba a Julia a Sadiq, pero él la había silenciado con una mirada fiera, y no había tenido oportunidad de hablar con él en privado.

La primera ceremonia había sido la más sencilla: ellos dos solos en una sala con un puñado de oficiales que habían sido testigos de sus votos. El lenguaje directo y sin adornos le había parecido más significativo de lo que esperaba. Ése había sido el inicio de las setenta y dos horas más frenéticas de su vida, ya como mujer casada.

En ese momento, todo le parecía irreal, borroso. Hacía unas horas, había dicho sus votos por segunda vez, en una grandiosa ceremonia de estilo occidental. Por suerte, no se había emocionado tanto como la primera vez, pues habría odiado revelar sus sentimientos, que ni siquiera ella aceptaba, ante una multitud.

Los primeros dos días había vestido con discreción: una selección de caftanes tradicionales de Al-Omar y velos diseñados en París, que había cambiado por vestidos de alta costura para las veladas. Samia se había alegrado mucho de que Sadiq pidiera a Simone que asistiera a la boda. La competente francesa la había asistido en los innumerables cambios de ropa del fin de semana, y acababa de ayudarla a quitarse el vestido de novia y ponerse otro de noche azul oscuro.

Su esposo se dio la vuelta y la traspasó con la mirada. Samia sabía que su estado de ánimo era peligroso; pasar tres días bajo constante escrutinio la había llevado al límite de su paciencia. Sadiq, resplandeciente con el uniforme militar de Al-Omar, con espada incluida, fue hacia donde estaba sentada. Le ofreció la mano y Samia puso la suya sobre su palma. Había llegado la hora de su primer baile en público.

Temblando de pies a cabeza, por una mezcla de cansancio y algo más volátil e indefinible, permitió que la condujera a la pista de baile.

–Si no es demasiado esfuerzo, ¿podrías al menos simular una sonrisa? –le susurró él con voz irritada–. Quinientas personas observan nuestros movimientos. Sé que te disgusta todo esto, pero ya falta poco para que acabe.

Eran casi las primeras palabras que le decía desde que habían intercambiado los votos. Samia sintió que las lágrimas le quemaban los ojos. Había creído que estaba representando con éxito el papel de su vida, sonriendo y simulando que la multitud no la aterrorizaba. Pero Sadiq acababa de hacerle saber que su incomodidad había resultado evidente. Eso hizo que la intimidad que habían compartido le pareciera un sueño distante.

–Sospecho que trescientas de esas quinientas lamentan la pérdida de un amante –dijo ella, cortante. Odiaba la montaña rusa de emociones que la asolaba y estaba de muy mal humor.

—¿Celosa, Samia? –una sonrisa peligrosa curvó su boca–. Aquí sólo hay doscientas mujeres, ¿estás incluyendo a parte de los hombres entre mis conquistas?

Su arrogancia hizo que ella deseara librarse de sus brazos y abandonar la pista de baile. Él murmuró algo en un dialecto que Samia no conocía y la besó. Ella no oyó el tumultuoso aplauso. Sólo era consciente de que había anhelado que Sadiq volviera a besarla de verdad. Los castos roces de labios tras decir los votos habían sido una especie de tortura.

Cuando puso fin al beso, ella estaba rendida en sus brazos y lo miraba embobada.

–¿De veras crees que sería tan grosero como para

invitar a mis examantes a nuestra boda y ponerte en una situación que diera lugar a rumores o burlas? La única mujer que me interesa de la sala está delante de mí –aseveró él, muy serio.

Samia se quedó sin palabras. A pesar de la reprimenda sintió que el júbilo burbujeaba en su interior. Siguieron bailando como si no hubiera ocurrido nada. De alguna manera, Samia consiguió aguantar el resto de la velada, animada por las palabras de Sadiq y por su continua presencia junto a ella,

Más tarde, cuando él la acompañó a su habitación, Samia sintió remordimientos. Sabía que los últimos días también habían sido difíciles para él. Además, la aterrorizaba que malinterpretara sus celos.

–Siento lo de antes –le dijo, ya en la puerta–. No sé qué me pasó. Es sólo que... estoy cansada.

Sadiq tenía la mandíbula tensa, pero después de oírla, suspiró y se pasó la mano por el pelo.

–Yo también lo siento. No pretendía ser crítico. Sé lo difícil que habrá sido soportar que todos te observaran como si fueras un animalito en el zoo. Has estado maravillosa.

–¿En serio? –Samia sintió que una calidez luminosa la envolvía.

–Sí. En serio –afirmó Sadiq, tenso de nuevo.

Samia pensó que iba a besarla, pero él dio un paso atrás y se despidió.

–Por la mañana, temprano, saldremos hacia Nazirat. Estate preparada.

Sadiq se quedó un rato ante la puerta cerrada del dormitorio de Samia, mientras su cuerpo se debatía entre oleadas de deseo. Nunca había deseado tanto a una mujer. Sin embargo, una mezcla de sentimientos ambiguos lo inquietaba. Los últimos tres días no habían sido el tedioso ritual que había esperado. En la primera ceremonia, mientras decía sus votos había mirado a Samia y lo había embargado una inesperada emoción. Lo había achacado a su agradecimiento por haber encontrado una esposa adecuada.

Y ella había estado impresionante. Serena, relajada y digna; la esposa perfecta. Nada que ver con la mujer torpe que había conocido en Londres. Cada molécula de su ser reflejaba su linaje y su educación. No habría creído la transformación si no la hubiera visto con sus propios ojos.

Sólo había dejado traslucir su tensión esa tarde y se maldijo por haber sido tan duro con ella. Pero al verla pálida y seria había pensado en lo reacia que había sido a casarse con él y se había sentido culpable. Eso le había recordado el matrimonio de sus padres: la reticencia de su madre y la ira vitriólica de su padre.

Sadiq no dejaba de decirse que su caso era distinto porque él no estaba obsesionado como su padre lo había estado con su madre. Sin embargo, sabía que la pasión que sentía por Samia casi rayaba en lo obsesivo. La diferencia estribaba en que él la respetaba y seguiría haciéndolo.

A juzgar por su comentario en la pista de baile, estaba celosa. Normalmente eso le habría llevado a correr en dirección opuesta. Pero con Samia, le había gustado, excitado incluso. Y la había besado ante una multitud, como un hombre hambriento al que ofrecieran un festejo.

Sonrió al pensar en la luna de miel que tenían por delante. Una semana solos en un paradisíaco oasis del desierto. Una semana para sacársela del sistema y volver a B'harani con el deseo bajo control para dedicarse plenamente a su trabajo.

Samia comprendió que Sadiq había hablado muy en serio cuando Alia la despertó a las cinco de la mañana. Estaba vestida y esperando cuando Sadiq llegó a recogerla en un jeep, espectacular vestido con vaqueros y suéter.

Sin apenas mirarla, la saludó con brusquedad y condujeron a una pequeña pista de aterrizaje, donde esperaba un helicóptero. Tras sobrevolar el desierto durante treinta minutos, en silencio, aterrizaron junto a un castillo de tamaño modesto.

Samia había llegado a la conclusión de que el mal humor de Sadiq se debía a que lo horrorizaba la idea de pasar una semana en el desierto a solas con ella. Era muy inexperta y él un hombre muy sexual. Seguramente lo había decepcionado.

Se maldijo por haberle demostrado sus celos. Había dejado que el cansancio y la tensión le hicieran mella, y eso no podía repetirse.

Pero en cuanto estuvieron solos en el enorme y precioso dormitorio que parecía abrirse al desierto, se volvió hacia ella con ojos feroces.

–Ven aquí –ordenó con voz ronca.

Samia fue hacia él como si estuviera soñando, entre excitada y temerosa. En cuanto estuvo lo bastante cerca, él la atrajo, mirándola como si no la hubiera visto nunca antes. Una de sus manos se ocupó de soltarle el pelo para que cayera en cascada por su espalda.

—Así está mejor. Cuando veníamos hacia aquí me daba miedo hablar, por si empezaba a besarte y no podía parar. Los últimos tres días han sido los más largos de mi vida —alzó su barbilla—. ¿Tienes idea de lo difícil que ha sido verte con esos bonitos vestidos y no arrastrarte detrás de una columna para arrancártelos y hacerte el amor hasta que gritaras mi nombre?

Un destello de esperanza iluminó el corazón confuso de Samia.

—Pero... anoche tú no... —balbució. Se mordió el labio y se lanzó—. Quería que me hicieras el amor. Pero no quería... pedírtelo.

—No sé cómo conseguí dejarte sola, pero quería darte tiempo para que te recuperaras. Porque no pienso dejarte salir de la cama en toda la semana. Empezando ahora mismo...

Tomó su rostro entre las manos y la besó hasta hacerle perder el sentido. Cuando la levantó en brazos y la llevó a la cama, Samia temblaba por la anticipación y tensión que había acumulado los últimos tres días.

Más tarde, sin saber cuánto tiempo había pasado, Samia se despertó. Estaba desnuda, boca abajo sobre la blanda cama, y nunca se había sentido tan completamente...

—Buenas tardes, *habibti*, ¿cómo te sientes?

—Me siento como si no fuera a poder moverme jamás —su voz sonó indecentemente ronca y sexy.

Oyó una risa grave y sintió un beso ardiente en el hombro. Después, Sadiq salió de la cama. Samia contempló a su impresionante marido cruzar desnudo la lujosa habitación, camino del cuarto de baño. Todo lo que había experimentado con Sadiq la primera noche había sido superado con creces, y sabía que mejoraría aún más. Ni en sus mejores sueños había imaginado que el sexo pudiera ser tan fantástico.

Se tumbó de espaldas y vio el sol ponerse sobre las lejanas dunas. Llevaban en la cama todo el día. Estaban solos y aislados. No había allí nadie excepto ellos, los discretos empleados y algunos miembros del equipo de seguridad de Sadiq, que se alojaban en otro edificio. Inmersos en el desierto interior de Al-Omar, el enclave civilizado más cercano era el oasis de Nazirat, a unos treinta kilómetros de allí.

El antiguo castillo fortín había sido construido hacia trescientos años, pero Sadiq lo había reformado hasta convertirlo en un lujoso escondite. Alia le había contado a Samia que uno de sus antepasados lo había construido para una esposa favorita.

A través de la puerta del patio se veía la piscina privada y divanes rebosantes de cojines. Las velas parpadeaban suavemente, bajo campanas de cristal. La brisa era cálida. Samia experimentó una sensación nueva para ella, que no sabía definir. De repente, comprendió que era satisfacción. Y paz.

Se preguntó si estaría soñando, pero la leve irritación que sentía entre las piernas le indicó que no era así. En ese momento Sadiq regresó del baño y fue hacia la cama con un brillo malvado en los ojos. Si era un sueño, Samia estaba segura de no querer despertarse de momento.

Sin darle tiempo a protestar, él la alzó en brazos y volvió al baño. El vapor de la enorme ducha los envolvió como cálida niebla. Minutos después, Sadiq la enjabonaba con tanto esmero que Samia le suplicó que la tomara allí mismo.

—Créeme, me gustaría, *habiba*, pero tenemos que usar protección. No te preocupes... no siempre seré tan considerado.

Samia se dio cuenta de que Sadiq había tenido cuidado y usado protección desde que estaban allí. Iba a comentarlo, pero él le dio la vuelta para aclarar su espalda y se puso rígido.

—Tienes un tatuaje —exclamó, atónito.

Ella casi ni se acordaba del tatuaje que tenía justo encima de las nalgas. Pero el tono de voz de Sadiq incitó su rebeldía y se enfrentó a él.

—Sí, tengo un tatuaje. ¿Tanto te extraña? —le hizo gracia la expresión indignada de su rostro. Suponía que cuando había analizado su idoneidad como esposa ni se le había pasado por la cabeza que pudiera estar tatuada.

—¿Dónde te lo hiciste? —casi ladró él.

—En Nueva York, con mis amigas, antes de iniciar la travesía del Atlántico. Cada una eligió uno distinto, que tuviera un significado personal.

Sadiq cerró la ducha y envolvió a Samia en una toalla con brusquedad.

—¿Qué ocurre? —preguntó ella, titubeante—. ¿De verdad estás molesto?

Sadiq intentó controlar su expresión mientras secaba a Samia. Era ridículo, pero en cierto sentido se sentía traicionado... ¡por un tatuaje! Samia lo miraba expectante, con la piel resplandeciente y más seductora de lo que ella podría imaginar.

—Nunca habría asociado un tatuaje con el ratoncito

que llegó a mi despacho de Londres aquel primer día –dijo él, obligándose a recuperar la racionalidad.

Samia se ruborizó y desvió la mirada. Sin saber por qué, Sadiq se sintió reconfortado por el gesto y alzó su barbilla para inspeccionar sus ojos. Controló el deseo de arrancarle la toalla y seducirla allí mismo, como le había pedido.

–¿Qué significa? –preguntó.

–Es el símbolo chino de la fuerza.

Sadiq captó un destello de vulnerabilidad en las profundidades aguamarina de sus ojos.

–Vamos a cenar. Podrás contarme por qué quisiste que tatuaran el símbolo de la fuerza en tu piel –su voz sonó más hosca de lo que pretendía.

Contempló a Samia volver al dormitorio y ponerse el caftán que habían preparado para ella, sin quitarse la toalla hasta el último segundo. Era obvio que no estaba acostumbrada a ese tipo de intimidades. Y era evidente que Sadiq estaba harto de mujeres ansiosas por exhibir su desnudez, porque observar a Samia era como asistir a un espectáculo de un erotismo insuperable.

Volvió a ver el tatuaje justo antes de que el caftán lo cubriera y tuvo que admitir que resultaba sexy, justo encima de las nalgas, donde muy poca gente lo veía.

Mientras se vestía e intentaba controlar su insaciable libido, tuvo que admitir que se sentía desorientado. Samia se estaba convirtiendo en un enigma, y Sadiq no había contado con eso. Tampoco estaba seguro de que le gustara.

Una hora después estaban sentados en una terraza situada un nivel por debajo de su dormitorio. Sobre la mesa, antigua y con incrustaciones de madreperla, había velas encendidas y dos copas de vino blanco frío. La discreta servidumbre, que vestía la ropa blanca que era el sello característico del castillo de Hussein, iba y venía con deliciosos manjares.

Para Samia el roce de la seda del caftán en la piel era como una caricia erótica y tenía que contenerse para no retorcerse en el asiento; estaba deseando volver a estar en la enorme cama sin nada que se interpusiera entre sus cuerpos.

Tenía la esperanza de que Sadiq hubiera olvidado el asunto del tatuaje. En ese momento, como si le hubiera leído el pensamiento, la miró.

–Dime... ¿Para qué necesitabas esa fuerza?

Samia se limpió los labios con la servilleta y miró a Sadiq. Había estado evitando hacerlo porque a la luz de las velas y con una sombra de barba en la mandíbula estaba espectacular... Suspiró. Él esperaba su respuesta.

–¿Te he hablado de mi madrastra? –dijo, retorciendo la servilleta entre los dedos.

–Dijiste que no os llevabais bien.

Samia asintió y tomó un sorbo de vino.

–Elegí el símbolo de la fuerza porque al embarcarme en ese viaje me sentí fuerte por primera vez en mi vida tras años de debilidad.

Esbozó una tensa sonrisa, odiando sentirse tan vulnerable ante él.

–Alesha me despreció desde el primer día por muchas razones, pero sobre todo porque me parecía a mi madre. Todo el mundo sabía que mis padres habían compartido un gran amor. Él visitó la tumba de mi madre a diario, hasta que falleció.

Samia hizo una leve mueca de dolor.

–Alesha me decía que a mi padre le costaba estar conmigo porque me parecía a mi madre y había sido la causa de su muerte.

–Samia...

–Su fuerte era encontrar el punto débil de cada uno –siguió ella, ignorando la interrupción–. Solía minar mi confianza haciendo hincapié en mis diferencias con los demás. Las cosas empeoraron cuando tuvo hijas, pero ningún varón que contrarrestara la supremacía de Kaden y la mía –la voz de Samia se volvió monótona, como si eso pudiera esconder su emoción–. Si descubría que me gustaba hacer algo, me lo prohibía. Era una guerra constante, y yo no podía luchar contra ella.

–Suena absolutamente encantadora –dijo Sadiq con tono acerado. A Samia la alivió no ver compasión en sus ojos.

–Lo era, para cualquiera que la viese desde fuera. Era una manipuladora consumada, cargada de ira y amargura porque sabía que mi padre no la amaba. Un día yo tenía que dar un recital de piano en el salón de banquetes, para mi padre y unos invitados... –Samia calló, avergonzada.

–Sigue, Samia. Quiero oírlo –la animó él.

–Había practicado durante semanas en el piano de mi madre. Ella había estado a punto de convertirse en concertista de piano cuando conoció a mi padre, y al tocar me sentía... cerca de ella. Aunque no tenía la mitad de su talento –se sonrojó.

Al ver que Sadiq la animaba con los ojos, tomó aire y siguió con la historia.

–Justo antes de empezar, Alesha me llevó a un lado

y habló conmigo. No recuerdo lo que me dijo, pero cuando me senté ante el piano me quedé paralizada. Había olvidado las notas y no podía moverme. Sólo recuerdo la sensación de terror. Kaden tuvo que salir a levantarme y sacarme allí. Le fallé a mi padre delante de sus invitados y, lo que es peor, deshonré la memoria de mi madre. No he vuelto a tocar un piano desde ese día.

Hizo una mueca y sacudió la cabeza.

—Es banal, lo sé. Mi infancia no fue peor que otras. Alesha era una tirana, pero aparte de eso nuestro entorno era estable y seguro.

—No es banal —contradijo Sadiq—. Nada lo es cuando eres un niño y tu mundo se siente amenazado, por seguro que sea el entorno.

—¿Por qué dices eso? —Samia agrandó los ojos.

—Porque es verdad. Mi mundo se veía amenazado a diario, cuando mi padre descargaba su ira en mi madre o en mí. En quien estuviera más cerca. Una vez vi a mi padre darle una patada en el vientre y dejarla allí tirada, sangrado. Intenté ayudarla, pero él me lo impidió de un golpe.

—¿Cómo pudo hacer algo así? Y delante de ti... —Samia, horrorizada, tragó aire.

—Para enseñarme cómo tratar a una mujer desobediente, que no le daba más hijos.

—Tú no serías capaz de hacer eso —asqueada, Samia movió la cabeza—. ¿Cuántos años tenías?

—Cinco, creo —Sadiq encogió los hombros. Lo había emocionado que Samia estuviera tan segura de que no era como su padre.

—Es horrible. ¿Por eso no tuvo más hijos?

—No tuvo más hijos porque mi padre tuvo relaciones con otras mujeres cuando ella estaba embarazada de mí y le transmitió una enfermedad sexual. Ella se negó a volver a acostarse con él, y mi padre, que no buscó tratamiento para la enfermedad por orgullo, se quedó estéril.

El disgusto que sentía cada vez que pensaba en su padre creció como la espuma. Era un tema que nunca comentaba con nadie.

—¿Ésa es la razón de que dudaras de tu propia fertilidad? ¿De que no mires a tu madre? ¿Te sientes culpable por no haber podido protegerla?

Las preguntas de Samia fueron como un puñetazo en el estómago para Sadiq.

—Creo que ya hemos hablado bastante por esta noche —dijo, dejando la servilleta sobre la mesa y poniéndose en pie.

Samia lo observó con dolor de corazón. Parecía remoto y orgulloso; disgustado consigo mismo por haber revelado tanto.

Pero ella también había sido sincera, como si le hubiera inyectado una especie de suero de la verdad. Sadiq le ofreció la mano y la aceptó agradecida, tan deseosa como él por cambiar de tema.

Sadiq acababa de hacerle el amor con tanta pasión que seguía flotando en un limbo de satisfacción. La entristeció pensar que eso no duraría. Si él no se había cansado aún de su limitado rango de reacciones, lo haría pronto. Recordó un detalle y alzó la cabeza, que apoyaba en el pecho desnudo de él.

—Ahora estás utilizando protección...

Él se quedó inmóvil y luego la miró con la mandíbula tensa y ojos inescrutables. Maniobró de modo que Samia quedara tumbada de espaldas y él apoyado sobre un codo.

A ella casi la intimidaba la impresionante belleza del hombre que la miraba atentamente.

—Me pareció buena idea darnos tiempo para conocernos mejor antes de buscar el embarazo.

—Oh... —balbució Samia.

—Pero como ya podrías estar embarazada y uno de los requisitos de este matrimonio es tener herederos, ya no veo ventajas a esa idea.

Antes de que ella pudiera contestar, Sadiq la había colocado sobre sus caderas, haciéndole sentir la potencia de su erección.

Samia tuvo la impresión de que estaba airado y se estaba descargando con ella, pero la sensación de piel contra piel era demasiado intensa. Con un gemido de deseo se deslizó sobre él y olvidó todo menos esa deliciosa locura.

Sadiq no podía dormir, y no le extrañaba. Acababa de comportarse como un cavernícola, descargando su ira consigo mismo en Samia que, desde luego, no se había quejado. Nunca había estado con una mujer tan apasionada, receptiva y entregada. Se apoyó en un codo y la miró. Largas pestañas acariciaban las mejillas sonrosadas.

La recordó sentada a horcajadas sobre él, radiante tras comprender que podía dictar el ritmo del encuentro sexual. Se había deleitado torturándolo hasta llevarlo a un clímax tan fuerte que él había perdido la consciencia un segundo.

Se levantó, se puso la bata y salió a la terraza privada, protegida por enredaderas. El desierto se extendía ante él. Maldijo para sí y golpeó la pared con el puño. Era verdad que había tenido la intención de hablar con Samia sobre el control de natalidad y había pensado que sería buena idea esperar unos meses, hasta que ella se acostumbrara a su nueva vida.

Sin embargo, su decisión había llegado después de esa primera noche. Después de haber apagado el fuego de su cuerpo sin pensar en las consecuencias. Durante la boda se había dado cuenta del riesgo que había corrido.

El comentario de Samia le había recordado su irresponsabilidad. Sintiéndose culpable, había recordado que esa velada había compartido con ella secretos personales y eso lo había llevado a pensar que suponía una amenaza para el equilibrio de su vida, que no tendría que verse alterada por el matrimonio.

Sin embargo, veía ante él una tormenta sin precedentes. Ese matrimonio no era de la clase que había buscado. Se le contrajo el estómago al recordar la cena. Cuando ella le había hablado de la bruja de su madrastra, había deseado romper algo y maldecir a la mujer que había hecho a Samia dudar de sí misma. Habría apostado a que de niña tocaba el piano de maravilla.

Volvió a mirar a la mujer que había sobre la cama. Nunca había sentido tanta lujuria por alguien, y eso lo desconcertaba y atemorizaba al mismo tiempo. Tenía la primitiva necesidad de marcarla como suya, de asegurarse de que nunca deseara mirar a otro hombre.

Regresó a la cama y, en silencio, maldijo a Samia

por no ser la esposa plácida, aburrida y conveniente que él había esperado.

La mañana siguiente, con el sol ya alto, Sadiq se despertó y vio a Samia salir de la ducha, poniéndose la bata. Se sintió incómodo. No estaba acostumbrado a dormir en compañía de una mujer, porque eso hacía que se sintiera vulnerable. Otra cosa que añadir a la creciente lista de experiencias no deseadas que le debía a su esposa.

—Estás demasiado vestida —extendió el brazo—. Ven aquí para que lo arregle.

Ella se mordió el labio y se ruborizó. Se sentía nerviosa y débil tras una larga noche sometida a la deliciosa tortura de Sadiq. Pero había recordado su arrogancia la noche anterior y quería aclarar las cosas. Alzó la barbilla.

—Mira, me habría gustado que habláramos sobre medidas anticonceptivas antes de... antes de hacer el amor. Si ya estoy embarazada no tardaremos en saberlo, pero si no es el caso preferiría tomar precauciones durante unos meses.

Sadiq se levantó de la cama con expresión avergonzada y fue hacia ella.

—Te debo una disculpa —dijo—. No debí comportarme así. Fui increíblemente arrogante e irrespetuoso contigo. Y, como te dije, sí había pensado en hablar del tema contigo.

La disculpa hizo que Samia se derritiera por dentro. Recordó cómo se había sentido cabalgando sobre él, piel contra piel, y su sexo se humedeció de deseo.

—No importa. No estabas solo, si hubiera insistido

en que parases para ponerte protección, lo habrías hecho.

–Me halagas al achacarme un control que no tengo
cuando estás cerca de mí –dijo Sadiq, abriéndole la
bata.

Con el corazón desbocado, ella le dejó hacer.

Capítulo 10

AL DÍA siguiente, Sadiq supo que estaba en peligro, literal y metafóricamente hablando. Samia, al volante del jeep, lo miraba con una sonrisa traviesa. Estaban en la cima de una duna muy pronunciada y, con un pinchazo de miedo, se maldijo por haber cedido y haberle dejado conducir.

–¿Eres consciente de que si me ocurre algo el linaje Hussein se extinguirá?

–¿Tienes miedo? –su sonrisa se ensanchó.

–En absoluto –mintió, aterrorizado.

–Agárrate fuerte –recomendó ella, mirando hacia delante, que venía a ser más bien abajo.

Fue cuanto pudo hacer Sadiq mientras se lanzaban por la pared de arena. Cuando llegaron abajo y comprobó que seguía entero y respirando, abrió un ojo. Samia ya emprendía el ascenso por el otro lado de la duna

–¿Ves? Facilísimo –le dijo–. La próxima vez puedes bajar con los ojos abiertos.

–Me parece que no –Sadiq la levantó del asiento del conductor a pulso y le cambió el sitio. Sonrió con educación al ver la expresión indignada de Samia–. Ya has demostrado tu destreza. Si alguna vez quedara incapacitado en el desierto, requeriría tus servicios como conductora.

Condujo duna arriba con pericia mientras Samia rezongaba por lo bajo.

La verdad era que ver a Samia conducir por las dunas casi tan bien como él lo había descentrado. Se preguntaba cuántos secretos más le había ocultado. Fue un placer borrarle la sonrisa de la cara lanzando el coche duna abajo por un ángulo aún más peligroso.

La tarde siguiente, cuando Samia salió del cuarto de baño Sadiq la estaba esperando. Se sentía algo mareada. Habían pasado casi todo el tiempo en la cama, exceptuando un par de incursiones la desierto. Ella no había conducido en las dunas desde su adolescencia y había sido fantástico sorprender a Sadiq con su eficacia. Había olvidado el júbilo que podía llegarse a sentir en la silenciosa inmensidad del desierto. Allí había descubierto a un Sadiq muy distinto, más relajado y divertido.

En ese momento, lucía túnica tradicional y turbante, y estaba guapísimo, como siempre. Samia sonrió al recordar la destreza con la que había manejado a su halcón peregrino esa tarde, mientras la enseñaba a sujetarlo.

Al ver cómo la miraba, deseó atreverse a dejar caer la toalla que la envolvía y seducirlo, pero él señaló una caja que había sobre la cama.

–Ponte esa ropa y reúnete conmigo abajo. Voy a llevarte a un sitio especial esta noche –le dijo.

Samia fue hacia la cama y abrió la caja. Dentro había un maravilloso vestido de satén de color rojo oscuro y ropa interior fina como una telaraña de seda. Sintiendo una excitación deliciosa, Samia se vistió. El vestido parecía pecaminoso en contraste con la palidez de su piel y se pegaba a cada una de sus curvas antes de caer al suelo.

En la caja había unos zapatos a juego, de tacones altísimos. Se los puso, inspiró con fuerza y salió de la habitación. Sadiq la esperaba en el enorme vestíbulo iluminado con arañas de cristal. Mientras bajaba la escalera, vio cómo los ojos de él se agrandaban de admiración.

Tomó su mano y la condujo al exterior, sin decir palabra. De repente, ella recordó algo y se detuvo, avergonzada.

–¿Qué ocurre? –preguntó Sadiq, impaciente.

–No me he arreglado el pelo, ni me he maquillado –Samia deseó que la tierra se abriera bajo sus pies. Alia había llenado un maletín con productos cosméticos y accesorios para el pelo.

Sadiq tomó su rostro entre las manos.

–Estás deslumbrante tal y como estás. No quiero que cambies nada. No necesitas maquillaje.

La besó con tanta pasión que Samia supo que si se hubiera pintado, ya no le quedaría una gota de carmín en los labios. Hechizada, lo siguió a un jeep más lujoso que el que habían utilizado en las dunas. Samia sabía que los guardaespaldas les seguirían discretamente en el jeep de seguridad. Sadiq llevaba unos quince minutos conduciendo cuando ella vio luces destellar en la oscuridad.

Se quedó boquiabierta al ver una tienda beduina junto a una palmera y una pequeña piscina, iluminada por la luna llena y antorchas. Era una escena preciosa, digna de una fantasía.

–Probablemente sea el oasis más pequeño del mundo –dijo Sadiq, deteniendo el coche.

–Es perfecto –susurró ella, bajando del jeep. Se quitó los zapatos para andar por la arena y soltó un gritito cuando Sadiq la alzó en brazos.

–Tonta. ¿Has olvidado lo peligroso que es andar descalza en la arena por la noche?

–Has sido tú quien ha elegido unos zapatos de doce centímetros de tacón. ¿Cómo quieres que ande con ellos?

–Tienes razón. Fue una estupidez –hizo una mueca–. Tendría que haberte comprado botas.

Samia se rió al pensar en la incongruencia de unas botas con ese vestido. Ladeó la cabeza.

–No, creo que prefiero que me lleves en brazos. Es mucho más satisfactorio –le dijo.

Sadiq le dedicó una mirada tórrida y entró en la tienda.

La lujosa opulencia que tenía ante sí dejó a Samia sin aliento. El corazón le martilleó en el pecho. Parecía una escena sacada de uno de sus libros de cuentos infantiles. De uno ilustrado con sultanes y jeques reclinados en almohadones degustando manjares, en compañía de bellas y exóticas mujeres tumbadas en divanes.

No había sido consciente de esconder en su cabeza esa visión. Era como si Sadiq hubiera accedido a un lugar secreto de su ser con el fin de recrear la fantasía romántica que se alojaba en él.

Se tensó contra la necesidad de creer que lo que tenía ante sí era real. No podía serlo, al menos no en la medida en la que ella lo deseaba. Darse cuenta de eso la asustó como si cayera al vacío desde una gran altura.

En los últimos días Samia se había dejado atrapar por la intimidad y se había acostumbrado a despertarse enroscada a Sadiq, disfrutando de su abrazo posesivo. Pero él le había advertido que no era hombre de arrumacos. Lo estaba haciendo para contentarla durante la luna de miel; era puro disimulo. Era un seductor consumado y sabía lo que les gustaba a las mujeres. Se preguntó si se había dado cuenta de que se estaba enamorando patéticamente de él.

Cuando la dejó en el suelo, se sentía algo revuelta y mareada. Antes de quedar como una auténtica tonta, o de que él hiciera algún comentario sarcástico, decidió adelantarse.

–¿Por qué estás haciendo esto, Sadiq? No hace falta –musitó con voz queda–. Estamos casados. No necesitas seducirme así.

No necesitas seducirme así.

Sadiq se sintió como si lo hubiera abofeteado.

Durante los últimos días la intimidad que compartían lo había seducido. Nunca había experimentado algo igual. Se había descubierto deseando adentrarse en el desierto con Samia, experimentar su grandiosidad con ella. Y, sin pensarlo apenas, había hecho que levantaran esa tienda.

Y se sentía estúpido y expuesto al darse cuenta de la imagen que daba. Era comprensible que ella se preguntara qué le ocurría. No era una amante que esperara gestos grandiosos. Ni siquiera había pensado en maquillarse esa tarde porque no tenía necesidad de seducir a Sadiq. Estaban casados.

De repente, Sadiq se sintió absurdamente enfadado consigo mismo.

–Vámonos. Ha sido una idea estúpida –se daba la vuelta cuando ella le agarró el brazo.

–No, espera, lo siento. Es precioso. Es sólo que estoy confusa... nada más. No sé a qué viene esto. Es lo que harías para conquistar y seducir a una amante, ¿qué sentido tiene, Sadiq?

Sadiq apretó la mandíbula. Nunca actuaba sólo por instinto, siempre analizaba conscientemente sus actos. Al procesar la enormidad de lo que había hecho, sintió la necesidad de protegerse. La apretó contra su cuerpo para que sintiera la dureza de su erección.

–Tiene este sentido –farfulló, apretándola con más fuerza–. Por si te hace sentirte mejor, te diré que he traído aquí a todas mis amantes, así que no me ha supuesto ninguna molestia. Me apetecía un cambio de escenario, nada más.

–Acertaste, ahora me siento mucho mejor –dijo Samia, cáustica–. Odiaría que te hubieras esforzado tanto por mí.

Segundos después se besaban con furia. Samia oyó que su vestido se desgarraba, pero le dio igual. Lo único importante era que esa locura de pasión la distraía de algo muy doloroso.

Se amaron con rapidez y furia, sobre uno de los suntuosos divanes. Cuando terminaron, Sadiq se apartó y Samia vio que ni siquiera se había desvestido de todo. Sintió el impulso de pedirle disculpas, pero no pudo. Había tenido tanto miedo a creer que esa fantasía hecha realidad significaba algo, que había querido probar que no era así. Y lo había conseguido, de forma espectacular.

—Hay una zona de aseo detrás del biombo —dijo Sadiq, sin mirarla—. Cuando estés lista volveremos al castillo. Esto ha sido un error.

Samia volvió a desear decir algo, pero no sabía qué. Fue detrás del biombo con el vestido. Estaba tan rasgado que tuvo que ponerse una túnica. Cuando salió, Sadiq estaba a la entrada de la tienda. Yendo hacia él, Samia vio la cubitera de hielo con una botella de champán, dos copas y una bandeja de canapés.

Se maldijo por no haber callado a tiempo. Todo aquello no significaba nada, pero insistir en oírlo de boca de Sadiq había sido innecesario.

Al día siguiente, junto a la ventana, Sadiq contemplaba el amanecer, un espectáculo que siempre le había dejado sin respiración. Pero esa mañana el desierto haber perdido su atractivo y le parecía plano y carente de color.

Cerró los ojos, pero eso no lo ayudó. Sólo veía la imagen de Samia con el vestido rasgado en las manos, entrando en el castillo con gesto altivo. Eso no le había impedido seguirla a la ducha y hacerle el amor. Sabía que su ira era ilógica, si acaso, Samia le había hecho un favor al cuestionar sus motivos y recordarle que lo que había entre ellos era un matrimonio de conveniencia.

No sabía en qué había estado pensando para montar la tienda. Por lo visto, conducir por las dunas y practicar sexo a todas horas le había desmadejado el cerebro.

Lo irónico era que durante años había pensado en

crear para sus amantes un escenario de seducción en el desierto. Más de una le había preguntado cuándo iba a llevarla a un oasis secreto. No lo había hecho porque ninguna le parecía digna de su bello desierto. Y la primera mujer a la que había llevado a un oasis secreto, había rechazado el gesto con desprecio.

Oyó un movimiento a su espalda y se volvió lentamente hacia su esposa.

Samia se despertó y vio a Sadiq de pie, contemplando el desierto, ya vestido con túnica tradicional. Durante un momento contempló su impresionante espalda, odiando el sabor amargo de lágrimas no vertidas. Aún se encolerizaba cuando pensaba en la tienda y en el hecho de que Sadiq hubiera seducido a cientos de mujeres allí. Lo peor era que no había sido capaz de mantener su actitud de helado desdén en el castillo. Sadiq había interrumpido su ducha y había tardado segundos en hacerla esclava de sus caricias.

Como si hubiera percibido su mirada, Sadiq se dio la vuelta. Intentando parecer compuesta e indiferente, se apoyó en un codo y se echó el pelo hacia atrás. Sin embargo, no pudo contener el impulso de subir la sábana para taparse los pechos. Él sonrió con sorna al ver el gesto.

–Ha surgido algo en B'harani que requiere mi atención, me temo que tenemos que volver.

«Sorpresa, sorpresa», pensó ella.

–Tendrías que haberme despertado –le dijo.

–Estaba disfrutando demasiado de la vista –Sadiq cruzó los brazos y se apoyó en la pared.

Samia, recordando que había estado destapada al

despertarse, se envolvió en la sábana para ir al cuarto de baño. Sadiq soltó una risotada y le dijo que la esperaría abajo.

Realizaron el viaje de vuelta a B'harani en silencio, lo que Samia agradeció. Se sentía demasiado sensible. En cuanto llegaron al castillo, un ejército de ayudantes y consejeros descendió sobre Sadiq, que ya parecía más distante.

–Trabajaré hasta tarde esta noche, no me esperes –le dijo él.

–No te preocupes, Sadiq –dijo ella con desparpajo–. No espero que me entretengas. La luna de miel ha llegado a su fin –le dio la espalda y fue hacia la entrada, pero él la llamó. Cuando se dio la vuelta, él estaba muy cerca y la miraba con un brillo feral en los ojos. Ella se estremeció.

–He pedido que trasladen tus cosas a mi suite de habitaciones, Samia, así que comprueba que tienes todo lo que necesitas.

Ella se sintió amenazada. La agobiaba la idea de pasar cada noche con Sadiq, sobre todo en su estado emocional, que distaba del equilibrio.

–La verdad, no estoy segura de que...

–No es negociable, Samia –dijo él con tono acerado, poniéndole un dedo sobre los labios. Se dio la vuelta y sus ayudantes lo rodearon.

Sadiq, alejándose por el largo pasillo, era muy consciente de la mirada de Samia quemándole la espalda. Tuvo que controlar el deseo de darse la vuelta, alzarla en brazos y llevarla a la cama. Tenía que poner fin a sus ganas de castigarla por hacerle sentir. Lo asustaba la pasión que había inspirado en él, que le llevaba a comportarse de forma irracional e impulsiva. Se preguntó si acabaría siendo igual que su padre y rechazó la idea por ridícula, pero aceleró el paso.

Una semana después, Samia estaba animada y llena de entusiasmo. Tenía el empeño de obviar que la distancia existente entre Sadiq y ella desde su retorno de Nazirat parecía estar convirtiéndose en una brecha insalvable. Se decía que él estaba muy ocupado, poniéndose al día con el trabajo que se había acumulado desde el inicio de los festejos nupciales. Además, no podía esperar cenas románticas para dos cada noche. Ya le había dicho en Nazirat que no eran necesarias.

Sin embargo, en el dormitorio no había distancia. Se sonrojó al recordar lo apasionado que había sido Sadiq la noche anterior. Ella había estado medio dormida cuando llegó, pero se había despejado al sentir su cuerpo duro y firme rodearla. La asustaba la radiante calidez que sentía cada vez que él estaba cerca o la tocaba. En su ausencia todo le parecía oscuro y frío.

Intentaba convencerse de que no echaba de menos su forma de abrazarla después de hacer el amor cuando habían estado en Nazirat. Intentaba convencerse de que no le dolía que hubiera sido una actuación de luna de miel. Desde que habían regresado, Sadiq se apartaba en cuanto terminaban de hacer el amor, y ella anhelaba acurrucarse contra él, sentir sus brazos rodeándola. Lo maldecía por haberle permitido esa experiencia y luego negársela. Algunas mañanas se despertaba con la sen-

sación de que él la había abrazado durante la noche,
pero Sadiq ya había abandonado la cama, y eso le recordaba que habían entrado en la parte de «conveniencia» de su matrimonio.

Decidida a poner coto a su obsesión por Sadiq, Samia se había levantado con la intención de comentarle
algunas ideas que quería desarrollar. Cuando llegó a
la antesala de sus oficinas y su secretaria le sonrió, Samia deseó poder entrar en su despacho porque sí, segura de que él estaría encantado de verla en cualquier
momento.

Le devolvió la sonrisa a la eficiente secretaria, que
lucía una túnica blanca y un colorido velo.

—Entre, reina Samia. Tiene unos minutos libres entre reunión y reunión.

Samia golpeó la puerta con los nudillos y sintió un
aleteo de mariposas al oír la respuesta de su voz grave.
Abrió la puerta y la sorprendió no ver a Sadiq tras una
montaña de papel. Estaba junto a la ventana con expresión meditabunda.

—Siento molestarte. Quería comentar un par de cosas contigo —le dijo, sintiéndose insegura.

Sadiq miró su reloj y para ella fue como si la abofeteara. Estaba tan distante que se preguntó si podía
ser el mismo hombre que le había hecho llorar de placer la noche anterior y había limpiado sus lágrimas
con los pulgares cuando aún estaban unidos íntima-
mente.

La intensidad del recuerdo le hizo perder el equilibrio un segundo. De inmediato, Sadiq estuvo a su lado,
con el ceño fruncido.

—¿Estás bien?

—Sí... —horrorizada por la fuerza de su imaginación,

Samia fue hacia una silla–. Estoy bien. Sé que estás ocupado.

Sadiq, de nuevo frío y distante, se sentó tras su escritorio. Ella sintió pánico al pensar que su vida en común sería siempre así.

–Tengo diez minutos –comentó él.

–Me gustaría tener un despacho –barbotó ella.

–Tienes uno.

Samia pensó en la pequeña y agradable habitación diseñada para que ella utilizara internet y hablara por teléfono. Negó con la cabeza.

–No, me refiero a un despacho de verdad, como éste. Donde pueda poner mis libros y trabajar en proyectos –señaló las paredes de la amplia habitación, cubiertas de estanterías.

–¿Proyectos? –Sadiq arqueó una ceja y se recostó en la silla.

–Sí. Me hablaste de tus proyectos medioambientales. Me gustaría ayudar. Y quiero crear algún programa de alfabetización. La educación gratuita se instauró en Al-Omar recientemente, cuando te convertiste en sultán. Mi hermano hizo lo mismo en Burquat. Las generaciones anteriores no contaron con esa ventaja y me gustaría organizar talleres para animar a la gente a volver a la escuela –aunque Sadiq la miraba con una expresión extraña, se decidió seguir hasta el final–. Y quiero montar una guardería en el castillo, para que las mujeres que tengan hijos puedan seguir trabajando. En el castillo hay más empleadas que empleados.

–¿Algo más? –Sadiq apretó la mandíbula.

–Bastantes cosas... –Samia encogió los hombros–. Pero me gustaría empezar con ésas.

Sadiq se puso a la defensiva al oírle mencionar cosas de las que era consciente, pero no había tenido tiempo de solucionar. Samia estaba dejando claro que no se amoldaría al papel que había imaginado para ella: siempre en un segundo plano, limitándose a darle prestancia y a asistir a algún que otro evento social en su lugar. En ningún momento se había planteado su matrimonio como una sociedad de trabajo.

—En B'harani el circuito benéfico es una máquina sofisticada y bien engrasada; tras la boda te habrán nombrado presidenta de varios comités. Si consultas la agenda, comprobarás que vas a estar bastante ocupada.

Por desgracia, Samia había visto esa agenda a principios de semana. Eso la había llevado a ponerse en acción e investigar por su cuenta.

—No quiero pasarme el día sentada hablando de cosas sin ponerlas en práctica. El circuito benéfico y sus comités son muy valiosos, pero yo quiero hacer algo útil, no ser una figura decorativa mientras los demás hacen el trabajo. Me dejaré ver, por supuesto, pero no es suficiente para mí.

—Éste no es el momento ni el lugar para hablar de esto, Samia, pero hay una cuestión que considerar: ¿qué ocurrirá cuanto tengamos hijos?

Samia apretó los dientes, decepcionada al ver por primera vez ese aspecto tradicional de Sadiq.

—Cuando tengamos hijos, si los tenemos, espero poder utilizar la guardería del castillo, y así demostrar que aunque seamos dirigentes de un pueblo no somos inaccesibles. Y seguiría trabajando en proyectos importantes, igual que tú.

En cualquier otro lugar y con cualquier otra persona, Sadiq habría estado completamente de acuerdo con esas palabras. Pero con ella se había cerrado en banda, lo afectaba demasiado.

–Dime, ¿ya has buscado una zona para la supuesta guardería? –preguntó, con voz gélida.

–De hecho, sí. Hay un sitio perfecto cerca de la entrada de servicio. Una zona verde, que podría transformarse en zona de juegos, y una luminosa habitación que ahora se usa como almacén.

Sadiq supo de inmediato de qué área hablaba, y tenía potencial. Pero su reacción visceral fue tirar la idea por tierra. Quería relegar a Samia a un lugar invisible para él, como había hecho toda la semana. Evitar el contacto durante el día y perder el control por la noche.

Cada mañana despertaba con la esperanza de haber recuperado la claridad, o de que ella hubiera perdido el poder sensual que tenía sobre él, pero temía que le esperaba una larga espera.

–Llevo más de una década dirigiendo este país solo, Samia. Tu papel es ser mi reina. No necesito una esposa con una agenda más ajetreada que la mía. No quiero que empieces algo y cuando te aburras lo dejes en manos de empleados que ya tienen trabajo más que suficiente.

–No haría eso –Samia temblaba de cólera–. Tú me elegiste como esposa y no voy a contentarme con una vida de pose y pavoneo –la horrorizó sentirse al borde de las lágrimas–. Sabes que no soy así. Te lo dije desde el principio y te negaste a escuchar. Puedo ser útil y pretendo serlo.

Temiendo echarse a llorar delante de él, se dio la vuelta y salió del despacho. Con los ojos nublados por las lágrimas, caminó hasta encontrar un lugar donde refugiarse. Sabía por qué estaba tan disgustada: se había enamorado de su marido.

Estaba disgustada porque había ido a verlo con la esperanza de... no sabía qué. ¿De que le dijera que era una mujer brillante? ¿De que alabara sus ideas? Había sido una ingenua al creer que le daría rienda suelta para hacer su voluntad.

Él tenía razón, llevaba años dirigiendo el país solo y con éxito. Era lógico que cuestionara la solidez de un par de buenas ideas y una dosis de entusiasmo. Pero le dolía que la conociera tan poco como para pensar que era capaz de empezar algo y dejarlo a medias por aburrimiento.

Tras recuperar la compostura, Samia fue a buscar a Yasmeena, con quien iba a almorzar. Esperaba que la astuta mujer no notase su estado.

Samia se dijo que no podía haberse enamorado de Sadiq. Había sido un error pensarlo. Sin embargo, casi tropezó cuando pensó en la guardería y vio la imagen de Sadiq agachándose para alzar en brazos a un bebé de pelo oscuro.

Una par de días después, Samia estaba en su despacho consultando la agenda. La semana siguiente empezarían sus deberes oficiales y los festejos nupciales y la luna de miel se darían por terminados. La agenda sólo incluía eventos que tenían lugar durante el día, a los que asistiría sin Sadiq. Se estremeció al imaginarse a las mujeres que orquestaban ese tipo de actos sociales y benéficos. En cuanto la viesen evaluarían sus carencias.

En ese momento se abrió la puerta y los hombros

de Sadiq llenaron el umbral, bloqueando la luz. Samia seguía enfadada con él. Las últimas noches había deseado rechazarlo cuando llegaba a la cama pero, predeciblemente, a los pocos minutos había sido incapaz de recordar su propio nombre y más aún de decirle que no a Sadiq.

–¿Puedo ayudarte? –preguntó con desinterés.

Sadiq torció la boca levemente y ella se sonrojó. Sabía que se estaba riendo de ella. Él le quitó la hoja de papel que estaba mirando y, tras echarle una ojeada, la rasgó en dos.

–¿Por qué has hecho eso? –lo miró boquiabierta.

–Porque tu secretaria te preparará una agenda que incluirá sólo los eventos a los que quieras asistir.

–¿Secretaria? Yo no tengo secretaria.

–Ahora sí –hizo un gesto para que lo siguiera–. Vas a estar tan ocupada que necesitarás una.

Atónita, Samia siguió a Sadiq hasta otra habitación, más grande y luminosa. Unos obreros estaban poniendo estanterías en las paredes.

–Dejadnos un momento, por favor –dijo Sadiq.

Los hombres salieron y Samia miró a su alrededor. Había un escritorio enorme con ordenador, impresora y fax. Una pequeña antecámara parecía destinada a la secretaria.

–¿Por qué has hecho esto? –casi temía mirar a Sadiq, por lo que él pudiera leer en su rostro.

Él suspiró con expresión inescrutable.

–La verdad es que tenía una idea preconcebida del papel que cumpliría mi esposa; realzaría el mío sin interferir –apretó los labios–. Tendría que haber sabido que no estarías de acuerdo con eso. Me gustan tus ideas. Y lamento haber dudado de tu capacidad de empezarlas y seguir hasta al final. Vi a mi padre hacer eso durante años; cuando falleció tuve que hacerme cargo de la destrucción y los proyectos abandonados que había ido dejando por doquier. Me juré que no permitiría que eso volviera a ocurrir. Llevo tanto tiempo al mando que me cuesta mucho delegar tareas.

–Pensé que este matrimonio sería una sociedad... aparte de todo lo demás –musitó ella, más emocionada de lo que quería mostrar.

–Lo es, Samia. Quiero que seas feliz aquí.

Su actitud y sus palabras reconfortaron a Samia. No sería feliz hasta que un milagro derritiera el bloque de hielo que aprisionaba el corazón de Sadiq, pero era un buen principio. Sonrió y vio que los ojos de él destellaban. Tenían química de sobra, eso también era una buena base.

–Gracias –Samia se sentía optimista por primera vez en muchos días–. No te fallaré.

Sadiq sintió un pinchazo en el pecho al ver la felicidad del rostro de Samia. Llevaba días con un peso encima y su conciencia lo había obligado a rectificar su injusticia. Antes de que Samia notase cómo lo afectaba verla feliz, agarró dos cascos que había sobre el escritorio y le dio uno.

–Ven. Tengo otra cosa que enseñarte.

Unos minutos después, las lágrimas quemaron los ojos de Samia. Había ido a la parte trasera del castillo, donde ya había empezado la construcción de la zona de juegos y de la guardería. La imagen de Sadiq con un niño moreno ocupó su mente.

–¿Qué te pasa? –le preguntó Sadiq, al ver sus ojos brillantes. Samia se justificó diciéndole que le había entrado arenilla en el ojo.

Para su sorpresa, Sadiq la alzó en brazos y, a pesar de sus protestas, la llevó a que la viera la enfermera del castillo. Samia, roja como la grana, estaba segura de que la enfermera adivinaría que había mentido. Para su alivio, tras decirle que tenía una reunión y que trabajaría hasta tarde, Sadiq la dejó sola.

Esa noche, sola en la cama, pensó que Sadiq había hecho algo maravilloso al cambiar de golpe la estructura del matrimonio y el papel de Samia. Aparte de eso, seguían distanciados.

Sadiq no parecía ni remotamente interesado en involucrar a Samia en su vida, excepto para el sexo y las obligaciones oficiales. No había sugerido que cenaran o almorzaran juntos. De hecho no había relación. Se dijo que no tenía por qué haberla. Era ella quien deseaba más. Él había obtenido cuando quería de ese matrimonio.

Samia no podía evitar recordar la breve luna de miel, cuando había sentido que empezaban a conocerse. Había disfrutado hablando y pasando tiempo con él. Pero desde la noche que Sadiq le habló de su padre no habían mantenido otra conversación profunda. Era obvio que para él había sido una aberración que no pensaba repetir.

Por fin, el sueño la rindió mientras intentaba no irritarse por desconocer el paradero de Sadiq.

Capítulo 11

TRES semanas después, Sadiq estaba sentado en su estudio con un vaso de whisky en la mano. Algo que se estaba convirtiendo en una costumbre. Trabajar hasta que se le nublaban los ojos, esperar un rato e irse a la cama. Cuando Samia estaba dormida o al menos medio dormida.

Cada noche se decía que tendría la fuerza suficiente para resistir su atractivo, que no era un animal esclavo de sus instintos básicos, pero cuando alzaba las sabanas y veía las delicadas curvas, el largo cabello... el fuego lo consumía. Y ella se entregaba con un abandono al que era adicto.

Su antes tímida esposa había empezado a dormir desnuda. Al imaginársela en la cama, apretó el vaso con tanta fuerza que se rompió y le cortó la palma de la mano. Sadiq vio el hilillo de sangre caer sobre la túnica y, por un instante, comprendió que la gente pudiera buscar el dolor como anestesia para olvidar otras cosas.

Se levantó y fue a curarse el corte. El buen humor que había sentido tras enseñarle a Samia su nueva oficina y decirle que tenía carta blanca para hacer lo que quisiera empezaba a desvanecerse y ser sustituido por algo más oscuro e insidioso.

No lo ayudaba saber que estaba haciendo todo lo

posible para evitar pasar tiempo con su esposa. Porque cuando estaba a solas con ella era incapaz de pensar a derechas. Sentía anhelos que no tenían nada que ver con la omnipresente lujuria, y sí con algo mucho más intangible y urgente.

Sus cambios de humor le recordaban demasiado a los que había visto en su padre. Que fuera capaz de romper un vaso sólo con pensar en Samia dejaba claro que era peligrosa.

Tras vendarse la mano, vio su rostro en el espejo. Le brillaban los ojos como si tuviera fiebre y la barba de un día oscurecía su mentón. Tenía un aspecto algo salvaje. De repente comprendió que su situación era insostenible y, airado con Samia que estaría durmiendo, apagó la luz y salió.

La tarde siguiente Samia contemplaba su cara sonrosada en el espejo empañado del cuarto de baño. Sabía que era una locura sentir decepción, pues el abismo que existía entre Sadiq y ella no era lugar adecuado para un bebé. Sadiq se distanciaba más día a día. Se puso la mano en el vientre y se mordió el labio. Una mancha acababa de indicarle que no estaba embarazada.

Oyó a su esposo moverse en el dormitorio y se tensó. Esa velada iban a asistir a una función que se celebraba en el castillo. Inspiró profundamente, se abrochó la bata y salió. Sadiq estaba quitándose la camisa. A Samia se le aceleró el pulso al verlo.

–No me mires así, *habiba*. No tenemos tiempo –dijo él, curvando la boca.

Samia se sonrojó. Su rubor se intensificó al recordar que la noche anterior habían practicado sexo casi con desesperación. No había visto el vendaje improvisado de la mano de Sadiq, y la mancha de sangre, hasta después.

–¿Qué te ha pasado? –había preguntado.

–Nada. Un vaso se rompió –había contestado él, brusco, escondiendo la mano. Tras saltar de la cama y decirle que tenía que preparar un discurso, se había vestido y regresado al despacho. Suponía que había dormido allí, porque no había vuelto por la mañana, para ducharse.

–Hay algo que tengo que decirte –Samia tragó saliva–. No estoy embarazada.

Sadiq se quedó en silencio un momento y después siguió vistiéndose con calma.

–Bien. Eso es bueno. Gracias por decírmelo –la miró de arriba abajo–. Bajaremos dentro de veinte minutos.

–Estaré lista –dijo Samia alzando a barbilla.

Su rostro no dio ninguna pista de su reacción ante la indiferente reacción de Sadiq a la noticia.

Una hora después, Sadiq seguía intentando entender por qué lo había decepcionado saber que Samia no estaba embarazada. Al oírlo había sentido el impulso de hacerle el amor para garantizar un embarazo inmediato, a pesar de que ella había dicho que no lo deseaba aún.

Se sentía débil, a merced de algo que no podía controlar. La noche anterior, cuando ella acarició su mano herida, había deseado apoyar la cabeza en el pecho de Samia y pedirle que lo abrazara. Eso lo había asustado tanto que había huido. Había dormido en el sofá de su despacho, despertándose de un humor de perros que empeoraba por momentos.

Samia, al otro lado del salón, charlaba y reía con un hombre muy guapo, uno de los científicos del proyecto de investigación medioambiental. Sadiq sabía que Samia se había reunido con ellos la semana anterior, pero la idea de que eso pudiera dar pie a una relación con ese hombre, por inocente que fuera, bastó para que cruzara el salón en unos segundos. Ya allí, agarró el brazo de Samia. Ella era *suya*. El otro hombre retrocedió rápidamente, como si Sadiq le hubiera rugido.

–¿Sadiq? ¿Va todo bien? –le preguntó Samia.

–No –escupió él con amargura–. En absoluto.

Samia lo observó cerrar la puerta con cerrojo. La había llevado a una antesala vacía y la asustaba un poco la fiereza de su mirada.

–¿Qué ocurre, Sadiq?

–Lo que ocurre es que te dejo sola dos minutos y empiezas a flirtear con otro hombre.

–¿Flirtear? –lo miró atónita–. Puedo asegurarte que no flirteaba. Para que lo sepas, Hamad me estaba hablando sobre su hijo de dos años.

Sadiq, con las manos en los bolsillos, basculó sobre los talones.

–Cuando te conocí me hiciste creer que temblarías de pies a cabeza en una situación como ésa. Sin embargo, pareces deseosa de apartarte de mí y hablar con gente relativamente desconocida.

Samia se sintió herida. No iba a decirle lo vulnerable que se sentía en ese tipo de situaciones, ni que las soportaba porque sabía que él estaba cerca. Le bastaba con verlo en la habitación.

–¿Insinúas que mentí, Sadiq? ¿Que simulé ser tímida e insegura? –alzó la cabeza, sabiendo que jugaba con fuego–. ¿No se supone que debo socializar? Creía que entre mis obligaciones como reina de conveniencia se incluía trabajar. Porque este matrimonio no es más que un trabajo con algo de sexo. Ni siquiera te has molestado en disimularlo cenando conmigo alguna vez.

–Sin duda me has mostrado intrigantes facetas de tu personalidad que no eran evidentes cuando nos conocimos –dijo él con dureza. Sus ojos brillaron al mirar el escote que revelaba el sencillo vestido de seda.

Ella dio un paso atrás, rebelándose ante la evidencia de que a él le disgustara el carácter que empezaba a emerger tras una larga hibernación.

–Quieres una esposa diseñada a tu gusto y yo no lo soy –su voz sonó amarga–. Es obvio que me preferías tímida y carente de aplomo, pero tú me has animado a superar la timidez. No puedes tener las dos cosas, Sadiq. Si no puedes ver eso, tal vez este matrimonio no tenga sentido.

–¿Qué estás diciendo? ¿Quieres separarte?

Samia parpadeó, sintiéndose como si hubiera saltado al vacío. Por primera vez en muchos años, tartamudeó al hablar.

–No. Es decir, no... no lo sé. Es sólo que no tenemos nada... –se sonrojó–...excepto sexo.

Para Sadiq el tartamudeo, la muestra de su vulnerabilidad, fue como un puñetazo en el estómago. Su ira se evaporó al darse cuenta de cuánto se estaba esforzando ella por recuperar la fuerza que había reprimido durante largos años.

Era la mujer que seguía aferrando su mano cuando entraban en una sala llena, hasta que se sentía lo bastante cómoda para separarse de él. Era la mujer que tenía un tatuaje sobre las nalgas, que conducía por las dunas y que se entregaba a la creación de una guardería con tanto entusiasmo que unos días antes la había visto polvorienta, sirviendo té a los obreros y riendo con ellos.

Y era la única mujer que había deseado llevar al desierto para seducirla en una tienda beduina erigida en su honor. Sadiq sintió pánico y una opresión tan intensas que tuvo que contener el impulso de quitarse la pajarita.

—Si quieres romper este matrimonio, te concederé el divorcio —dijo con voz ronca.

—Si yo quiero separarme, ¿me concederás el divorcio? —Samia lo miró, paralizada por el shock.

Él asintió con expresión inescrutable. Samia deseó darle una bofetada.

—Me he comprometido con este matrimonio y contigo. Estoy aprendiendo... Soy feliz aquí.

«¿En serio? ¿Eres feliz en esta relación con un hombre que no te ama y nunca te amará?» La voz resonó en su cerebro y se sintió muy insegura.

—Tú quieres divorciarte de mí —dijo, obligándose a mirar a Sadiq a los ojos.

—No he dicho eso —negó él—. Te ofrezco la opción. Me parece bien seguir casado, pero no creo que seas feliz —«Mentiroso. Te estás volviendo loco», le recriminó su conciencia.

–¿Por qué? –inquirió ella, deseando sentarse.

Sadiq suspiró intensamente y se mesó el pelo.

–Porque nunca quisiste este matrimonio y te forcé a aceptarlo. No me gusta la idea de tener una esposa resentida porque se siente atrapada. Vi a mi madre pasar por eso y no quiero ser responsable de que se repita. Si quieres dejarlo, mi relación con Burquat seguirá igual.

–Has pensado mucho sobre esto –musitó Samia, tan dolida que le habría gustado acurrucarse en algún sitio.

Sadiq controló el deseo de contradecirla. En su cabeza la ecuación era sencilla: si le daba a Samia las herramientas y razones que necesitaba para irse, se iría. Y él recuperaría la cordura.

–¿Y si no quiero irme?

El tono desafiante de su voz hizo que Sadiq sintiera pánico y después euforia. Lo irritó que volviera a confundirlo de esa manera.

–Tendrás que aceptar lo que es esta unión, Samia. A no ser que algo haya cambiado para ti, sigue siendo un matrimonio de conveniencia; estamos juntos por muchas razones, pero no por amor. Así que no puedo asegurar que vaya a dedicarte más tiempo que hasta ahora.

Cada palabra cayó como una bomba sobre Samia, que decidió evitar la humillación final.

–Conozco los parámetros de este matrimonio, Sadiq, pero tenía la esperanza de que pudiéramos encontrar un equilibrio que al menos nos permitiera comunicarnos fuera del dormitorio.

–Ahora nos estamos comunicando –dijo él.

–Sí, con mucha claridad. ¿Puedes darme algo de tiempo para que piense sobre esto?

–Por supuesto –a Sadiq lo desconcertó la compostura de Samia–. No es algo que haya que decidir de inmediato.

–Me alegra saber que no hay presión –dijo ella con voz cargada de sarcasmo. Fue hacia la puerta, giró la llave y salió de la habitación.

Sadiq sintió un pinchazo de pánico, como si estuviera a punto de perder un bien precioso.

Sin embargo, cuando regresó al salón de baile, Samia hablaba con el mismo hombre con el que había estado antes. Se maldijo por haberle dado la opción de elegir. Tendría que divorciarse de ella sin más: era la única solución para su locura.

Capítulo 12

SADIQ consultó su reloj con impaciencia, preguntándose dónde estaba su esposa. Por la mañana, Samia le había dicho que iría a hablar con él a su despacho. La semana anterior ella había seguido dedicándose a sus asuntos con serenidad, como si no hubieran hablado. Él en cambio, había ido perdiendo el control y tenía los nervios deshechos.

Las noches en vela que se había obligado a pasar en el sofá de su estudio habían provocado una introspección muy necesaria. Al principio había intentado bloquearla con alcohol, pero al final, asqueado consigo mismo, había pensado en lo que haría si Samia quería el divorcio y en la razón de habérselo ofrecido como opción.

Harto de intentar controlar su frustración sexual en el despacho, una mañana había salido en busca de espacio y aire fresco y había encontrado a su madre sentada a la sombra en uno de los patios. Ella le había pedido que la acompañara y, a pesar de que solía evitarla, había aceptado.

—Este lugar está cambiando día a día, ¿no lo sientes? —le había dicho su madre—. Tu Samia es una brisa de aire fresco. Justo lo que hemos necesitado durante mucho tiempo.

Tu Samia. Esas palabras habían sido como un bloque de piedra que cayera sobre su pecho.

–Es posible sentir pasión por una persona y que eso no sea algo negativo que haya que controlar. La diferencia está en el amor. Yo lo tuve una vez, antes de conocer a tu padre. Recordarlo fue lo que me ayudó a mantener la cordura. Eso y tú, claro.

Tras esas enigmáticas palabras, se había levantado y tras depositar un beso en su cabeza, lo había dejado allí solo, reflexionando.

El teléfono sonó sobre el escritorio y contestó.

–¿Sí? –aunque estaba impaciente, pronto se quedó paralizado–. Sí... gracias... lo haré –dijo, tras un breve intervalo. Colgó el aparato.

Se sentía mareado por una mezcla de emociones, entre las que predominaba el alivio. Samia ya no podía dejarlo, aunque quisiera hacerlo. Decidió ir a buscarla.

Hacía un buen rato que Samia tendría que haber estado en el estudio de Sadiq, pero no podía verlo tembloroso y sollozando. Desde que había descubierto la razón de sus náuseas durante toda la semana, no había podido dejar de llorar.

Gimió y se sonó la nariz. Necesitaba serenidad para no derrumbarse ante el frío y sardónico Sadiq. Había sido muy fuerte toda la semana, alternando entre pensar que se quedaría con Sadiq porque no soportaba la idea de no verlo y jurarse que no tenía más opción que divorciarse antes de que su corazón se rompiera en mil pedazos.

Él incluso había dejado de dormir con ella. Era evidente que estaba retomando su vida de soltero. Esa idea provocó un nuevo ataque de llanto.

Oyó un ruido a su espalda y se dio la vuelta. Sadiq estaba apoyado en la puerta de la biblioteca.

–¿Cómo has sabido dónde estaba?

–He supuesto que aquí te sentirías segura.

Samia se sonrojó, preguntándose por qué le había contado tantas cosas sobre sí misma.

–Si has venido a acusarme de ser algo que...

–Estás llorando –interrumpió él acercándose.

–No –mintió ella, desviando la mirada.

Sadiq le alzó la barbilla para escrutar su rostro. Ella apretó los dientes, molesta por su arrogancia. Pero el distintivo aroma masculino la envolvió y tuvo que hacer un esfuerzo para no cerrar los ojos e inhalar profundamente.

Odiándose por el efecto que tenía en ella, se levantó y se abrazó el cuerpo. Llevaba una larga túnica y unos ajustados pantalones a juego.

–¿Estás disgustada por el embarazo? –preguntó Sadiq, sorprendiéndola.

–¿Cómo lo has sabido?

–El médico creyó que habrías corrido a verme para darme la noticia, y llamó para felicitarme.

–Oh... –Samia se mordió el labio.

Él ya sabía que el divorcio era impensable. Temiendo ver en sus ojos que se sentía atrapado, dirigió la vista al suelo.

–No estoy disgustada por el embarazo –alzó la vista–. Cuando el doctor me lo dijo, me alegré. Por lo visto es normal manchar un poco al principio. Siempre he tenido periodos irregulares... por eso supuse que no estaba embarazada.

–Pero lo estás. Y eso lo cambia todo.

Samia asintió con tristeza.

–¿Estás disgustada porque esto significa que no puedes romper el matrimonio?

Samia parpadeó para evitar las lágrimas. Encogió los hombros, asintió y luego negó.

–No... es decir... sí. Pero no por lo que crees.

La enormidad de descubrir lo del embarazo había hecho que Samia desnudara su alma. Tenía que ser sincera consigo misma y soportar la indiferencia de Sadiq lo mejor que pudiera. Había un bebé en camino y eso era lo más importante. Su instinto le decía que Sadiq sería un buen padre.

–Estoy molesta, Sadiq, porque me he enamorado de ti. No sé qué te habría dicho hoy, pero habría elegido la opción que me pareciera menos dolorosa. Aún no había analizado las consecuencias de irme o quedarme. Pero ahora... –se puso la mano en el vientre–, no hay opción posible. Vas a tener que asumir que, a pesar de tu empeño en desagradarme, te quiero.

Samia vio una sucesión de expresiones en el rostro de Sadiq: incredulidad, impresión, sorpresa y algo que fue como el sol rasgando las nubes tras una tormenta. Se le aceleró el corazón.

Sadiq fue hacia ella, que retrocedió hasta topar con una pared llena de libros. Sonriente, él puso las manos a los lados de su cabeza y se inclinó hacia ella. Samia recordó el día en que lo había visto en esa misma habitación besando a una mujer, muchos años antes.

–Lo estás recordando, ¿verdad? –dijo él.

–¿Recordando qué? –Samia ensanchó los ojos. Él no podía estar refiriéndose a...

–La noche de mi fiesta. Estabas aquí, a oscuras, como un ratoncito asustado.

–Yo...–Samia se sentía acalorada–. Ya estaba aquí cuando entraste. Y luego llegó esa mujer.

–No me lo recuerdes –Sadiq hizo una mueca.

A Samia le costaba concentrarse. Le había dicho a Sadiq que lo amaba y él no había respondido. Notaba la presión de su pelvis contra la suya. Y él la recordaba de aquella noche.

Le pareció que nunca había visto sus ojos de un azul tan intenso y sus rasgos se habían suavizado. La recordó a cómo había sonreído, alegre, cuando conducían por las dunas.

–Sadiq...

–¿Sabes por qué recuerdo ese momento ahora?

Ella negó con la cabeza. Él le acarició el pelo.

–Aquella noche vi tu reacción avergonzada cuando volcaste la mesita de bebidas; en un segundo demostraste más emoción de la que yo había visto en años. Eso hizo que me sintiera inquieto, insatisfecho. Buscaba algo elusivo que no había encontrado en ninguna mujer: pasión y sentimientos profundos. La única persona con quien he encontrado eso eres tú. En cuanto entré aquí y vi tus ojos, recordé que habías sido el testigo silencioso de mi aislamiento aquella noche... –su sonrisa se apagó–. Y su catalizador.

–Iba a decirte algo, pero entonces entró ella.

–Yo me sentía como si alguien me estuviera observando; me di la vuelta y la vi a ella. Después cuando te oímos... vi tus enormes ojos antes de que huyeras y supe que habías sido tú. Sentí un vínculo, una extraña conexión contigo.

–No es cierto –Samia se preguntó si estaba soñando–. No hace falta que digas eso.

–Sí que lo es. Y tengo que decirlo porque esa conexión reapareció el día que entraste en mi oficina de Londres –alzó su barbilla con suavidad–. He hecho todo lo posible por no admitirlo. Me centré en la explosiva química que hay entre nosotros para no admitir que también había sentimientos profundos.

–¿Qué estás diciendo, Sadiq? –Samia se sentía temblorosa y vulnerable.

–Lo que estoy diciendo, mi amor, *habibti*, es que llevo semanas enamorado de ti, pero tenía miedo de admitirlo. Cuanto más te conocía, más me enamoraba y más amenazado me sentía. Cuanto más me atraías, más te rechazaba.

–No hace falta que digas todo esto por lo del bebé –Samia no se atrevía a creer en la realidad del momento, era demasiado importante.

–Cuando el doctor me dijo lo del embarazo, mis ideas preconcebidas se desvanecieron –puso una mano sobre su vientre–. Nunca había sentido tanto júbilo. Quiero que este niño crezca rodeado de amor. Será mi heredero, sí, pero ante todo será nuestro y tendrá libertad para hacer lo que desee. Al verte llorando he supuesto que te disgustaba estar atrapada conmigo para siempre.

Movió la cabeza de lado a lado.

–Perdóname por lo de la semana pasada. Estaba tan confuso que llegué a creer que animarte a divorciarte de mí era la solución. Pero cuando me obligué a alejarme de ti comprendí lo horrible que sería no tenerte a mi lado.

–Sadiq, te quiero muchísimo –los ojos de Samia se

llenaron de lágrimas–. No creo que pudiera soportarlo si estás diciendo esto para consolarme.

–Samia, no puedo vivir sin ti –la miró a los ojos–. Es así de sencillo. Creía que se trataba sólo de pasión física y había visto el efecto que tuvo en mi padre. Temía volverme tan posesivo y destructivo como él. Pero él no amaba a mi madre de verdad. El amor es la diferencia.

Sadiq vio en su rostro que no había conseguido derrumbar todas sus barreras, que se resistía a creer. Agarró su mano y tiró de ella.

–Te enseñaré algo. Tal vez entonces me creas.

Samia, secándose las mejillas húmedas, siguió a Sadiq. Él se detuvo ante una puerta situada en ese mismo pasillo y tomó aire antes de abrirla.

Era una habitación preciosa, empapelada en tonos azules y verdes y con suntuosos divanes cargados de cojines. Una puerta de cristal daba a una pequeña terraza privada y la ciudad de B'harani destellaba en la distancia. Pero lo más importante estaba en el centro de la habitación.

Samia soltó la mano de Sadiq y fue hacia el piano. Acarició la madera con reverencia y se volvió hacia su esposo.

–El piano de mi madre. Lo has traído aquí.

–Le pedí a tu hermano que lo enviara el día después de que me contaras lo que te había ocurrido –la miró con aire inseguro–. Quería hacer algo... Pero si no lo quieres...

Eso derrumbó la última defensa de Samia. Se acercó a él y se puso de puntillas para besarlo.

–¿Cuánto tiempo lleva aquí?

–Unas dos semanas –Sadiq sonrió avergonzado–.

Pero cada vez que pensaba en decírtelo se me ocurría una excusa para no hacerlo. Sabía que cuando lo vieras adivinarías lo que sentía por ti...

–Eres un idiota, pero te quiero –Samia, jubilosa, lo besó de nuevo.

Después, Sadiq agarró su mano y tiró de ella.

–Ya volverás –le dijo, al ver que se resistía–. Pero quiero llevarte a un sitio más.

Samia flotaba en una nube de felicidad. Habría ido con Sadiq al fin del mundo. Así que, obediente, subió con él al jeep y luego al helicóptero. Se le aceleró el corazón al reconocer las silueta del castillo de Nazirat. Pero cuando lo dejaron atrás y aterrizaron, sintió un pinchazo de dolor. Si había un sitio en el mundo que habría preferido evitar, era la tienda beduina.

Sadiq, captando su tensión, le dio la mano cuando bajaron del helicóptero.

–Confía en mí, ¿quieres? –le pidió.

Samia asintió y se mordió el labio. Odiaba recordar aquella noche y pensar que él había estado allí con muchas otras mujeres.

El sol se estaba poniendo y teñía el cielo de oro bruñido cuando entraron en la tienda. Soltó una exclamación de asombro al ver que había sido redecorada por completo.

–Samia, nunca he traído a ninguna mujer aquí. Sólo a ti. Hice que levantaran esta tienda cuando estábamos en el castillo. Pero aquella noche... –movió la cabeza, asqueado consigo mismo–. Creo que entonces empezó todo. Te traje aquí y empezaste a hacerme preguntas. Y me di cuenta del por qué de mis actos, tan transparentes.

–Yo pensé que lo mejor sería hacerte saber que no

lo consideraba un gesto romántico, pero anhelaba creer que habías hecho esto sólo para mí –Samia sonrió con júbilo.

Sadiq la abrazó y ella sintió cuánto la deseaba. Ambos sintieron el fuego abrasador que habían contenido las noches pasadas, separados el uno del otro. Cayeron en la cama e hicieron el amor con tanta intensidad y pasión que Samia gritó una y otra vez.

–Ahora sé por qué me desquició tanto ver a Nadim y Salman casarse –murmuró Sadiq mucho después, cuando eran un lío de extremidades, de piel morena y piel blanca.

–¿Qué quieres decir? –Samia alzó là cabeza y se apoyó en un codo para mirarlo.

Samia le apartó el cabello del rostro y la miró con una ternura extraordinaria.

–Porque supe que me aterrorizaba estar tan expuesto emocionalmente como ellos. Pero cuando llegaste tú, cualquier esperanza de evitar un destino similar se disolvió en la nada.

–Tardaste bastante en hacerte a la idea... –gruñó ella, de buen humor.

–Y voy a dedicar el resto de nuestra vida a compensarte por haber tardado tanto en aceptar lo que decía mi corazón –Samia se situó sobre ella, sonriente–. Será un proceso lento, largo e infinito.

Samia rodeó su cuello con los brazos y arqueó el cuerpo hacia él, excitada.

–Me gusta cómo suena eso de largo y lento, sultán... ¿a qué estás esperando?

BIANCA.

ABBY GREEN

LOS SECRETOS DEL OASIS

Cuando Jamilah Moreau se había entregado al jeque Salman en París, cinco años antes, había soñado con vestidos de novia y finales felices, mientras que él sólo había actuado movido por el deseo…

Ahora, Salman podía tener todo lo que deseara, y tal y como descubrió Jamilah cuando se la llevó a un oasis, ¡la seguía deseando a ella! No obstante, el tiempo los había cambiado y hacer el amor ya no era suficiente. Lo ocurrido en París había tenido consecuencias duraderas para ambos…

LA ELECCIÓN DEL SULTÁN

Elegida como esposa para el sultán, Samia no tenía otra opción que aceptar el matrimonio. Y, en contra de sus mejores intenciones, mientras su nuevo esposo la liberaba lentamente de sus galas de novia descubrió que sus inhibiciones desaparecían. A Sadiq le sorprendió la naturaleza apasionada de su esposa. La había elegido por ser tímida y apropiada. Pero descubrió que Samia no lo era en absoluto… ¡Era decidida, exigente y desafiante!

N.º 479

¡YA EN TU PUNTO DE VENTA!

BIANCA.

MICHELLE REID
LEGADO DE PASIONES

Anton estaba furioso. Como hijo adoptivo de Theo Kanellis, se suponía que iba a heredar su vasta fortuna. O al menos así lo creía todo el mundo, hasta que el patriarca descubrió que tenía una heredera legítima: la atractiva Zoe Ellis.

A Zoe, su origen griego le resultaba indiferente, pero lo quisiera o no, el destino iba a llamar a su puerta en la forma del atractivo Anton Pallis.

CAROL MARINELLI
CORAZÓN DEL DESIERTO

El príncipe Ibrahim se negaba a doblegarse a las normas que habían destruido a su familia. Por eso ocultaba sus emociones y rehuía sus responsabilidades.

Georgie era precisamente la clase de mujer que debía evitar según los dictados del deber. Mundana, atormentada y nada interesada en ser reina. Todo un reto para Ibrahim.

N.º 478

SUSANNE JAMES
ESCRITO EN EL ALMA

Cuando Sabrina Gold se ofreció como secretaria del encantador y famoso escritor Alexander McDonald, no esperaba sentirse tan atraída hacia su nuevo jefe. A pesar de ello, decidida a no perder su profesionalidad, se concentró en no dejar que nada la distrajera de sus tareas... Él se había jurado no mezclar los negocios y el placer, ¡pero las largas jornadas de trabajo con Sabrina le impulsaron a romper sus propias reglas!

¡YA EN TU PUNTO DE VENTA!

DESEO

SARA ORWIG
EL HIJO DE OTRO

David Sorrenson había sido militar, por lo que sabía mucho sobre el peligro y la seguridad, pero nada sobre niños. Marissa Wilder era su única solución. Aquella muchacha sensata y familiar sabía muy bien cómo cuidar a un niño y aceptó el trabajo de niñera… que la obligaría a vivir en el rancho de David.

LAURA WRIGHT
ENCERRADOS CON EL DESEO

Cuando Tara empezó a recibir amenazas, Clint supo que debía protegerla, pero ella parecía empeñada en no hacer caso de sus advertencias… y en hacerle hervir la sangre de deseo. Tara era una mujer independiente e irresponsable que no dejaba que nadie se acercara demasiado a ella. ¿Qué podía hacer un texano como él?

N.º 543

KATHIE DeNOSKY
EL RECUERDO DE UNA NOCHE

El día de Nochebuena, Travis Whelan llegó a Royal y se encontró frente a frente con Natalie Pérez, la única mujer a la que no había podido olvidar… y con un bebé cuya existencia desconocía. Había pasado casi un año desde aquella noche que Travis había pasado junto a Natalie, un año desde el día en que su orgullo había quedado herido para siempre. Sin embargo, el recuerdo de aquella noche seguía vivo.

DESEO

PEGGY MORELAND

CINCO HERMANOS Y UN PROBLEMA

Al ver a aquella mujer con un pequeño en sus brazos, Ace comenzó a preguntarse qué iban a hacer sus cuatro hermanos y él con una niña tan pequeña.

Lo único que había hecho Maggie había sido entregar una niña huérfana a la familia a la que pertenecía por derecho. Pero Ace le había pedido que viviera con ellos..., así que poco tiempo después el atractivo ranchero y ella comenzaron a compartir algo más que los biberones a media noche.

TÚ SERÁS MÍA

La familia Tanner estaba a punto de adoptar a una pequeña, solo quedaba que Woodrow Tanner se lo comunicara a la doctora Elizabeth Montgomery, la única familiar que podía reclamar también la custodia del bebé. Pero él sabía perfectamente cómo conseguir lo que deseaba de una mujer. Claro que no había contado con que desearía tanto de aquella mujer...

Elizabeth siempre había querido tener una verdadera familia y cuando aquel atractivo cowboy le dio noticias de la pequeña, pensó que aquello era más de lo que habría podido soñar.

N.º 544

MICHELLE WILLINGHAM

El silencio del vikingo

Caragh O'Brannon se había defendido valientemente ante la llegada del enemigo. Y, al final, se había encontrado a solas con un vikingo. Un vikingo furioso…

Styr Hardrata había navegado hasta Irlanda con la intención de comerciar, pero jamás se habría imaginado a sí mismo hecho cautivo y encadenado por una hermosa doncella irlandesa.

El salvaje y atractivo guerrero aterrorizaba y atraía a Caragh a partes iguales, pero le estaba totalmente prohibido. Era un enemigo, y además estaba casado. Aun así, Styr poseía muchos secretos por desvelar…

La tentación del vikingo

El guerrero vikingo Ragnar Olafsson había sido testigo de cómo su mejor amigo había reclamado a la mujer que más deseaba.

Solo había un modo de ahogar la profunda oscuridad que habitaba en su interior: convertirse en un despiadado guerrero.

Elena había sido hecha prisionera y Ragnar lo había arriesgado todo por salvarla. Aislados, sin nada más que su respectiva compañía, cada deseo, cada mirada, cada caricia se volvería de repente prohibida. Elena podría haber tentado a un santo, y el pecador Ragnar sabía que no iba a poder aguantar mucho tiempo…

No. 81

¡YA EN TU PUNTO DE VENTA!

JAZMÍN.

JUDITH McWILLIAMS
ENAMORADA DE SU JEFE

Poco podía imaginar el director general de la empresa que aquella mujer que lo miraba con cara de amor no era otra que su secretaria, Jocelyn Stemic. Cuando empezó a recuperar la memoria, Lucas Forester se dio cuenta de que nada de lo que recordaba hacía pensar que Jocelyn fuera su esposa... Lo que sí sabía era que deseaba ser el marido de aquella encantadora dama por encima de todo.

REBECCA WINTERS
EL HÉROE DE SUS SUEÑOS

El millonario Payne Sterling estaba acostumbrado a ser famoso, pero no esperaba encontrarse su foto en la portada de varias novelas románticas. Jamás había posado para tal retrato y estaba empeñado en localizar a quien tanto lo había avergonzado. Rainey Bennett había visto la fotografía de Payne entre las que había tomado su hermano en las vacaciones; ahora aquel hombre quería llevarla a juicio... hasta que le propuso otra manera de compensarle por el daño.

N.º 575

CAROLINE ANDERSON
AMOR VERDADERO

Tras la muerte de su hermana, Claire Franklin se había quedado al cuidado de su pequeña sobrina y pensaba que Patrick Cameron era el padre de la niña, por mucho que él lo negara. Con la sospecha de que tal vez su difunto hermano fuera el padre, Patrick insistió en ayudar a Claire y a la pequeña Jess. A medida que iba formando parte de sus vidas, Patrick se dio cuenta de que la obligación se había convertido en devoción por Jess... y atracción hacia Claire.